Re:제로

Re: Life in a different world from zero

부터 시작하는 이세계 생활

——밤하늘에 분홍색 장발을 나부끼는, 검은 옷을 입은 소녀가 있었다!

「——살아 있었나……. 스핑크스·」

「아니요, 죽었습니다. 요, 관찰하시지요.」

너 이 자식, 혹시 썩을 세실스의 썩을 아비냐?

——지난날

The old days

Re: Life in a different world from zero

The only ability I got in a different world "Returns by Death"
I die again and again to save her.

CONTENTS

C   I

Re:제로

Re: Life in a different world from zero

부터 시작하는 이세계 생활

35

나가츠키 탓페이 지음

오츠카 신이치로 일러스트

표지 · 본문 일러스트
오츠카 신이치로

제1장 『송장 인간 재해』

1

　──핏기 없이 창백한 피부, 검게 물든 눈자위 속에 떠오른 금빛 눈동자.

　갑자기 나타난 송장 인간의 군세, 그것은 제도 루프가나를 둘러싸고 공방전을 펼치던 제국군과 반란군, 그 양군에게 말 그대로 찬물을 끼얹었다.

　제국의 패권을 다투는 싸움은, 산 자와 죽은 자의 생존 경쟁으로 그 본질을 바꾼 것이다.

　"으아아아아──!!"

　제국병이 우렁차게 소리치며 쳐든 양손검을 정면에 있는 적에게 후려쳤다.

　막으려던 상대의 검을 부러뜨리고 투구째 머리를 깨부수어 치명상을 주었다. 하지만 이어진 것은 흙으로 빚은 항아리가 깨지는 듯한 소리와 적의 온몸이 파편으로 흩어지는 광경이었다.

　그것은 결코 생물이 죽는 모습이 아니었다. ──따라서 적은 송장 인간인 것이다.

"전선을 지탱해라! 황제 각하와 시민을 피신시켜!"

""오오——!!""

『장(將)』 중 한 명이 호령하니 주위 병사들이 열기에 휩쓸린 듯이 외쳤다.

송장 인간의 군세와 『운룡(雲龍)』의 폭주. 제도 북부에 있는 저수지의 물막이 벽이 노림받기에 이르자 황제 각하는 제도의 방기와 전군 퇴각을 결단했다.

제국군은 하나로 뭉쳐 황제와 제국 시민의 피난 지원에 전력을 기울이고 있다. 얄궂게도 제3진영의 등장으로 반란군과의 싸움은 흐지부지되었다. 지금은 정규병과 반란군 구별 없이 산 자와 죽은 자의 범주로 피아가 갈려 격전이 이어지는 중이었다.

지금 막 송장 인간 하나를 격파한 제국병도 멈춰 선 사람 중 하나로, 이 제국병 및 주위의 병사들은 한 구라도 많은 송장 인간의 발목을 잡고 저승 길동무로 삼을 수 없을까 온 힘을 다해 항거하고 있었다.

"놈들이 무엇인지는 전혀 모르겠다. 하지만…… 황제 각하라면!"

"기필코 네놈들을 근절할 책략을 찾아내 주실 것이다!"

제국의 정점, 빈센트 볼라키아에게 보내는 굳건한 신뢰가 병사들의 전의를 지탱했다.

빈센트는 계속 성과를 내어 왔다. 제국병은 빈센트의 적이 흘린 피와 쌓인 주검의 수를 그에게 보내는 신뢰의 근거로 삼는다. 그 통치의 절대성을 감안하면 경솔히 반란을 꾀한 자들과는 전의의 순도가 다른 것이다.

"큭! 다들, 녀석을 해치워라!"

거듭된 『장』의 외침은 유달리 체격이 큰 송장 인간의 맹격에 대한 말이었다.

덩치가 큰 가진 대머리 송장 인간이 날뛰며 앞을 막아서는 병사들을 종잇장처럼 날려 버리고 있었다. 그 기세에 호령을 들은 병사들이 전선에 구멍을 뚫리게 둘 수 없다며 적에게 쇄도했다.

"우, 우와아아아아!!"

동료들이 적의 팔이나 몸통을 노리는 와중에, 그 제국병이 상대의 다리를 베자 거인의 자세가 무너졌다. 하지만 머리를 굴린 공격의 답례로 송장 인간은 누군가로부터 강탈한 검을 제국병에게 겨누었다.

그 칼끝에 꿰이기 직전, 제국병의 눈앞에 인영이 끼어들었다.

"해, 치워라아아앗……."

가슴을 꿰뚫린 『장』이 피거품과 함께 외쳤다.

『장』이 몸을 던져 감싼 제국병은 고함과 함께 혼신의 힘을 다해 거인의 목을 후려쳤다.

충격을 받아 검이 중간에 부러졌지만, 목이 잘린 거인의 반격은 없이 그 몸이 산산이 깨진다. 동시에 『장』도 등짝부터 지면에 쓰러지고 용감한 검랑(劍狼)은 송장 인간과 동귀어진했다.

『장』의 용맹함을 진심으로 찬사한 제국병은 다음 적을 찾아 고개를 돌렸고——.

"빌어먹을……."

그리 중얼거린 제국병은 쓰고 있던 투구를 손가락으로 끌어내리며 뺨을 일그러뜨렸다.

방금 사선을 넘나든 제국병의 시야에 날아든 것은 다음 송장 인간―― 그것은 방금 자신을 감싸고 죽은 『장』과 같은 장비와 얼굴을 갖고 있었다.

제도는 지옥이었다. 이곳은 산 자와 죽은 자가 교차하는, 시산혈해의 공간이었다.

"빌어먹을."

전우조차도 죽자마자 송장 인간이 되어 적으로 돌아서는 전장.

저주하고 싶어지는 침수된 지옥에서, 제국병은 검을 쳐들고 숨이 붙어 있을 때까지 싸웠다.

2

――제도 루프가나로부터 퇴각해 성새도시 가클라로 향하는 연환용차.

그 차내에서 체결된 에밀리아 진영과 볼라키아 제국 수뇌진의 역사적인 동맹은, 생각지 못한 형태로 참견을 받는 모양새가 되었다.

물론 그 참견의 원인이 무엇이냐 물으면――.

"뭐꼬, 우리도 적잖게 나츠키를 걱정했었는데. 고래 초대하지 않은 손님의 등장이란 얼굴 해싸믄 슬프지 않나."

"그런 얼굴 안 했어! 만난 걸 제대로 기뻐하고 있다고! 아나스타시아 씨는 물론, 율리우스의 새치름한 얼굴이라도 제대로!"

"새치름한 얼굴이랄 만큼 편한 심경도 아니다마는. 다름 아닌 네 모습 때문에 말이야."

난데없이 연환용차에 합류한 율리우스와 아나스타시아가 작아진 스바루를 머리부터 발끝까지 유심히 바라보고 있었다.

당연하지만 스바루에게 여기서 두 사람이 나타난 것은 청천벽력. 놀란 수준으로 치자면 성곽도시에서 느닷없이 프리실라가 하늘에서 내려왔을 때와 필적한다.

그러나 두 사람이 제국에 온 이유를 알지 못할 만큼 스바루는 둔감하지 않았다.

"에밀리아땅 쪽이라면 몰라도, 둘이 구태여 카라라기까지 경유해서 나를……?"

"그래그래. 세 나라를 빙~ 도는 대모험이었다이가? 제국의 국경을 넘는 것도 쉬운 일이 아니고, 내가 들인 수고와 경비는 까묵지 않았으면 고맙겄다카이."

"으극."

스바루가 제국에 날아온 것은 불가항력이지만 걱정을 끼쳤다는 말을 꺼내면 뭐라 하기 힘들다. 스바루는 속절없이 크나큰 마음의 빚을 질 뻔했지만——.

"아나……. 함부로 나츠키를 괴롭히면 못 써. 지금 모습도, 그래서 어디를 어떻게 봐도 아나 쪽이 어린애를 괴롭히는 악당이라고."

그 목소리에 스바루가 "오." 하고 눈썹을 세우자, 상대도 그에 응해 하얀 꼬리를 흔들었다.

기모노를 입은 아나스타시아가 어깨에 걸친 여우 목도리——다시 말해 아나스타시아가 데리고 있는 인공정령 에키드나의 말이었다.

같은 이름의 마녀와 달리, 함께 플레아데스 감시탑의 수라장을 헤쳐 나온 동료인 에키드나의 한마디에 스바루도 안도했다.

이따가 밖에 있는 파트라슈에게 얼굴을 보여주면, 플레아데스 감시탑에서 헤어진 동료 중 아직 무사한 스바루의 얼굴을 보여주지 못한 것은 메일리뿐이었다.

어쨌든——.

"아나스타시아 씨! 율리우스도, 무사히 볼라키아에 왔구나."

"에밀리아 씨네도 무사해서 다행이래이. 오는 길의 고생담은…… 에밀리아 씨네보다 먼저 나츠키를 발견하진 몬 했으니까네 폼이 살지 않지만도."

"아냐, 그 마음이 엄—청 기쁜걸. 고마워."

에밀리아도 아나스타시아의 등장을 미소와 함께 환영했다.

안 그래도 볼라키아 제국, 심지어 내란 후에 송장 인간 재해까지 일어났다. 자칫 아나스타시아 일행과 제도에서 엇갈리는 일이 없어서 정말 다행이라고 해야 하리라.

그리고 그런 생각지도 못한 재회의 기쁨이 일단락 지어졌을 즈음——.

"옛 친분은 충분히 다 다졌나? 알고 있을 테지만 회의 시간은 한정적이다."

뻔뻔하게 팔짱을 낀 아벨이 그리 찬물을 끼얹었다.

아벨치고는 기적적인 관용으로 분위기를 고려하고 있었지만, 가만히 있는 데에도 끝내 한계를 맞이한 모양이다. 비꼬던 아벨이 스바루를 힐끔 곁눈질하고는 말을 이었다.

"또다시 네 지기인가. 설마 도시국가에까지 고개를 들이밀었을 줄이야."

"그쪽에 관해선 조금 복잡해서, 아나스타시아 씨 쪽은 카라라기 쪽이자 카라라기 쪽이 아니라고 할까…… 그 부분은 어떻게 돼?"

갸웃하는 스바루의 의문은 아나스타시아 옆에 선 하리벨 탓이었다.

스바루의 시선에 물고 있던 곰방대를 위아래로 까닥인 낭인족(狼人族)——카라라기 도시국가 최강이라는 직함을 가진 이 남자의 존재는 아나스타시아 일행의 어떤 입장을 뜻하는 것인가.

"그 설명은 내가 맡지. 직접 비룡선까지 얻어 탄 경위를."

스바루의 의문에 율리우스가 왼쪽 눈 아래에 난 흉터를 손가락으로 훔치고 대답했다.

싸움에서 얻은 흉터는 훈장이라고도 하지만, 스바루는 그 상처와 낯선 일본풍 복장의 율리우스에게서 늠름하고 다부진 인상만이 아니라 이전에는 없던 여유 같은 것을 느꼈다.

오랫동안 걸치던 갑옷을 벗어던진 것 같은, 『가장 뛰어난 기사』에 어울리는 늠름함을.

"먼저 빈센트 볼라키아 황제 각하, 무사하셔서 천만다행입니다. 이렇게 다시 배알할 영예를 얻어 더없는 영광입니다.”

스바루가 받은 인상과 상관없이 한 걸음 앞으로 나선 율리우스가 인사와 함께 우려하게 예를 차렸다. 덩치 큰 고즈에게 호위 받고 있는 아벨은 율리우스의 인사에 가지런한 눈썹을 모았다.

“ ‘다시’ 라고 말했으렷다. 하지만 도시국가의 일개 검사가 알현한 기억도, 네 얼굴도 기억에 없다. 대체 무엇 때문에 ‘다시’ 라는 말을 했지?”

“외람되오나 한 번 뵐 기회를 얻은 적이 있습니다. 물론 그때는 도시국가의 검사가 아니라 왕국의 기사로서 뵈었습니다만.”

볼라키아의 황제인 아벨 상대로도 주눅 들지 않는 율리우스. 그 답변에 아벨은 생각에 잠긴 듯 검은 눈을 가늘게 떴다. 하지만 기억에 짚이는 구석은 없는 듯했다.

이토록 당당한 율리우스가 설마 거짓말을 하고 있을 리 없으리라. 그렇다면 두 사람은 실제로 면식이 있는데, 아벨이 그 사실을 잊고 있는 것이다.

즉, 주위가 율리우스를 망각한 『폭식』의 영향이 아직 회복되지 않았다는 증거──.

“속이는 말이라기엔 네 태도에 수긍이 가지 않는군……. 벨스테츠.”

“예. 이 사람도 저분을 뵌 기억은 없습니다.”

“알현석에 벨스테츠가 동석하지 않는 기회가 더 드물지. 즉, 나와 너 사이의 문제가 아니라 더 광범위한 문제로군.”

아벨은 딱 한마디, 벨스테츠에게서 율리우스의 기억 유무를 캐낸 것만으로도 율리우스와 자신 사이에 있는 인식의 오차에 특별한 사정이 얽혀 있음을 간파했다.

아벨의 언동에 스바루는 "이 자식 진짜냐." 하고 중얼거리지 않을 수 없었다.

"보통, 쉽게 받아들일 수 있냐? 이렇게 황당한 얘기를……."

"송장이 되살아나고 황제가 제도에서 쫓겨나는 사태가 일어난 판국이다. 일의 크고 작음으로 따지면 네 몸이 작아진 것도 별 차이는 없지. 요는, 가능성에 생각이 미치느냐 마느냐."

"나도 내가 작아진 게 일상의 한 장면이라고는 말할 수 없지만."

이런 논리라면, 생각이 닿기만 하면 무슨 해괴망측한 상황이라도 받아들일 수 있다는 소리가 된다. 물론 무작정 부정해서 이야기가 진행되지 않는 것보다 훨씬 낫지만.

석연치 않다고 입술을 뒤트는 스바루 옆에서 율리우스가 정식으로 본론을 꺼냈다.

"여기 계신 분은 아나스타시아 호신 님…… 이미 에밀리아 님의 정체와 지위는 밝혀진 모양입니다만, 아나스타시아 님도 에밀리아 님과 같은 입장에 계신 분입니다."

"호오오, 에밀리아 양과 같은. 즉, 왕국의 차기 왕 후보가 이국에서 줄줄이 모였단 말이군. 그건 또 참, 퍽이나 유쾌하고 희한한 상황이야."

즐겁게 얼굴 흉터를 일그러뜨린 세리나의 시선이 에밀리아를 바라보았다. 그 시선을 느끼고, 에밀리아는 "사실이야."라며 끄덕였다.

"율리우스의 말대로, 나와 아나스타시아 씨는 양쪽 다 왕선 후보자고, 친구야."

"일단 친구 야기는 왕선이 끝난 다음이라는 계약이지만도. 소개받은 대로 내는 카라라기의 호신 상회 대표이자 루그니카 왕국의 왕선 후보자 중 한 명이데이."

"거창한 직함에 더해, 또다시 왕국 사람인가."

"직함 때문에 놀라게 했으믄 심심한 사과를 표하겠는디, 사실 지금의 내 직함은 그게 다가 아이다. 그게 내가 군이 비룡선에 올라탄 이유데이."

방금 제국의 우두머리로서 에밀리아와 우호적인 동맹을 체결한 아벨은 또다시 왕국의 다른 인물이 관련된 사실에 난색을 표하려 했다. 그러나 거기서 아나스타시아가 제동을 걸고, 옆의 율리우스가 그녀를 손으로 가리키며 말했다.

"이번에 아나스타시아 님은 카라라기의 도시동맹, 그 사절 역할을 맡아 볼라키아 제국에 오셨습니다."

"카라라기 도시동맹이라고요?!"

율리우스의 설명에 오토가 목소리를 빽 질렀다.

무심코 소리를 질렀다가 겸연쩍은 표정을 짓는 오토. 그런 그에게 마침 잘됐다며 스바루가 "도시동맹이라면?" 하고 물었다.

"카라라기는 도시국가라는 명분으로 많은 도시가 결집한 나라라고는 들었는데."

"그 인식이 맞아요. 카라라기 도시국가는 대충 열 곳의 대도시가 모여 이루어진 국가죠. 도시에는 각각 도시 대표인 도시장이 있고, 그분들이 이름을 올린 의회가 도시동맹입니다."

"호오…… 프리스텔라의 십인회 같은 건가."

"그렇다기보다 프리스텔라의 십인회가 도시동맹을 본뜬 것이 겠지. 『물의 날개옷 여관』도 그렇고, 국경에 인접한 프리스텔라 에는 카라라기 문화의 유입이 많아."

"아, 듣고 보니……."

아나스타시아 측의 초대로 묵었던 『물의 날개옷 여관』은, 그 내외에 와후 양식이라는 것이 펼쳐져 있었고 그 양식은 카라라 기에서 전래되었다고 들었다.

더욱 거슬러 올라가면 카라라기의 와후 양식 자체가 스바루의 세계에서 반입된 지식이리라고 추측하고 있지만, 그 점은 일단 제쳐 두겠다.

"어쨌든 왕국의 왕선 후보자일 뿐만이 아니라 도시동맹의 의 향에 따라 사절로 제국에 들어왔다면 더더욱 심상치가 않은데."

"그라네. 루그니카 정도는 아이어도, 볼라키아는 카라라기와 도 화기애애하다고는 도저히 말 몬 하니께네. 아니, 제국은 기본 적으로 어디하고도 티격태격한데이."

"황제가 뾰족하게 날이 서서 그렇겠지. 앞으로는 살짝 뭉툭해 질 수도 있고."

"닥쳐라."

아나스타시아의 말투에 편승한 스바루는, 아벨의 험악한 말에 혀를 내밀어 응수했다. 그 모습을 본 율리우스가 흠칫 놀라고 있 었지만, 설명이 길어지기에 나중으로 미루었다.

"볼라키아의 엉망진창인 상황은 카라라기에 있던 우리 귀에도 들어왔데이. 하지만 그 틈을 찌르겠단 얘기하러 얼굴을 내민 기는 아이다."

"기특한 일이군. 하지만 그럴 뜻이 전혀 없지는 않을 테지."

"그야 억척스럽지 않으믄 우째 사나. 무상으로 도움 받는 쪽이 더 불편하지 않고?"

"이치에 맞는군."

아나스타시아의 장난스러운 눈길에 아벨의 눈이 한순간 에밀리아를 쳐다보았다.

에밀리아 본인은 그 눈초리에 이상하다는 표정이었지만, 두 사람이 보자면 에밀리아의 선의 쪽이 훨씬 더 계산에서 벗어났으리라. 천하의 스바루도 무상으로 아벨 측을 도와야 한다고는 말하지 않고, 그런 말을 했다간 오토로부터 지옥의 설교 세례를 받을 것이다.

그때, 벨스테츠의 쉰 목소리가 "잠시 괜찮을까요." 하고 발언 기회를 요구했다.

"약간 이해가 되지 않습니다만, 도시국가가 현재의 제국에 사절을 보낸 이유를 여쭈어도 되겠습니까? 설마 제국의 여러 문제에 귀국까지 말려든다고 추궁이라도 하시렵니까?"

"『시간과 돈은 같은 값』이라는 사상의 카라라기라도 역시 한창 난리통일 때 돈 야기는 안 꺼낸데이. 내정 간섭은 어지간히 준비를 하지 않으면 손해만 볼 뿐이고."

"장황하군. 말하지 않았나. 시간은 한정되었다고."

"조급하구마. 알았데이, 알았데이. 하리벨."

"음? 나가 말해도 되긋어?"

이야기를 진행하고 싶어 하는 제국 수뇌진에게 아나스타시아가 대기 중이던 하리벨을 불렀다.

용차 벽에 기대고 곰방대 연기로 고리를 만들던 하리벨은 복슬복슬한 턱을 어루만지며 주위 시선에 어깨를 으쓱였다.

"그람믄 얘기해 보긋는데…… 실은 요즘 한동안, 카라라기에서 묘한 일이 일어났다. 난 그거 해결하라고 도시동맹에게 독촉받고 있었던겨."

"묘한 일?"

"너희도 짚이는 구석이 있제? 영현이 움직이고 있다 카드라. 아, 이거 몬 알아듣제. 아~ 영현이라는 기는 카라라기 사투리로 시신을 말하는 건디……."

"즉, 도시국가에도 송장 인간의 피해가 나왔다고?"

아벨의 말에 하리벨이 "그런 뜻인 기라." 하고 끄덕이자 스바루 일행은 충격을 받았다.

제도 공방전에 끼어든 송장 인간 군세와 같은 일이 카라라기에서도 일어났었다면, 사태는 제국에만 국한되지 않는 세계적인 대사변이라는 뜻이 된다.

"세, 세계의 위기잖아……. 카라라기의, 그 좀비 소동은 어떻게 됐어?"

"으응? 좀비?"

"움직이는 시체 말하는 거야! 이름이 있는 편이 알기 쉬우니까."

"아항, 옳거니, 뭐꼬, 모르는 말인데 입에 착 달라붙는구마잉."

스바루의 대답에 유쾌하게 응수한 하리벨이 "좀비, 좀비." 하고 입버릇을 들이기 시작했다. 그 모습에 답답해진 스바루가 "하리벨 씨!" 하고 몸을 내밀며 다그쳤다.

"만약 좀비 패닉이 퍼졌으면, 볼라키아만이 아니라 카라라기도……."

"걱정하지 않아도 카라라기에서 일어난 좀비 소동은 내가 자~알 정리했다. 그러니까네 카라라기 쪽은 허둥대지 않아도 괜찮다이."

"아……."

"착한 아구마잉, 사탕 주까? 아, 난 사탕 안 갖고 있었제."

하리벨은 사탕을 찾아 품을 뒤지는 시늉도 하지 않고 가벼운 어조로 스바루를 얼렀다. 괜히 열을 낸 꼴이 된 스바루는 옆에서 머리를 쓰다듬는 베아트리스의 손길에 위로받았다.

"이쪽 하리벨 씨의 조사에 따르면, 문제의 송장 인간…… 아니, 좀비의 피해가 발생한 흐름을 따라갈 때, 서서히 그 피해가 제국으로 향하고 있는 것 같았다고 하더군요. 따라서 도시동맹은 국내에서 일어난 괴변을 규명하고 귀국에 주의를 환기하기 위해……."

"사정에 밝은 하리벨을 내가 고용하고 도시동맹의 사절이란 직책을 받은 기라. 그걸로 국경을 넘는 데에도 도움 받은 거래이."

아나스타시아가 짝짝 손뼉을 치고, 도시동맹의 사절 역할을 맡은 경위를 정리했다.

심각해지지 않게 배려해 주었을지도 모르지만, 안타깝게도 아무리 배려한들 무거워지지 않을 수가 없는 내용의 이야기였다.

특히 카라라기에서 먼저 송장 인간 재해가 일어났었다는 사실은 결코 그냥 넘길 수 없는 문제다.

"제국보다 먼저 도시국가에서 일이 일어났었다. 그렇다면 이번 송장 인간의 재앙은 너희 나라에서 제국으로 넘어온 것이라고도 말할 수 있다만?"

"그럴 가능성도 있지만도, 우리는 다른 의견을 갖고 있데이."

"호오. 책임 회피가 아니라면 어디 말해 보아라."

"카라라기가 처음 영현…… 좀비 피해가 나온 곳은 맞다. 근디 진짜 표적은 볼라키아이고, 카라라기는 그 전의 연습대였던 기 아일까."

아벨의 심술궂은 지적에 아나스타시아가 변함없는 태도로 그리 대답했다.

해사한 태도와 정반대로 그녀가 세운 가설은 꽤 부담스러운 내용이었다. 카라라기는 연습대고, 볼라키아가 실전이라는 견해는 너무나도 괴롭다.

"볼라키아 쪽이 진짜 표적…… 아나스타시아 씨는 왜 그렇게 생각했어?"

"피해 규모제."

스바루가 품은 의문을 에밀리아가 똑같이 거론하자 아나스타시아는 그리 대답했다.

"정보가 복잡하게 섞였지만 제도가 입은 피해의 첫 소식은 가클라에 도착했데이. 정확한 야기가 아이라 캐도 제도가 좀비에게 빼앗겼단 기는 사실이제?"

"제도 루프가나를 빼앗기고 제도민의 일제 피난이 시행되었다니 보통 일이 아닙니다. 따라서 이 사태를 일으킨 '적'의 목적이 제국에 있던 것은 확실하리라 봅니다."

"조리가 맞긴 하군."

아나스타시아와 율리우스의 추론에 짧게 대답한 아벨. 그는 차분하고 검은 눈동자 속에서 깊은 책모를 굴리며 "그런데." 하고 시선을 하리벨 쪽으로 돌렸다.

"도시국가에서 네가 진정시켰다고 말한 피해 말이지만, 실제로는 무슨 일이 일어났지? 제국의 정세 여하에 상관없이 도시국가가 송장 인간에게 멸망당했다는 말은 듣지 못했다만?"

"그라체. 그라케 되기 전에 내가 막았다……. 고래 말해도 상대의 목적은 카라라기를 뒤집어 놓는 기 아이라 아나 도령의 말맹크로 경험을 쌓으려던 기 아일까네."

"그거, 무슨 뜻이야?"

"쉽게 말해서, 나가 마주친 좀비들은 도시 사람이랑 통째로 전부 다 바뀌어서 그냥 그대로 살아 있는 사람들하고 똑같은 생활을 하고 있었다 안카나. 뒤바뀐 게 안 들키게 말이다이."

하리벨이 밝힌 사실에 스바루는 "뭣……." 하고 말문을 잃었다.

그렇게 놀란 사람은 스바루뿐만이 아니다. 두뇌파들은 다 같이 생각에 잠긴 표정을 짓고, 스바루와 같이 놀라는 배역 쪽인 사람들은 말도 못 꺼내는 상황이었다.

그럴 만하다. 방금 하리벨의 이야기는, 상정하고 워낙 달랐다.

"그, 그 송장 인간들은 산 자를 위장하는 짓조차 한다는 말인가?! 하긴 라미아 각도 생전과 다름없이 말씀을 하셨었지만……! 그렇다 해도!"

언성을 높인 고즈의 외침에는 스바루도 전적으로 같은 의견이었다. 그저 싸우기만 하면 되는 상대가 아니라, 그렇게 허를 찌르는 수단까지 구사한다면——.

"저기, 하리벨 씨, 도시 사람이 전원 『좀비』가 되었다고 그랬는데…… 그 도시에는, 몇 명이나 되는 사람이 살고 있었어?"

그것은, 누군가가 물어야만 할 화제였다.

스바루는 경악에 사고가 지배되어 자신이 아니라 에밀리아가 그런 질문을 하게 만든 것을 후회했다. 그 후회는 하리벨의 답변을 듣고 더욱 깊어지며 커졌다.

왜냐하면——.

"대략, 2000명 정도구마잉."

"그렇게나……."

하리벨의 답변으로 피해 규모가 명확하게 숫자로 드러났기 때문이다.

그 답변에 에밀리의 표정이 어두워지고 스바루의 가슴에도 날카로운 가시가 박혔다. 그러나 그 말을 들은 두뇌파들은 상처만 받는 게 아니라 그 너머를 내다보았다.

"그 규모로 산 자를 가장했다면 성가시다고 말할 수밖에 없군. 무슨 계기로 발각되었지?"

"도시에 납입되는 물자의 양이데이. 영현은 음식도 물도 필요 없으니께네, 물자 유입이 극단적으로 줄어서 이상하지 않느냐 얘기가 나온 기라. 산 사람과 죽은 사람의 차이구마이."

감정 때문에 발을 멈춘 스바루와 달리 아벨과 아나스타시아는 발을 멈추지 않는다.

그 차이에 분한 감각을 느끼는 한편, 이 감정을 버려서는 안 된다 싶었다. 그 감정이 필요하다던 아벨의 말도 잊고 싶지 않았다.

어금니를 깨무는 스바루를 아랑곳하지 않고 아벨이 벨스테츠를 돌아보더니 말했다.

"벨스테츠, 제국 서부에 일군을 배치해 두었었지."

"예. 아직 내란이 조짐만 보이던 시점이었습니다만, 도시국가와의 국경 근처에 불온한 움직임이 있다는 보고가 있어 반란군의 대책과 양극화되는 사태를 피하고자 대비를. 설마……."

"군을 맡겼던 것은, 그루비 검릿이었을 터렷다."

실눈의 벨스테츠가 얼굴을 굳히고, 아벨이 작게 숨을 내뱉었다.

그 숨결이 입에 담은 대상은 분명 『구신장』 중 한 명── 아직 스바루가 얼굴을 볼 기회가 없었던 일장(一將)이다.

"각하! 설마……설마! 그루비 일장은!"

"제도의 전투에 참가하지 않고 현시점에도 합류할 움직임이 없다면, 최악을 염두에 둘 수밖에 없다. 그루비 검릿과 그 일군은, 이미 송장 인간의 손아귀에 떨어졌다고."

"크읍."

아벨의 말에 고즈가 사시나무 떨듯이 떨며 어금니가 깨지도록 이를 악물었다.

비유가 아니라 정말로 어금니가 깨진 것이다. 크나큰 분개가 고즈 랄폰이라는 전사의 온몸을 꿰뚫는다. 전우를 잃었을 가능성이 그를 강타했다.

이는 당사자를 모르는 스바루 일행에게도 조용한 치명타였다.

"각하, 정말 그 예상대로 송장 인간이 산 자를 가장할 수 있다 하면······."

"이미 각지에서 올라오는 보고는 단독으론 신뢰성이 없다. 정보의 확실성을 높이지 않고서 제도 탈환의 싸움에 몸을 던지는 건 지난한 일이지."

올라온 보고 중 어느 것이 아군인 산 자이고 적인 죽은 자의 것인지 알 수 없다.

그렇듯 무시무시한 가능성이 제시되자 스바루는 숨을 집어삼켰다.

"즉, 그것이 도시동맹이 아나스타시아 씨에게 사절을 맡긴 이유······."

"위기감이 공유되었제? 이런 일은 절대로 퍼지면 안 되어야. 그러게 신뢰할 수 있는 적은 인원만으로 먼저 온 기다."

수긍한 아나스타시아의 말에 율리우스와 하리벨이 저마다 끄덕였다.

이 두 사람이 대(對) 송장 인간 작전에서 신뢰할 만한 개인 전력이라는 뜻이다.

"리카드나 미미 남매는?"

"국경에서 도시동맹과 공동전선을 구축 중. 기본적으로는 제국에 넘어오지 않는데이. 제국에서 막지 몬하든 카라라기도 대비해야 하니께네."

"곱게 들릴 소리가 아니지만도 넘어가 주그라. 마, 아나 도령이 입이 못 되어 먹은 기야 새삼스럽다이가."

"하―리―벨―?"

부재 중인 『철 어금니』의 소재지에 대해 답변한 아나스타시아가 미소와 함께 하리벨을 쳐다보았다. 해사한 몸짓으로 뺨에 손을 짚은 그녀는 하리벨을 응시한 채로 말했다.

"처음은 넘어가 주긋지만 그 아나 도령이란 호칭은 그만두라? 내는 인자 어린애가 아이고 카라라기의 대표이기도 하데이?"

"어린애가 아이다 캐도 옛날에 리카드와 말썽 부리던 시절이랑 생긴 것도 심보도 별로 안 변했잖노. ……어, 하이고, 눈깔 보소, 무서버라! 내가 잘못했다!"

하리벨이 두 손을 들고 아나스타시아의 말없는 압력에 백기를 들었다.

아무래도 서로 모르는 속이 없어 보이는 두 사람의 관계도 신경이 쓰이지만, 그런 잡담은 훗날의 즐거움으로 남겨 두기로 하겠다. ――이, 유례없는 송장 인간 재해의 후일담으로서.

"정식으로 카라라기 도시동맹의 의사를 전하겠습니다. 이, 송장 인간…… 좀비의 피해를 저지하고자 도시국가는 제국에 가능한 최대의 지원을 행하고 싶다고 합니다."

"지원에 관한 대답은 세세히 따져 보기로 하고. 너희는 이 사태를 막을 방도로 짚이는 데가 있나?"

"그거 말인디, 뭐. 영현이 일어나 걷는 자연 현상이란 건 없지 않나? 틀림없이 누군가의 맛탱이 간 생각이 포함된 기제. 즉……."

"흑막, 술자, 주모자……. 뭐라 부르든 상관없지만도, 그것의 토벌."

세계 전토를 위기에 빠뜨릴지도 모르는 거대한 문제, 이를 막기 위한 방책.

이 문제를 일으킨 장본인, 형체가 보이지 않는 그 '적'을 막는 것이 루그니카 왕국, 볼라키아 제국, 카라라기 도시국가가 파악해야 할 최우선 사항——.

"정체불명의, '적'……."

그, 실상을 알 수 없는 '적'에 대한 생각을 떠올린 스바루의 등에 식은땀이 흘렀다.

'적'의 정체도, 송장 인간 재해를 실현한 수단도, 이를 실행한 사상도 전부 알 수 없다. 이 '적'을 쓰러뜨리는 데에 얼마나 큰 고난이 기다리고 있을지도.

하지만——.

"이만한 멤버가 모여 있잖아."

겁을 먹으려던 스바루의 마음을, 그럼에도 북돋아 일으켜 세우는 것이 주위의 사람들.

스바루와 렘을 찾아서 제국까지 와 준 에밀리아 일행, 이 제국을 지키기 위해서 하나로 뭉칠 각오를 다진 제국의 수뇌진, 그리고 카라라기에서 온 믿음직한 원군——.

"설령 '적'에게 무슨 꿍꿍이가 있어도, 절대로 지진 않아!"

그것이, '적'을 향한 나츠키 스바루의 거짓 없는 선전 포고였다.

3

——그렇게 스바루가 연환용차의 차내에서 기백을 터트리던 때를 전후한 시간.

파괴된 물막이 벽에서 저수지의 물이 맹렬히 흘러나오고 제도는 물에 삼켜진다.

탁류에 건물이 쓸려 내려가고 사람도 나무들도 구별 없이 찢기는 광경 위, 높은 곳으로 피신한 파란 머리 소년은 손으로 차양을 만들어 그 광경을 바라보고 있었다.

"이거 참 할 수 있는 만큼 시간을 벌었다 싶은데 다들 안전하게 도망쳤을까요. 보스 쪽도 혹시 머리가 뜨거워졌다가 퇴각 판단을 그르치지 않았으면 좋겠는데요."

기모노에 짚신 차림인 세실스가 그렇게 경쾌히 중얼거렸다.

이 장대한 제도 공방전에서, 타고난 직감과 뭐든 이야기로 해석하는 정신머리로 온갖 상황 변화에 간섭한 세계의 주연 배우 —— 실제로 세실스가 독단적으로 헤집고 다니지 않았으면 제도는 더 일찍 물에 삼켜지고 더 많은 사람들의 피신이 늦어져 크나큰 피해가 나왔을 것이다.

그런 의미로 보아 세실스의 행동은 많은 사람들에게 운이 좋았다고 할 수 있다.

　그러나 당사자인 세실스에게는 그렇지 않았다.

　갑자기 나타난 송장 인간 군세, 형세가 돌변한 제도 공방전. 품격 없이 승리를 가로채려는 제3의 '적'을 놀라게 해 주자고 세실스는 뛰었다.

　그야말로 세계가 매혹될 만한 활약이었다고 자화자찬할 수준으로.

　그런데도——.

　"그건 그렇고 완전히 예상 밖이었어요."

　그렇게 중얼거린 세실스는 탁류에 삼켜지는 제도 속, 자신과 비슷하게 높은 곳으로 피신했음에도 여전히 산 자에 대한 집착을 잃지 않은 송장 인간들의 모습에 손가락으로 뺨을 긁었다.

　저것들이 상식 밖의 섭리로 움직이는 존재들이라면, 그렇게 꾸민 흑막을 쓰러뜨리면 만사해결——.

　"——이라고 생각했더니, 설마 그 술자를 쓰러뜨려도 사태가 수습되지 않을 줄이야!"

　그렇게 외친 세실스의 발아래에, 송장 인간들을 되살리고 이끌던 술자가 쓰러져 있었다.

　아름다운 분홍색 머리카락과 살짝 긴 귀를 가진 어린 소녀——그것은 『푸른 뇌광(雷光)』 세실스 세그문트와 대치했다가 토벌당해 손발의 말단부터 사라져 가는 『마녀』의 주검이었다.

4

——『아인전쟁(亞人戰爭)』.

그것은 과거에 루그니카 왕국에서 일어난 대규모 내란이며, 이 이상사태와 많이 비슷한 사례—— 죽은 자가 적으로서 맹위를 떨친 사건을 기록한, 유일한 역사다.

단, 사서(史書)의 본 목적은 인간족과 아인족(亞人族) 사이의 알력 쪽이며, 내전 일부에서 실행되었다는 비상식적인 현상을 이용한 공격의 자세한 내역은 기록되지 않았다.

그것이 아쉽다. 만약 그때의 자세한 내역이 더 깊이 기록되었더라면——.

"이런 놈들한테 밀릴 이유는 없는데 말이지!!"

포효와 함께 휘두른 주먹이 창백한 피부의 송장 인간 집단을 한꺼번에 날려 버린다.

대지를 짓밟는 발바닥에서 빨아올린 활력이 실린 권격이 두 번, 세 번, 그때마다 적의 진형—— 아니, 무질서하고 물량에만 의존해 진형이라고도 부를 수 없는 단순한 횡렬이다. 그 횡렬에 크게 구멍을 뚫은 가필은 이를 딱 부딪쳤다.

"마음에 안 들어."

때려눕힌 적, 당하는 방식, 사라지는 방식에 가필은 짜증을 숨기지 못했다. 이 당하는 방식은 생명이 있는 존재가 끝나는 방식이 아니다. 이런 것은 생명의 모독이다.

치유 마법 사용자 중 하나로서 결코 허용해도 될 존재가 아니다.

"――――."

고개를 내돌리는 가필의 시야, 전장이 된 밤의 평야에 끊임없이 나타나는 것은 성새도시로 가는 연환용차를 쫓아오는 송장인간 무리였다. 그것을 요격하고자 가필을 포함한 산 자의 지체전술 부대가 분전하고 있다.

처음에 치유 마법을 쓸 수 있는 가필은 치료반에 배치되었지만 부상자의 치료보다도 애초에 부상자를 배출시키지 않으려는 운용 쪽이 가필의 성미에 맞았다.

'가프 씨, 꼼지락거리는 게 신경 쓰여! 그렇게 가만있지 못하겠으면 직접 싸우고 있는 사람들 쪽을 돕고 와요!'

이는 가필과 같이 치료반에서 분투하던 페트라의 발언이다.

그 배려에 따른 가필은 밖으로 뛰쳐나갔다. 실제로 지원한 만큼의 성과를 거두었다고는 생각한다. 하지만 자신이 최선의 활약을 했다고까지 자만할 수 없었다.

왜냐하면――.

"쳐라!!"

날카로운 구령이 어두운 밤에 울린 직후, 『슈드라크의 민족』의 일제 공격이 발동한다.

족장인 타리타의 한마디에 가공할 밀도로 발사된 화살비――한 발 한 발의 점이 아니고 한 면이 되어 떨어지는 화살을 피하기란 지난한 일이라, 화살에 맞지 않으려면 막거나 쳐낼 수밖에 없다. 하지만 그러기도 어렵다.

"다 보이거든!"

"해치울 거야~!"

화살에 대처하느라 급급하던 송장 인간이, 기세등등한 목소리의 주인이 쏜 강궁에 튕겨 나갔다.

꿰뚫렸다 같은 표현으로는 부족한, 말 그대로 전속력의 용차에 치어 튕겨 나간 것처럼 어마어마한 충격이 표적인 송장 인간뿐만이 아니라 그 뒤의 집단까지 한꺼번에 날려 버렸다.

화살비를 통한 면 제압으로 약한 송장 인간을, 강궁을 통한 저격으로 강력한 송장 인간을 각각 사살한다. 수렵 민족의 호흡이 딱 맞는 사냥의 리듬은, 가필을 크게 감탄시켰다.

가필이라도 화살로 고슴도치가 되어 움직임이 막혔을 때 저 강궁이 날아오면 큰 대미지를 피할 길 없다. 아군이라 다행이라는 생각이 절로 드는 전술이다.

그리고 이 전장에는, 그녀들 슈드라크 외에도 주목할 만한 이들이 있었는데——.

"가자, 가자, 가자, 가자——!"

"최강! 무적! 덤벼! 덤벼!!"

"우오오오오——!!"

야전 중에도 심상치 않게 요란스러운 집단—— 그것은 제국에서 고군분투하고 있어야 했을 스바루가 끌고 온, 『플레아데스 전단』이라고 주장하는 망나니들이었다.

슈드라크의 사냥 기술과 달리 그들에게는 통일된 전투법이나 두드러진 기술이 없다. 기껏해야 일반적인 제국병 수준의 기량으로 본능에 맡겨 날뛰고 있다는 표현이 옳다.

그런데도, 강하다. 그들과 송장 인간의 격돌은 이미 어른과 아이의 충돌이었다.

"압권이군. 저자들의 강함은 완전 속이 시원해."

플레아데스 전단의 싸우는 모습에 압도되는 가필, 그 옆에 머리카락을 붉게 물들인 갈색 피부의 여성—— 미젤다가 섰다. 한쪽 다리가 목제 의족인 미젤다는 잇따라 송장 인간을 쳐부수는 전단을 바라보다가 가필에게 어깨를 으쓱였다.

"엄청나다는 건 같은 의견이야. 영문을 알 수 없는 강함이지만 대장과 얽힌 녀석들이니 말이지. 뭘 했던 거냐는 생각은 해도 위험한 거 아니냔 걱정은 안 들어."

"대장…… 스바루 말이군. 에밀리아 쪽과 같이 꽤 신뢰받고 있는데."

"핫! 신뢰라고? 그런 말로는 부족하지. 대장이란 남자는 말이야, 이 어르신이 보내는 기대와 신뢰를 백 배로 돌려주는 남자라구!"

과장도 허세도 아니라, 가필은 진심으로 의심 한 점 없이 그렇게 말할 수 있다. 그런 가필의 대꾸에 팔짱을 낀 미젤다가 눈에 이해의 감정을 띠고 끄덕였다.

"네 기분도 이해한다. 스바루는 『혈명(血命)의 의식』에서는 물론 그 후의 싸움에서도 우리에게 거듭 증명했다. 전사의 영혼을. 얼굴은 별로인 남자지만 타리타의 신랑으로 삼아도 좋아."

"얼굴 얘기는 하지 말아 줘라! 눈매 문제는 대장도 신경 쓰고 있거든! 그리고……"

"그리고?"

"아무리 대장에게 반했어도 대장이 반한 상대는 이미 결정이 났어."

"과연. 그렇군."

손가락으로 코를 문지른 가필의 말에 미젤다도 입꼬리에 작은 웃음을 띠었다.

장가를 드는 이야기는 어쨌든, 스바루가 이 제국에서도 높이 평가받는 것은 가필도 자랑스럽다. 어디에 있든 간에 스바루는 주위 사람들을 끌어들이며 큰 성과를 가져온다.

하지만 어디에 있어도 해나갈 수 있을 스바루라 하여도, 자신들과 같이 있어 주길 바라는 것이 가필의 소원이며 진영 전원의 총의다.

"그렇건만 우리가 대장이랑 노는 데 방해하기냐……."

소중한 재회에 찬물을 끼얹은 데다가 그 정체성부터 화가 치민다. 가필의 송장 인간들에 대한 호감도는 최악이라고밖에 할 수 없었다. 슈드라크나 플레아데스 전단에 뒤처지지 않겠다고 새삼 이를 딱 부딪친 가필은 전투를 재개하려고 했다.

거기서 문득 "아앙?" 하고 전장에서 당하고 있는 송장 인간들의 모습에 위화감이 들었다.

"왜 그러지?"

"아니……. 저놈들 당하는 모습이 신경 쓰여서. 화살 한 대에 부서지는 녀석이 있으면, 화살이 다섯 대 꽂혀도 부서지지 않는 것도 있어. 묘하지 않나?"

"짐승에도 끈질긴 게 있지. 인간도 그렇다. 같은 맥락 아닌가?"

"강약의 차이가 있는 건 알아. 근데 그런 게 아니라……."

잘 표현은 못 하겠지만, 각각의 강약으로는 가필의 위화감을 설명할 수 없는 것이다.

끈기의 차이는 화살이 맞은 위치 때문도 아닌 듯하다. 눈에 꽂혀도 멀쩡한 송장 인간이 있으면, 어깨에 꽂힌 화살에 부서지는 송장 인간도 있다.

그 차이가 무엇인지, 구체화되지 않는 의문이 머릿속을 빙빙 맴돌지만——.

"젠장! 고민하려니 머리에 쥐난다! 『지금 한걸음의 길티라우』야. 전부 다 때려잡으면 결국 그게 그거니까……."

"그런 생각이야말로, 『지금 한걸음의 길티라우』라아——는 것이지."

그 순간, 머리 위에서 들린 그 목소리에 가필의 어깨가 크게 들썩거렸다.

당황해서 하늘을 올려다보니 두꺼운 구름이 낀 밤하늘에 천천히 다가오는 그림자가 있었다. 그것은 마음에 들지 않는 남자의 형상으로 차츰 커지다가 가필의 눈앞에 내려섰다.

"열심히 싸우는 중에 실례하겠어——."

"이 자식, 더들리……."

"어이쿠. 겨우 가명이 친숙해진 차에 미안하지만, 방금 회의로 이름을 숨길 이유는 없어져서 말이야아——. 전처럼……."

"망할 로즈월……!"

"쓸데없는 수식이 붙었지만, 그쪽으로 불러도 상관없다아— 마다."

그렇게 웃는 로즈월이 가필의 짜증을 별안간 촉발시켰다.

볼라키아에 밀입국한 이후로 로즈월의 얼굴 화장과 해괴한 의 상은 봉인되었지만, 똑같이 봉인되었던 독특한 말버릇과 본명 이 각각 해제된 모양이다.

즉, 사전에 오토 일행이 논했던, 제국과 맺는 관계의 타협점—— 스바루와 에밀리아의 마음을 꺾지 않는 모양새로 대화가 정리되 었다는 뜻이다.

"그거 자체는 상관없지만, 굳이 뭐 하러 기어 나왔어! 그리 고…… 베아트리스! 태세 전환했냐? 이 자식하고 같이 오다니 별일이 다 있잖아."

"필요에 쫓겨서 그랬어. 베티도 가능하면 1초도 스바루 곁을 떠나고 싶지 않은 것이야. 하지만 부탁받은 이상 어쩔 수 없지."

그렇게 말한 베아트리스가 로즈월의 팔에서 폴짝 떨어졌다.

요 한 달 남짓, 스바루가 없는 상황에서 활동하던 베아트리스 의 모습도 익숙해졌다. 하지만 스바루와 합류하자 완전히 독기 서린 눈으로 "이젠 안 떨어져." 하고 중얼거리던 소녀를 보았기 에 그럴 줄로만 알았다.

그런 베아트리스가 스바루와 따로 행동해서까지 로즈월과 같 이 전장에 나타난 것은——.

"가필, 너도 느낀 위화감의 정체를 규명하러 온 것이야."

"위화감의, 정체?"

"적을 모른 채로 싸움에 임하면 얻을 수 있는 전과는 기대의 절반에도 못 미치지. 이를 메꾸려면 적을 알아야 해. 하물며 이 적은 너무나도 수수께끼가 많으니이—까."

안고 있던 베아트리스가 거리를 벌리자 기분 탓인지 서운한 듯 손을 휘젓는 로즈월. 이 둘의 말에 가필은 회의가 긍정적인 결말을 맞이했음을 느껴 전의를 고양시켰다.

설령 그것이 못마땅한 로즈월이 전달해 온 사실이라도 말이다.

"더들리가 아니라 로즈월……. 그것이 너의 이름이란 말인가."

"네, 미젤다 양. 사정이 있어서 이름을 속였던 것을 사과드리지이—요."

"얼굴이 괜찮은 남자가 한 짓이다. 용서하지."

"어이없는 판단 기준인 것이야……."

한편, 미젤다는 독특한 가치관으로 가명을 들었다는 사실을 소화했다.

그 옆에서 이마에 손을 짚던 베아트리스에게 가필이 이를 딱 부딪치고 물었다.

"즉, 제국에서 하는 싸움은 속행하기로 했고, 니들 둘이 온 것은……."

"섭리 밖의 사건을 특정하는 데에는 섭리에 간섭하는 술법을 가진 마법의 종사야말로 적임인 것이야."

"루그니카와 볼라키아의 역사적인 협력이지. 왕국이 그들에게 내놓을 수 있는 것 중에서 가장 가치가 있는 것이, 원인 규명을 위한 마법적인 접근이라아—는 뜻이야."

무제한으로 발생하는 송장 인간의 원인을 특정하는 데에 마법사로서 지닌 지식이 도움된다면, 분명히 에밀리아 진영 내에서 로즈월과 베아트리스보다 적임자는 없다.

에밀리아는 정령술사이고, 람은 감각파, 페트라도 아직 공부 중인 입장이기 때문이다.

"실제로 길게 싸워 봤더니 어떻지? 뭔가 파악한 점은?"

"쓰러뜨리기 쉬운 녀석과 쓰러뜨리기 어려운 녀석이 있는데, 그 차이를 모르겠어."

"흠. 개체별 생존력, 생명력의 차이인가."

길고 가는 손가락을 턱에 대고 생각에 잠긴 로즈월. 가필은 속으로 혀를 찼다.

로즈월의 일거수일투족이 마음에 들지 않긴 해도 방금은 다르다. 방금 혀를 찬 것은 이 상황에서 로즈월이 믿음직스럽다고 느꼈기 때문이다.

"로즈월, 멀뚱히 바라보고 있어도 답하고는 연결되지 않아."

"동감이군. 자, 그렇다면…… 베아트리스, 마나의 잔량은?"

"스바루와 만나서 최고의 상태인 것이야."

"좋아. 그으—러면——."

불현듯 웃은 로즈월이 좌우의 색이 다른 눈을 가늘게 뜬 직후, 그 주위에 색이 다른 4색의 빛—— 마나가 떠올랐다. 그것들은 로즈월이 손가락을 딱 튕기자 화살처럼 어두운 밤을 달리며 먼 곳에 있는 송장 인간들에게 각각 지닌 위력을 발휘했다.

송장 인간 한 구가 불타오르고, 또 다른 한 구가 얼음덩이로. 한 구는 바람 칼날에 사지가 절단되고, 한 구는 땅에서 솟구친 바윗덩이에 사타구니부터 꿰뚫렸다.

전부 다 치명상, 1초 후에는 금이 가는 소리와 함께 산산이 부스러지는 파괴력. 그 결과에 가필도, 미젤다조차도 슬며시 눈썹을 올리며 놀란 기분을 드러냈다.

"보고에 있던 대로 가장 효과가 있는 것은 불 속성이구운―. 바람은 썩 시원찮고, 흙은 타격과 반응이 다르지 않아. 얼음덩이는 연비가 나쁘겠어."

그러나 그 실행자인 로즈월은 송장 인간을 쓰러뜨렸다는 사실이 아니라, 쓰러진 송장 인간들에게 가한 공격의 효과로 그 강도를 판단하고 있다.

그리고 베아트리스 또한 로즈월과는 다른 형태로 같은 검증을 시작했다.

"비타."

밤하늘에 손을 드리운 베아트리스가 영창한 마법이 간섭한 것은 그 하늘을 가르며 날아가는 『슈드라크의 민족』이 쏜 화살비였다.

송장 인간들에게 면 제압을 거는 무수한 화살이 베아트리스의 음(陰) 마법의 효과―― 그, 대상의 무게를 바꾸는 마법으로 중량을 몇 배로 불려 적에게 쏟아진다.

그 위력의 증대는 송장 인간째로 지면을 꿰뚫는 장렬한 소리로도 상상이 되었다.

"가필의 말대로 화살의 무게를 바꾸어 위력이 다른데도 쓰러지는 좀비와 쓰러지지 않는 좀비가 있는 것은 설명이 되지 않아."

"모든 화살을 무겁게 하면 구별이 안 가는 거 아니냐?"

"기가 막혀. 베티를 우습게 보지 마. 화살 전부를 같은 무게로 한 게 아니라 한 발씩 무게를 바꾸어 시험했어."

베아트리스가 어린 소녀처럼 볼을 부풀리지만, 그 발언 쪽이 훨씬 더 기가 막혔다.

가필도 치유 마법 특화이기는 하지만 마법을 쓸 수 있다. 그렇기에 베아트리스가 한 일이, 잔뜩 있는 바늘구멍에 손을 쓰지 않고 한 방에 실을 꿰는 것만 같은 묘기임을 알 수 있으니까.

"무너지는 원인은 사지의 상실이 아니이—야. 급소를 찔러도 무사한 것도 있어. 생긴 건 인간형이지만 생물로 여기는 것은 그만두는 편이 좋겠구—운."

"웃고 화내고 말하는 녀석까지 있는데 생물이 아니라고 취급하라니 네가 아니면 쉽게 할 수 있는 말이 아닌 것이야. ——일정 대미지의 축적이 조건일지도 몰라."

"꽤 섭섭한 평가인걸. 이래 봬도 너희와 함께 지내며 인간성을 많이 되찾았다고 생각하는—은데. 다리 한쪽이 날아갔을 뿐인데 쓰러지는 것도 있군. 대미지의 축적이라는 조건이라고 치기엔 이해가 안 되지 않나아—."

"단순한 내구력의 개체차로 치부하는 것은 폭론인 것이야."

"그 외의 이유가 있겠지. 마나의 흐름은 균등해."

"확실히 균등…… 기다려 봐. 지나치게 균등한 것이야."

중간에 농담을 섞으면서도 로즈월과 베아트리스가 적에 대한 고찰을 진행한다.

놀랍게도 둘은 그렇게 대화하는 중에 각자의 특기 분야의 마법을 구사해 달려드는 송장 인간들의 성질을 체크하고 있는 것이다.

불이, 바람이, 보라색 화살이 미쳐 날뛴다. 송장 인간들은 등을 맞대고 싸우는 둘에게 접근하지 못했다.

물론 둘에게 접근하지 못하도록 가필과 미젤도 송장 인간을 향해 공격하고 있지만, 그러지 않았어도 로즈월과 베아트리스는 꿈쩍하지 않았으리라.

이 말은 베아트리스가 분명히 싫어할 테니까 입 밖에 꺼내지 않겠지만——.

"더할 나위 없이 호흡이 딱 맞는 두 사람이로군."

"절대 들려줄 만한 소리가 아니구만."

가필이 한 생각과 전적으로 같은 평가를 내리는 미젤다.

그렇게 평할 수밖에 없는 연계를 보여주면서, 그렇게 평 받는 줄은 모르는 베아트리스가 눈썹을 내리며 "로즈월!" 하고 불렀다.

"한번, 만지고 오겠어."

"무모한 소리를 하는군."

말을 남긴 베아트리스가 자신에게 작용하는 중력을 지우고 가볍게 앞으로 뛰었다.

드레스 옷자락을 팔락이는 소녀의 도약에 송장 인간 한 구가 돌아서서 검을 쳐들었다.

"지와르드."

찰나, 그 송장 인간의 검을 든 팔이 로즈월이 쏜 하얀 빛에 증발

되었다.

경악에 경직된 송장 인간의 이마에 베아트리스의 손이 닿고, 소녀의 눈이 크게 뜨였다.

"역시 그런 것이야."

그렇게 중얼거린 베아트리스의 몸을, 그녀의 가는 허리에 두른 팔이 끌어 내렸다.

베아트리스의 몸을 끌어안고 앞뒤를 교대한 로즈월은, 그녀를 안은 쪽과 반대 팔로 날카로운 권타를 날려 경직이 풀리기 전이던 송장 인간의 머리를 때려 부수었다.

"이거 참, 스바루에게 혼나는 것은 나다만?"

"그리고 스바루에게 칭찬받는 것이 베티지. ——복원 마법인 것이야."

"그런 거였군."

베아트리스의 무모한 행동에 쓴소리를 하던 로즈월은 사죄 대신 나온 말에 눈썹을 모았다.

방금 송장 인간과의 접촉으로 베아트리스는 모종의 확신을 얻었다. 로즈월에게는 짧은 말로도 전해진 모양이지만, 안타깝게도 가필에게는 긴가민가했다.

"이봐, 하나도 모르겠어! 에밀리아 님이라도 알 수 있게 설명해 봐!"

"애초에 에밀리아와 가필의 이해도는 비슷한 수준이거든. 좀비들의 몸 구조, 그 메커니즘을 알아낸 것이야."

"그러니까 그게 뭐냐고 묻잖아."

가필도 복원 마법의 존재는 알고 있다. 파손된 사물을 수복하기 위한 마법이며, 일류 사용자는 불탄 책을 재에서 원상복구하는 것조차 가능하다고 들었다.

단, 사용자는 소수이며 절묘한 마력의 정밀도가 필요하다. 더구나 수복 대상의 질이 열화되기 쉽다는 단점도 두드러진다고 한다.

그리고 무엇보다 생명의 복원은 불가능하다. ——그것은 복원이나 수복이 아니라, 그거야말로 종종 화제에 오르던 『불사왕의 비적(秘蹟)』 같은 금술(禁術)의 영역이다.

"선생님은 그릇으로 마나를 택하고, 나는 그릇으로 피를 택했지…… 하지만 이 '적'은 그릇으로 흙을 택하고 내용물이 흘러나오는 건 개의치 않나."

베아트리스가 내린 계시에 입매를 가린 로즈월. 그는 가필이 이해하든 말든 심각한 표정으로 베아트리스를 돌아보았다.

"베아트리스, 이것은 『불사왕의 비적』이 아니군?"

"원점은 동일하고, 접근 방식이 달라. 『불사왕의 비적』은 그릇이 먼저, 영혼이 나중인 것이야. 하지만 이 좀비들은."

"영혼이 먼저고, 그릇이 나중……. 육체는, 영혼에 맞추어 형태를 바꾸지."

로즈월의 확인에 베아트리스가 깊이 끄덕였다.

여전히 중요한 부분을 알 수 없는 대화라며 기분이 씁쓸하던 가필은, 거기서 무심코 자기 눈을 의심했다.

——가필 이상으로 씁쓸한 표정을 지은 로즈월이 눈에 들어왔

기 때문이다.

"'적'의 정체가, 짐작이 갈지도 모르겠어."

"윽, 진짜냐! 그렇다면……."

"하지만…… 하지만, 그럴 리가 없단 말이지. 왜냐면, 녀석은 이 손으로……."

평소의 여유가 사라진 로즈월의 목소리에는 망설임과 의혹이 차 있었다.

명언을 피하는 그의 태도에 가필은 이를 세게 딱 부딪쳤다. 다름 아닌 로즈월의 짐작이다. 무슨 생뚱맞은 발상이라도 아예 빗나갈 리가 없다.

"로즈월, 한 가지 묻겠어."

가필이 로즈월의 멱살을 거칠게 잡으려던 순간, 그보다 먼저 베아트리스가 그를 불렀다. 특징적인 무늬가 있는 눈동자와 좌우의 색이 다른 눈동자가 교차한다.

"네 망설임의 원인은, 어머니와 관련되었기 때문인 것이야?"

"내가 그렇게 알기 쉽던가?"

"네가 그런 태도를 보이는 건 어머니와 관련되었을 때 정도지. 그것 말고는, 요즘이라면 람에 관한 문제일까."

"너한테 무슨 일이 있어도 일희일비할 자신이 있다마는."

쓴웃음과 함께 대답한 로즈월이 눈을 세게 감고 얼굴을 다잡았다. 그리고 눈을 뜬 그는 직전의 망설임과 약함을 밀어내고 끄덕였다.

"네 안목이 옳아. 좀비들이 원래의 시체 없이도 되살아나는 것은, 복원 마법의 응용이다. 그 전제로서 영혼을 내리기 위해 『불사왕의 비적』도 이용하고 있을 테지."

"복원 마법이든 『불사왕의 비적』이든, 이치만 안다고 바로 쓸 수 있는 게 아니야. 애초에 원리가 달라도 한참 다른 마법의 조합이라니 그런 막무가내식 재주는 한 줌의 천재라 쳐도 어림없어. 그게 가능한 것은……."

"선생님의 계보지. 하지만 선생님일 수가 없어. 즉."

로즈월이 언급하는 '선생님'과 베아트리스가 언급하는 '어머니'는 동일인물이며, 가필과도 전혀 무관하다고는 말 못할 상대다. 같은 이름을 가진 자가 복수 존재하는 탓에 헷갈리지만, 그 『마녀』의 이름이 관련되어서 일이 잘 풀린 전례가 없다.

실제로――.

"버릇없는 눈빛이군."

갑자기 낮은 목소리로 미젤다가 중얼거렸다.

마법과 인연이 멀기에 가필보다 더 둘의 대화에 따라가지 못했을 미젤다는, 로즈월의 고뇌에 대해 이해하길 포기하고 오직 송장 인간을 향한 공격에만 집중하고 있었다.

그런 사냥꾼이 발을 멈추고 늠름한 눈으로 하늘을 공격적으로 바라보았다. 그 시선을 따라간 가필의 목이 꿀꺽 울렸다. 가필만이 아니라 베아트리스와 로즈월도.

단, 셋이 보인 반응의 이유는 조금씩 다르다.

가필은 그곳에 있을 리 없는 친밀한 인영을 보았기 때문이지만, 베아트리스와 로즈월은 더욱 네거티브한 감각 때문에 발생한 경악이었다.

　——밤하늘에 분홍색 장발을 나부끼는, 검은 옷을 입은 소녀가 있었다.

　그것은 가필이 철들 무렵부터 따르던 존재와 같은 얼굴이었다. 그러나 가필에게 보낸 적이 없는 차가운 눈빛으로 내려다보고 있었다.

　"바람직하지는 않았습니다만, 실천에 성공……. 아무래도 이 세계는 저를 한 생명으로 인정한 것 같습니다."

　귀에 익은 얼굴은 낯익은 목소리로 그렇게 중얼거리고, 자기 얼굴에 난 금을 살며시 손으로 쓸면서 금빛 눈으로 아래를 노려보았다.

　그 모습에 침을 꿀꺽 삼키는 소리가 나고, 로즈월이 입을 열었다.

　"살아 있었나……. 스핑크스."

　"아니요, 죽었습니다. 요·관찰하시지요."

　마치 조롱하듯이 담담한 목소리로, 그 소녀—— 가필이 할머니로 따르는 류즈와 똑같이 생긴 『마녀』, 스핑크스가 송장 인간의 얼굴로 말했다.

5

　긴 분홍색 머리카락을 나부끼며 부유하는 흑의 차림의 소녀.

　그 날카로운 눈을 가늘게 뜬 소녀의 귀는 살짝 길고, 그녀의 출신이 이 세계에서 기피되는 엘프족 특징임을 외모로 증명한다.

그러나 그 외견의 특징은 엄밀히 말하면 잘못된 인식이었다.

왜냐하면 그 소녀의 내력을 따랐을 경우, 가장 특징적인 점은 엘프족이란 부분이 아니라 그 탄생 방식에 있기 때문이다.

엘프족이던 류즈 메이엘을 소체로 삼아 『성역』에 설치된 어느 술식으로 생성된 복제체── 인공정령과 비슷한 구조로 만들어진, 새로운 생명.

그런, 수없이 만들어진 복제체 중에서 가장 큰 실패작이라 평가된 존재가 있다.

그 존재는 술식을 짜고 구조를 세운 『마녀』의 의도를 배신했으며, 그 결과 많은 희생자를 낳아 왕국사에 거대한 재앙으로 새겨졌다.

──그것이, 『탐욕의 마녀』 에키드나가 자기 존재의 복제에 실패한 결과 만들어진 인공의 괴물, 스핑크스다.

"────."

머리 위, 밤하늘에 떠오른 '적'의 모습에 로즈월은 숨을 집어삼켰다.

있어서는 안 될 적과의 해후는 그의 정신에 적지 않은 충격을 야기했다. ──아니, 허세를 부리지 않고 인정하겠다. 이 해후는, 로즈월에게 통한의 극치였다.

머리 위에 떠 있는 괴물의 존재를 가장 잘 인지했던 인물은 로즈월이다. 스핑크스가 맹위를 떨치던 『아인전쟁』 때 실제로 대치하기까지 했다.

그리고 그때 당시 로즈월의 주먹은 괴물의 생명을 쳐부수었을
터였다.

　그런데도——.

　"사지의 결손, 없음. 기억 쪽도 직전까지 양호. 제 모습은……
바라지 않는 상태로 고정. 자기 인식이라는 것은 성가시네요.
요·대책입니다."

　공중에서 스핑크스가 팔을 쭉 뻗으며 조용한 목소리로 중얼거
렸다.

　그 금빛 눈동자와 혈색이 나쁜 창백한 피부는 틀림없이 송장
인간의 특징이지만, 로즈월 일행이 여태까지 조우한 어느 송장
인간보다도 뚜렷한 자아가 있다.

　생전 기억과 자아의 유무, 그것들 송장 인간마다 다른 특성을
가늠하는 것도 로즈월 일행의 목적이었지만—— 실책이다. 약
40년 넘은 실책.

　스핑크스의 생존은 로즈월에게 큰 타격이지만, 그 이상으로
로즈월이 후회한 것은 이 괴물을 베아트리스 및 가필과 만나게
한 사태였다.

　스핑크스의 정체와는 별개로, 저 형상의 '적'과 저 형상에 감정
을 품은 베아트리스 및 가필을 만나게 해서는 안 되었다. 절대로.

　그 후회를 깜빡인 눈꺼풀 뒤로 숨기고 마음을 무장한 로즈월은
스핑크스를 응시한 채로 당부했다.

　"가필, 섣불리 움직이면 안 돼."

　"베아트리스, 뒤로 물러나 있어라."

"로즈월, 침착해."

셋이 저마다 동시에 말을 꺼내자 한순간의 침묵이 발생했다.

각자 가장 감정적이 될 것으로 생각한 상대에게 말을 건 것이라면, 전원이 냉정하게 첫 충격을 받아내고 있다. 베아트리스의 인식에 관해서는 나중에 따지도록 하겠다.

"말이 통하는 데다가 두르고 있는 분위기가 다르다. 저것은 특별한 송장 인간이군?"

셋과 다르게 경직될 이유가 없는 미젤다의 질문에 로즈월은 조용히 끄덕였다. 그리고 베아트리스와 가필이 그자와 대화를 시작하기 전에 입을 열었다.

"설마다 싶지만, 『아인전쟁』 직후부터 송장 인간으로서 살아남아 있기라도 했나?"

"그 논리 구조에는 다소 위화감이. 송장 인간이라는 표현이 적절하다면 살아남아 있었다는 표현은 부적절하지 않을까요?"

"과연. 질문에 대답할 생각은 없단 말이지……. 여전히 화를 돋우는 능력이 있어."

"질문 형식이 부적절하다고 지적했을 뿐입니다만."

섭섭하다는 투의 대답이지만 그 말을 입에 담는 스핑크스의 표정에는 변화가 없다.

원래부터 감정다운 감정이 없는 괴물이던 그녀는, 송장 인간의 모습이 됨으로써 마음의 열기라는 것을 더욱 상실했다. 그야말로 차가운 시체라고 할 수 있으리라.

"너는 대체 뭔데, 엉."

로즈월과의 대화에 답답한 듯 가필이 끼어들었다. 날카로운 송곳니를 딱딱 부딪치며 녹색 눈에 격분을 담고서 묻는다.

　"그 낯짝과 목소리로 떠드는 게 할머니 말고도 있는 건 알아. 근데 말이지, 할머니 외의 딴 낯짝도 전원 이름과 위치를 정확히 파악하고 있어. 넌, 뭐 하는 놈이야?"

　가필이 언급한 대상은 그가 할머니로서 따르는 류즈, 그리고 같은 방식으로 태어났음에도 자아가 희미하게 싹튼 복제체들이다. 그 복제체들에게도 이름이 주어지고 현재는 류즈가 교육자로서 언젠가 진영 내 업무를 맡기기로 이야기가 정리되었다.

　어쨌든 가필은 그 뛰어난 직감으로 스핑크스가 그중 누구도 아닌, 그러나 같은 방식으로 태어난 개체라고 간파한 듯했다.

　그, 가족이 모욕당한 듯한 가필의 절실한 질문에 스핑크스가 눈을 내리깔고……

　"아까부터 대기 중의 마나를 어지럽히던 것은 당신들 같군요."

　"큭."

　가필의 존재를 싹 무시했다.

　스핑크스는 아예 질문이 없었던 것처럼 로즈월과 베아트리스만을 돌아보았다. 무시당한 가필의 분노가 짙어졌다.

　그 모습을 흘긋 본 베아트리스가 가필을 손으로 제지하며 한숨을 쉬었다.

　"네가 누구인지는 어렴풋이 예상이 가는 것이야."

　"베아트리스."

　"조용히 해, 로즈월. 저건, 베티가 『금서고』에 틀어박혀 있는 동안에 나온 것이니 일단 아무 말 안 했던 건 넘어가 주겠어. 하지만——."

할 말을 고르는 중에 선수를 빼앗긴 로즈월에게 베아트리스가 엄격히 내뱉었다.

그녀에게는 로즈월이 스핑크스의 존재를 밝히지 않은 이유가 들통났다. 그런고로 로즈월의 실수는 나중에 추궁당하리라.

"하지만 지금은 여기서 저 계집애를 놓치지 않는 것이 더 중요해."

손을 든 베아트리스가 스핑크스를 동그란 눈으로 곧게 응시했다. 단단히 벼르는 베아트리스와 정면으로 마주 본 스핑크스가 끄덕이고 손가락을 세웠다.

"저도 위협을 인식했습니다. 요·배제입니다."

해서는 안 될 말을 한 그 순간, 베아트리스와 스핑크스 둘의 눈빛이 살짝 날카로워지고——.

"죽어."

누구보다 빨리, 로즈월이 쏜 마법의 폭염이 전투의 시작을 고했다.

6

연환용차의 통로에서 발을 멈춘 스바루는 문득 일어난 불안감에 창밖으로 눈길을 돌렸다.

어렴풋이 어두운 밤하늘이 펼쳐진 제국의 평야, 그 너머로 보낸 소녀의 무사함을 강하게, 딸려 보낸 남자의 무사함을 소소하게 빌며 희미하게 흐트러진 심장고동을 확인했다.

"스바루, 괜찮아?"

옆에 있던 에밀리아가 그런 스바루의 모습을 눈치채고 말을 건넸다.

아름다운 남보라색 눈을 가늘게 뜨고 얼굴을 들여다보자 스바루는 웃으며 괜찮다고 끄덕였다.

——에밀리아 진영과 볼라키아 제국의 수뇌진, 여기에 카라라기 사절단을 더한 대화는 일단 마무리되고, 현재는 각 진영의 식자들끼리 의견 교환이 이루어지고 있다.

그러나 돌파구를 찾는 작전 회의와 다르게, 현실적인 이야기라면 스바루는 즉시 무용지물이 된다.

"플레아데스 전단에서도, 구스타프 씨나 이드라에게만 죄다 맡겼었으니까 말이지……"

"응, 나도 스바루의 기분은 안다고 생각해. 사실이라면 이런 대화에서도 제대로 도움이 되었으면 좋겠다 싶지만…… 아직 오토의 발목을 잡을 테니까."

"오히려 그 자리에 남아서 대화에 팍팍 참가하는 람과 오토 쪽이 이상한 거지. 언니분은 몰라도 그 녀석은 공포를 느끼는 신경이 죽은 거 아닌가."

"그런 식으로 말하면 어떡해. 오토는 우리를 위해서 힘내고 있는데."

진영 내의 지나치게 믿음직한 내정관에 대한 평가에 에밀리아가 볼을 부풀렸다.

그 반응을 보며 새삼 에밀리아와 재회한 감동을 곱씹는 스바루. 매일 아침 보아도 마음이 파닥거리며 난리인데, 오랜만이니 파괴력이 완전 스트라이크였다.

"그렇게 에밀리아땅의 오늘 귀여움에 대한 찬미로 마음을 가득 메우고 싶지만."

"베아트리스와 로즈월, 걱정되지?"

"날 위한 일이라면서 베아코가 과하게 애쓸지도 모르니까 말이야."

창밖에 눈길을 보낸 이유가 들킨 스바루가 쓴웃음을 짓는다.

농담조로 둘러댔지만, 지나친 생각이라고 웃어넘길 수 없다는 생각도 든다. 실제로 베아트리스가 스바루를 위해서라며 콧김을 씩씩대며 로즈월과 함께 날아간 것은 사실이다.

지금쯤은 연환용차의 후방, 적을 지체시키는 전술을 시행 중인 집단과 합류하여 중대한 검증—— 요컨대 송장 인간의 특성을 가늠한다는 큰일을 시작했을 터.

"실력 좋은 마법사의 눈으로, 좀비들이 어떤 구조로 되살아나고 있는지 확인한다……라."

"볼라키아는 루그니카보다 마법을 쓸 수 있는 사람이 적은 것 같으니까, 박식한 베아트리스와 로즈월밖에 눈치챌 수 없는 점이 분명히 있을 거야. 그것을 아벨 쪽에게 가르쳐 주면 돕게 해 달라고 했던 말을 지킬 수 있으리라 생각해."

그렇게 말한 뒤에 에밀리아는 살짝 고개를 갸우뚱했다.

"원래는 나도 도움이 되면 좋았겠지만…… 나, 마법에 대해서 별로 잘 알지 못해서. 늘 얍얍 하고 쓰고 있다 보니……."

"에밀리아땅은 감각파니까. 독서가인 베아코나 오타쿠 기질이 있는 로즈월과는 빛날 상황이 다르다고 할지, 오히려 내 눈에는 언제나 일등성처럼 빛나고 있어."

"미안, 무슨 말을 하는지 좀 모르겠어."

에밀리아를 격려하려던 말이 불발로 끝나자 스바루는 "에구구." 하고 손가락으로 뺨을 긁었다.

에구구 하는 김에 말하자면, 스바루의 걱정은 베아트리스 쪽에만 국한되지 않는다. 같은 곳에서 싸우고 있는 가필도, 슈드라크도 플레이아데스 전단 동료들도 걱정된다.

특히 전단의 동료들은 우쭐대기 쉽다. 어쨰 아무리 지나도 따로 떨어진 채 합류하지 않는 세실스도 포함해서, 하나로 뭉쳐 싸워 온 그들을 신뢰하고는 있지만.

"탄자만은 용차에 남아 주었지만…… 부탁한다, 다들~. 부탁이니까 너무 무모한 짓 하거나, 너무 나대지 말아 줘……."

그렇게 스바루가 기도하는 기분으로 합장했을 때였다.

"스바루, 에밀리아 님, 여기 계셨습니까."

"아, 율리우스."

통로를 나누는 문이 열리고 그 안에서 미장부가 모습을 보이자 에밀리아가 눈썹을 올렸다. 그 말대로 거기 나타난 것은 카라라기식 전통복에 기사검을 패용한 율리우스였다.

살짝 묵례한 그는 방금까지 다소 딱딱하던 표정을 풀고 말했다.

"조금 전에 있던 곳에서는 별로 말을 나누지 못해서 말이야."

"음…… 그러게. 네게도 아나스타시아 씨에게도, 에키드나에게도 걱정 끼쳤네. 일부러 이런 곳까지 찾으러 와 줘서 땡큐."

"놀랐는데."

율리우스 일행의 진력에 순순히 감사하는 스바루. 그러자 율리우스는 진심으로 눈을 동그랗게 떴다.

"네가 그렇게 순순히 감사의 뜻을 입에 담다니. 혹시 어려진 덕분에 겉모습같이 고집이 순해진 걸까."

"시끄럽네요! 그런 폐해가 없지만도 않지만, 작아지지 않았어도 고맙단 말 정도는 할 줄 알거든! 여기가 어딘 줄 알아?! 지옥이라고!"

"지옥이 아니라 볼라키아잖아? 그런 식으로 말하면 아벨 쪽에게 미안하잖아."

"그런가? 내가 이 나라를 지옥이라고 느끼는 원인 중 태반은 그 녀석의 일처리 방식에 있으니까 그 녀석에게 울컥할 자격은 있지 않아?"

물론 아벨에게는 아벨의 주장과 황제로서 겪은 시행착오가 있었겠지만, 그건 그렇다 치고 스바루가 맛본 고통의 책임 추궁은 하고 싶은 바다.

그 말에 에밀리아가 난처한 표정인 것은, 그녀도 스바루의 호소를 부정할 수 없다고 여겼기 때문이리라. 한편, 율리우스는 스바루의 통렬한 이의 제기에 눈 주변의 흉터를 매만지고 물었다.

"아까 회의장에서도 생각했지만, 스바루, 너는 빈센트 황제 각하와 어떤 관계인 거지? 방금 말투도 그렇고, 너무나도."

"만약 이거 가지고 불경하단 소리를 할 거면 내가 그 녀석에게 뭔 짓 했는지 알고 졸도할걸."

"상상하기 두렵군. 에밀리아 님은 자세한 사정을 아십니까?"

"응. 스바루와 아벨이 엄—청 사이좋다는 뜻이잖아? 처음에는 둘이 사이가 좋은지 불안했었지만…… 스바루는 참 친구를 금방 만든다니까."

"친구가, 맞나……."

에헴, 하고 자기 일처럼 으스대는 에밀리아에게는 미안하지만 스바루 안에서 아벨의 위치는 매우 미묘하다. 서로 속내를 쏟아내며 치고받은 관계지만, 강변에서 싸운 불량배들처럼 저녁놀 아래에서 우정을 맹세한 것도 아니므로.

"스바루…… 너는 나를 친구로서 여겨 준다고 판단해도 괜찮을까?"

"응? 뭐, 그건, 응, 그럴까? 전까지는 아슬아슬하다 싶었지만 일단은 같이 모래바다도 넘었으니, 괜찮을까? 괜찮다고 봐."

"그런가, 안도했어. 너와 에밀리아 님 일행이 무사한 것에 버금가는 희소식이군."

과장스러운 농담과 함께 일단 율리우스의 의문은 해소되었다.

하긴 그 정도는 첫눈에 알 수 있는 스바루의 현 상황을 보자면 서두에 그칠 것이다. 현재, 누구의 눈으로 보아도 알 수 있는 스바루의 가장 큰 문제는 해소되지가 않았다.

"그런데 스바루, 너의 몸 말이지만……."

"시노비 영감님한테 당한 거야. 너도 다음에 해 달라고 해. 보고 싶다."

"사양하지. 별로 어릴 적의 미숙한 자신을 직시하고 싶지는 않아서. 아나스타시아 님이나 에밀리아 님이라면 어릴 적에도 자못 사랑스러웠겠지만."

"에밀리아땅의! 그렇지! 그 수가 있었나!"

"나? 으——음, 어떠려나. 『성역』에서 조그말 때의 나도 봤지만, 지금의 스바루나 베아트리스가 더 귀엽다고 생각해."

당최 자기 평가가 높지 않은 에밀리아는 그렇게 말하지만 그럴 리가 없지 않은가.

성장해서 이만큼 미소녀인 에밀리아니까, 조그말 때도 예쁜 여자아이일 게 분명하다. 틀림없이 베아트리스와 막상막하일 것이다.

"하지만 안심했어. 아무래도 원래대로 돌아오기 위한 방도는 이미 마련해 둔 모양이군."

율리우스의 말에 에밀리아도 "맞아." 하고 끄덕였다.

뒤에서 키 차이가 나는 스바루의 어깨에 손을 얹고는 말했다.

"스바루를 조그맣게 만든 할아버지도, 지금은 밖에서 『좀비』와 싸우고 있는 것 같은데, 돌아오면 스바루를 원래대로 돌려 달라고 부탁해야 해."

"아~ 실은 그거 때문에 해 두어야 할 말이 있거든."

"——?"

살짝 거북한 기분과 함께 스바루는 뒤에 있는 에밀리아를 올려다보았다. 그 말에 에밀리아가 눈을 동그랗게 뜨고 율리우스가 눈썹을 찌푸리는 가운데, 스바루는 손가락으로 뺨을 긁으며 말했다.

"내 몸 말인데, 한동안은 더 이 작은 몸인 채로 두는 편이 편리할 거야."

"뭐?! 어째서? 아, 혹시 어린아이 몸이 더 적게 먹어도 되니까? 그거라면 내 간식을 나누어줄 테니……."

"아주 깜찍하고 귀여운 배려인데, 그게 아니고."

고개를 가로저은 스바루는 에밀리아의 생각을 부드럽게 부정했다.

"네가 하는 말이지. 필요하다고 생각하기에 하는 일이겠지만……."

"그래. 너나 아나스타시아 씨에게는 아직 소개하지 않았지만, 내가 볼라키아에서 동료가 된 플레아데스 전단이란 멤버가 있어."

"플레아데스……."

플레아데스 감시탑이 있는 만큼, 율리우스는 그 단어에 눈치빠르게 반응했다. 하지만 그건 말허리를 끊을 뿐이라 생각하고 자잘한 의문은 무시하며 스바루에게 뒷말을 촉구했다.

"이 전단의 동료들 말인데, 세세한 원리는 통 모르겠지만 나도 포함해 모두 마음이 하나가 되면 무지막지하게 강해져. 마음가짐 문제 같은 게 아니라."

"에밀리아 님?"

"응, 그건 진짜 같아. 탄자라는 아이나, 스바루의 다른 친구들도 모두 엄—청 힘이 장사에다 열심히 싸워 줬거든."

"그리고 나는 그 친구들 모두에게 거짓말을 하고 있어. 내가, 황제의 아들이란 거짓말이야."

에밀리아의 긍정이 있어도 그다음에 이어진 말에는 율리우스도 대경했다. 에밀리아도 "아." 하는 헛숨을 내쉬며 입에 손을 짚고 있었다.

"그러고 보니, 그런 식으로…… 하지만 스바루는 볼라키아 출생이 아니지?"

"응, 아니야. 내 고향은 이런 지옥이 아니야. 더 평화롭고 러브 앤 피스."

"성새도시에서도 『흑발의 황태자』의 소문은 들었지. 설마 너일 줄은 몰랐지만."

"말해 두지만 이거 발안자는 아벨이니까 항의는 그쪽에다 말해 줘. 아무튼 전단 동료들은 그 말을 믿고 있다는 게 중요해. 그러니까……."

검노고도를 떠날 때, 스바루는 함께 가자고 설득한 동료들에게 자신이 볼라키아 황제의 아들이라고 믿게 만들었다. 그 거짓말을 영원히 유지할 수 있다고는 생각하지 않는다.

볼라키아 제국을 뒤흔드는 이 미증유의 대재해가 끝을 볼 때에는, 스바루는 원래 크기로 돌아가 렘을 데리고 에밀리아 일행과 함께 루그니카 왕국으로 개선하기 때문이다.

그리고 이 싸움의 승리에는, 플레아데스 전단의 협력이 꼭 필요했다.

"그러니까 나는 아직 돌아갈 수 없어. 나는 전단의 동료들이 믿고 있는 『나츠키 슈바르츠』여야만 해. 이, 제국을 되찾는 싸움이 끝날 때까지는."

"스바루……."

스바루는 이미 눈에 익어 버린 조그만 주먹을 쥐고 분명하게 결의를 입에 담았다.

스바루도 이렇게 두 사람 앞에서 선언할 때까지 헤매기는 했다.

당연하지만 작은 몸보다 큰 몸 쪽이 자기 몸이다. 원래 몸으로 돌아가고 싶은 욕구는 강하고, 베아트리스를 가볍게 안아 들거나 에밀리아와 같은 눈높이에서 이야기를 나누고 싶다.

하지만 그런 스바루의 애다는 마음은, 정말로 필요한 것과 비교할 여지가 없다.

"정말이지…… 어떤 곳에서 어떤 모습이 되더라도 너는 변함이 없군."

그런 스바루의 결의를 듣고 작게 한숨 쉰 율리우스가 그리 말했다.

"가장 어렵고 의표를 찌르는 결단을 강요해. 그것이 타인이든 본인이든 가리지 않고."

"그렇게 훌륭한 각오가 아니야……. '아직 좀 더 어린아이로 있고 싶다'는, 어쩜 80년대 가요에 나올 법한 결의잖아."

민망한 기분이 들어서 눈을 피한 스바루가 율리우스에게 그리 대답했다. 그런 스바루의 머리에 살며시 얹히는 손길이 있었다.

스바루가 돌아보자 애정 어린 에밀리아의 눈빛과 마주쳤다.

"스바루는 또 그런 식으로 나를 곤란하게 만든다니까."

"으, 그에 관해서는 정말로 변명을 못 하겠다 싶네. 아니, 나도 당연히 원래 몸으로 돌아가서 에밀리아땅과 알콩달콩 놀고 싶거든? 근데 말이지⋯⋯."

"알고 있어. 스바루는 여러 가지로 생각하다가 가장 좋다 싶은 쪽을 고른 거지? 나도 그게 스바루라고 율리우스와 똑같이 생각하니까."

"에밀리아땅⋯⋯."

"아무리 조그매져도 난 스바루가 스바루인 걸 알고 있어. 만약 조그매진 채로 돌아오지 못해도 커질 때까지 나는 쭈―욱 기다릴게."

"아무리 나라도 돌아가지 못하는 건 피하고 싶은데⋯⋯ 어라? 방금 말은⋯⋯?"

다정한 태도와 어조로 어쩐지 엄청난 소리를 들은 기분이었지만, 에밀리아 본인은 자기 발언이 어떻게 받아들여질지 모르고 있는 표정으로 이상하다는 양 갸우뚱하고 있었다.

아니, 갸웃거려도 곤란하다. 어쩌면 이렇게 앙증맞은 악마가 다 있을까.

스바루는 저도 모르게 볼에 붉은 기운이 치솟는 것을 느끼며 도움을 청하듯 율리우스를 쳐다보았다. 그러나 그는 스바루의 시선에 어깨를 으쓱이고 매달리는 마음을 무정하게 비껴냈다.

그 믿음직하지 못한 율리우스에게 속으로 투덜대며 역시 친구

가 아니었을지도 모른다고 조금 전의 판정을 후회하면서 시선을
돌리다가——.

"하?"

마침 통로와 인접한 방에서 나온 소녀가 응시하는 시선과 정면
으로 부딪쳤다.

7

"하?"

스바루 일행의 모습에 그런 소리를 낸 것은 파란 머리에 연청
색 눈이 특징적인 소녀—— 그 모습을 본 순간, 스바루는 얼굴을
활짝 빛냈다.

"렘! 잘됐다. 너하고도 할 얘기가 있었거든."

렘의 모습을 본 스바루의 머리에서 직전에 있던 일이 쏙 빠져
나갔다.

에밀리아나 베아트리스 일행과 함께 제도에서 생긴 말썽 뒤에
의식을 잃은 스바루는, 렘과의 재회도 제대로 기뻐하지 못했었
다. 아벨과 싸운 뒤에는 카츄아에게 보고할 것도 있었고, 그 후
에는 곧장 수뇌 회담에 참가했기에 이제야 기회가 온 셈이다.

"그, 카츄아 씨는? 진정했어?"

"사정이 사정이다 보니 쉽지는 않네요. 단지 지금은 울다 지쳐
서 주무셨기에, 오빠분이 곁에서 보고 계세요."

"그래. 응, 그렇구나. 힘든 역할을 맡겨서 미안해."

"제가 하고 싶어서 한 일이니까요. 저, 그런데 말인데요……."

앞에 온 스바루에게 그렇게 대답한 렘이 살짝 어조를 낮추었다. 그 서두에 스바루는 무슨 일인가 싶어 갸웃했다.

그러나 렘이 말을 꺼내기보다 먼저——.

"렘 양, 눈을 뜨셨던 겁니까!"

렘의 존재에 놀란 율리우스가 소리를 지르는 쪽이 빨랐다.

눈을 동그랗게 뜬 율리우스가 솔직하게 놀라고 기쁜 마음에 들뜬 목소리를 내자 스바루는 "그래!" 하고 끄덕였다.

"미안해. 너하고 아나스타시아 씨랑 에키드나에게도 가르쳐 주어야 했는데. 모두와 떨어진 뒤에 렘이 깼었어. 단지……."

"내 안에서 렘 양의 기억은 되살아나지 않았어. 즉, 사정은 나와 같다는?"

"그런 것뿐만이 아니라, 크루쉬 씨와도 같은 하이브리드 상태야."

"그러면, 자신의 기억이."

스바루의 설명에 율리우스가 고운 눈썹을 찌푸렸다.

무턱대고 기뻐할 상황이 아니라고 바로 깨달아서 뭐라고 말을 해야 할지 헤매는 기색. 하지만 그는 한 차례 눈을 감았다가 떴을 때에는 다부진 표정을 되찾았다.

"렘 양, 갑작스럽게 불러 실례했습니다. 저는 율리우스 유클리우스…… 어느 분을 섬기는 기사로, 스바루의 친구입니다."

"이 사람의, 친구……."

"강조하니 반발하고 싶어지는데, 맞아. 이 녀석도 그거야. 렘이 좀처럼 깨지 않았을 적에 여러 가지로 도와주던 사람 중 하나."

"그건……."

멋들어지게 묵례하는 율리우스와의 관계를 들은 렘이 놀라서 눈썹을 세웠다. 그 놀람에 한 박자 띄우고, 렘도 그 자리에서 머리를 숙였다.

"걱정을 끼쳐드렸습니다. 아직 완벽하다고는 말할 수 없습니다만 일단은 이렇게 자기 발로 서서 걷고 있어요."

"그건 천만다행이군요. 당신 자신을 위해서도, 당신을 염려하는 주위 사람들에게도."

"네……."

여전히 우아한 행동거지라고 생각하지만 렘의 부드러운 반응 앞에서는 악담도 할 수 없다.

어쨌든 율리우스에게도 렘이 이렇게 깨어난 사실을 전할 수 있어서 다행이었다. 나중에 아나스타시아와 에키드나에게도 가르쳐 주고 감사를 표해야 했다.

"하지만 아나스타시아 씨 쪽이 제국까지 와 준 덕분에 이렇게 렘과도 만날 수 있어서 정말 다행이야. 당신들도 걱정해 주었었으니까."

"네. 아나스타시아 님도 가슴 아파하셨습니다. 렘 양은 기억하지 못하시겠지만 함께 여행을 하던 입장으로서는 진심으로 기쁘군요."

"응, 나도 그렇게 생각해. 이것도 스바루가 힘내 준 덕분이야."

그렇게 말하고 미소 지은 에밀리아가 또다시 스바루의 머리를 쓰다듬었다.

이렇게 키 차이가 나니까 쓰다듬기 편한 것은 알겠지만 이렇게 자꾸자꾸 쓰다듬으면 어린아이 취급받는 것 같아서 매우 찜찜하다.

기분이야 매우 좋지만, 에밀리아에게 어린아이 취급받는 것을 좋게 넘어가고 싶지 않은 남자 마음.

"에, 에밀리아땅, 너무 귀여워하지 마."

"귀엽다고는 생각하는데, 귀여워하고 있단 생각은 없는걸? 스바루가 참 장하다고 여길 뿐이지. 과연 내 기사님이야."

"하?"

"응?"

에밀리아가 그런 식으로 스바루의 머리를 쓰다듬던 중에, 갑자기 날아든 뾰족한 목소리에 에밀리아의 손이 멈추었다.

눈을 동그랗게 뜬 에밀리아가 본 것은, 스바루를 끼고 맞은편에 있는 렘이었다.

그 렘은, 연청색 눈으로 스바루의 머리에 얹힌 에밀리아의 손을 응시하고 있었다.

"렘? 왜 그래?"

"아뇨, 저기, 조금 혼란이. 에밀리아 씨, 확인해도 괜찮을까요?"

"확인? 응, 궁금답답하면 풀어야지……."

"궁금답답이라니 요즘 못 듣는 말일세……."

한쪽은 머리에 손을 얹은 채, 한쪽은 머리에 손이 얹힌 채로 스바루와 에밀리아가 렘의 말에 나란히 갸우뚱했다.

그 모습을 의혹 어린 눈초리로 바라보던 렘은 스바루와 에밀리아를 번갈아 보다가 물었다.

　"두 분은, 어떤 관계인가요?"

　"나랑 스바루?"

　"나랑 에밀리아땅?"

　렘의 질문에 스바루와 에밀리아는 얼굴을 마주 보았다.

　확실히 현재 렘은 에밀리아 진영의 구성원과 막 재회한 참으로, 람과의 관계를 파악하는 과정은 지났다고 들었다. 하지만 그 이상의 자세한 사정은 아직 모르는 중이다.

　원래라면 모두가 다 모인 곳에서 해야 할 일일지도 모르겠지만

　──.

　"그렇지. 간단히 설명하면 에밀리아땅은 우리 진영의 톱이고, 루그니카 왕국이라는 나라의, 미래의 왕이야."

　"아직 그렇게 되려고 노력하는 중이니까 후보지만. 그리고 스바루는 그런 나의 제일가는 아군인 기사님이야."

　"제일가는 아군……."

　"응, 내 에밀리아땅의 꿈을 이루기 위해서 전력투구하고 있지."

　"그래, 노력해 주고 있어. 내가 스바루 것이 아니라 스바루가 내 것이지만."

　가슴을 당당히 편 스바루의 말에 에밀리아가 수줍게 웃으며 그리 대답했다. 그러자 그런 둘의 대답을 들은 렘이 이마에 손을 짚었다.

　그리고 한동안 골똘히 생각에 잠긴 줄 알았더니.

"죄송해요. 혼란스러운데요, 이건 제가 원인인가요?"

"아뇨……. 렘 양의 책임이 아닐 겁니다. 저는 당사자가 아닙니다만."

"고맙습니다……."

뭔가 골머리를 썩이는 기색의 렘에게 어째선지 율리우스가 그렇게 대답했다.

스바루만이 아니라 에밀리아도 렘이 혼란한 이유가 와닿지 않았는데, 진영 외부의 인물인 율리우스가 이해한다는 것처럼 구는 것도 석연치 않다.

"지금의 렘에게 루그니카에 관한 얘기를 한꺼번에 많이 해서 그런가……."

"일단 사전에 틈틈이 전달은 해 두었는데…… 혹시 과랄 같은 곳에서 프리실라에게 쓸데없는 소리를 들었을 가능성이 있을지도……."

"잠시만. 어째서 프리실라 님의 성함이 나오지? 설마 싶지만, 프리실라 님까지도 볼라키아 제국에 와 계시나?"

"저기, 제 혼란을 먼저 처리해 주시면 안 될까요?"

발생한 의문을 해소할 길을 찾는 중에 또 새로운 의문이 발생해서 제자리걸음할 뻔했다.

일단 율리우스 및 아나스타시아 일행에게 제대로 공유해 두어야 할 화제가 너무 많다고 느끼면서, 문제 처리의 우선순위를 고민했다.

우선 뭐니 뭐니 해도 렘의 혼란을 해소하는 쪽을 첫째로 하고 싶지만──.

"응……?"

에밀리아와 함께 렘의 혼란을 해소하고 싶다고 마음먹었을 즈음, 갑자기 스바루는 시야 끝자락에 스친 것에 정신이 팔렸다. 창밖, 밤하늘에서 뭔가가 떨어진 것이다.

"스바루?"

무심코 눈을 동그랗게 뜬 스바루를 에밀리아의 의문 어린 목소리가 불렀다. 그 목소리에 대꾸하는 것을 뒤로 미루며 스바루는 창문으로 달려가 밖을 내다보았다.

평소라면 스바루는 절대로 에밀리아의 부름을 무시하지 않는다. 그러나 지금은 그에 반응하는 것보다 얼핏 보인 그것을 확인하는 쪽을 우선했다.

흘러가는 경치에 시력을 집중하며, 그, 밤하늘에서 내려온 것을 시야에 다시 포착한다.

그것은──.

"왜 여기에……?"

있을 리 없는 인물. 기억 구석에 박혀 있던 그것을 끌어낸 스바루는 눈을 연방 깜빡이며 그 이름을 언급했다.

그곳에 있던 것은 루그니카 왕국에서 평온한 나날을 보내고 있어야 할──.

"류즈 씨……?"

스바루가 중얼거린 말을 들은 것은 아니리라.

들릴 리 없는 거리와 성량. 그러나 그럼에도 스바루는 이쪽을 바라본 그 자그마한 인영과 눈이 마주치고 서로 상대를 인식했음을 본능으로 알아차렸다.

그, 자그마한 인영은 스바루와 마주 본 채로 입술을 움직여 무언가 말했다.

그게 무엇인지 들어보려고 스바루는 몸을 앞으로 내밀었다.

"아……."

——그 직후, 연환용차에 쏟아진 하얀 빛이 나츠키 스바루를, 그 용차에 타고 있던 것 태반을 집어삼키며 날려 버렸다.

제2장 『발가 크롬웰의 책략』

1

싸움은 참을성이 없는 로즈월의 일격으로 다짜고짜 시작되었다.

"죽어."

차가운 그 한마디하고는 대조적인, 뜨겁게 타오르는 업화가 하늘을 불사르듯 폭발했다.

사나운 불길이 밤하늘에 쫙 퍼진다. 송장 인간과 목숨 건 싸움을 벌이던 전사들도, 누구나 다 불타는 하늘에 눈길을 빼앗겼으리라.

단 하나의 적을 불태우는 것만이 목적인데, 이 마법은 지나치다.

"방의 날벌레를 죽이겠다고 저택을 불태우는 듯한 만행인 것이야."

목적을 위해서 저택을 태우는 짓은 페트라나 오토밖에 하지 않는 폭거다.

덕분에 베아트리스가 『금서고』에서 나올 결심이 섰지만, 그래도 지나치다고 생각했었다. 로즈월의 선제 펀치는, 그 두 사람에게 지지 않을 만큼 지나쳤다.

"위협도 확인, 요·수정입니다."

그러나 공중에서 몸을 틀어 불타는 밤하늘에서 벗어난 적——
스핑크스는 건재했다.

기껏 저택을 불태워도 중요한 날벌레가 달아나서는 로즈월이
그냥 주위 사람들을 놀라게 한 꼴일 뿐이다. ——이 자리에 있던
것이, 로즈월뿐이었으면.

"엘 미냐."

분홍색 머리카락을 나부끼며 공중을 자유로이 비행하는 스핑
크스. 그 진로 상에 떠오른 남보라색 깜빡임은 대상의 시간을 고
정시키고 쳐부수는 마(魔)의 정수.

이미 검증을 마친, 송장 인간에 대해 최대 효과를 발휘하는 필
살의 일격이다.

"스바루와 베티 말고 전원, 음 마법을 수련하지 않은 게 죄지."

송장 인간 군단 상대로도 음 마법의 사용자가 줄줄이 모여 있
으면 무섭지 않다.

물론 음 마법의 사용자가 열 명 이상 한 곳에 모이는 일은, 오랜
시간을 살아온 자신이라도 본 적이 없다. 베아트리스는 그런 사
고로 자기 안의 망설임을 쏘아 죽였다.

——류즈 메이엘과 같은 얼굴을 가진, 가증스러운 '적'을 사
격하기 위해서.

"류즈⋯⋯."

베아트리스의 뇌리에 류즈 메이엘의 애틋한 웃음이 스친다.

가필과 프레데리카가 할머니처럼 따르는 류즈들과는 달리, 그녀들의 시조에 해당하는 류즈 메이엘은 베아트리스의 생애 첫 친구였다.

　그렇기에 거울과도 같은 모습으로 나타난 이 '적'은 베아트리스에게――.

　"열이 확 뻗치는 것이야!"

　부르짖는 베아트리스의 시야, 발사된 보라 화살로 스핑크스가 정면으로 돌진한다.

　눈매를 살짝 좁힌 '적'은 두 손을 얼굴 앞에 들더니, 좌우의 다섯 손가락에서 하얀 빛을 방사해 기다리는 미냐를 모조리 걷어냈다.

　――하지만 베아트리스의 울화는 그 정도로 부술 수 없다.

　"으."

　위협을 물리쳤다 여긴 스핑크스의 표정이 얼핏 일그러졌다.

　원인은 걷어냈던 남보라색 결정체가 산산조각 난 상태로 탄알이 되어 퍼져서 고속으로 비행하는 스핑크스를 따라붙었기 때문이다.

　"마법은 이미지, 막혔다고 생각했을 때 못 쓰게 되는 거야."

　음 마법인 미냐에서 중요한 부분은 형상이 아니라, 대상의 시간을 동결시켜서 부수는 효과 쪽이다. 꼭 화살 형태에 얽매이지 않아도 상대에게 꽂히기만 한다면 형상을 따지지 않는다.

　그렇기에 오기에 불이 붙은 베아트리스의 탄알은 스핑크스를 놓치지 않는다.

　그리고――.

"위협도 인식, 재차, 요·수정——."

"생각을 고치는 게 백 년 늦어."

탄알이 된 미냐를 회피하여 애써 벗어나려던 스핑크스 바로 옆에, 지면을 박차고 뛴 가필의 흉악한 얼굴이 나란히 붙었다.

그 순간, 가필과 스핑크스의 시선이 교차한다.

할머니와 같은 얼굴을 가진 상대에게 주먹을 꽂아 넣는다는 주저가 가필의 마음을——.

"할머니하곤 마음의 냄새가 다르거든——!!"

그런 외부자의 염려는, 에밀리아 진영의 믿음직한 무관에게는 불필요했다.

내지른 주먹이 스핑크스의 뺨따귀에 꽂히고 소녀의 몸을 공중에서 지면으로 내리꽂아 대지에 주먹째로 호쾌하게 짓눌렀다. 굉음과 흙먼지가 전장에 자욱이 피고 휘두른 팔 너머에 스핑크스의 몸이 날아가는 것이 베아트리스의 눈에도 비쳤다.

직격당하면 베아트리스도 한 방에 마나로 환원될 수 있는 강대한 일격을 맞은 스핑크스는 먼지구름 너머로 날아가 나뒹굴었다.

"셋이서 포위 공격. 좋은 팀워크였던 게 아닐까아——."

"제일 먼저 발작한 녀석이 잘도 말하는 것이야."

"니랑 팀워크라니 소름이 끼친다."

어깨를 으쓱인 로즈월의, 냉정침착했다고 대놓고 주장하는 태도에 베아트리스와 가필이 저마다 야유를 날렸다.

그런 거부 반응에 로즈월은 한 번 더 어깨를 으쓱여 보였다.

그러자——.

"재차, 위협도 인식, 요·수정, 입니다."

먼지구름이 가라앉기 시작한 대지에서 천천히 몸을 일으킨 스핑크스가 중얼거렸다.

흙투성이에 목소리가 쉰 스핑크스의 표정은 변함이 없지만, 대미지는 명백히 축적되었다. 그러나 그 황금의 눈동자에 서린 빛은 일절 시들지 않았다.

그곳에는 적의나 분노 같은 감정이 아니라, 어디까지나 상대를 자신의 흥미가 머물 대상으로 보는, 이지(理智)의 괴물 같은 눈초리만이 있었다.

"쳇, 마음에 안 들어."

베아트리스와 비슷하게 상대의 눈초리에 오한을 느낀 가필이 혀를 찼다. 침묵하는 로즈월도 명백한 불쾌감에 다시 마나를 가다듬기 시작했다.

급발진할지도 모를 두 사람보다 먼저, 베아트리스는 스핑크스를 경계하면서 말했다.

"굳이 그 이름으로 부르겠어, 스핑크스. 넌 무슨 생각을……."

하고 있는 거냐고 베아트리스가 말하려던 순간이었다.

"_____."

그 자리에서 일어선 스핑크스의 몸이 떨리고, 시선이 자신의 가슴께로 내려왔다.

스핑크스의 밋밋한 가슴에서 칼끝이 튀어나와 있었다. 그녀의 등을 찌르고 가슴으로 삐져나온 치명상의 칼날이었다. 그리고 그 칼을 쥐고 있는 것은——.

"불길한 낌새가 나는 계집애다. 살려 둘 이유가 하나도 없어."

살벌하게 단언한 미젤다는 뽑은 단검으로 등과 가슴을 집중적으로 쑤시고, 스핑크스의 머리카락을 잡고 위로 젖히더니 그 목을 무자비하게 갈랐다.

송장 인간의 몸이다. 피는 흐르지 않는다. 하지만 그 치명상에 스핑크스가 앞으로 고꾸라졌다.

"너, 너, 너엇……."

쓰러진 스핑크스 옆에 당당히 선 미젤다에게 베아트리스는 눈을 부릅뜨고서 말을 잇지 못했다. 로즈월과 가필도, 말을 잃었다.

그런 셋의 모습에 미젤다는 박력 있는 눈이 달린 아름다운 얼굴을 갸우뚱했다.

"너희와 악연이 있는 상대였던 것은 알겠다. 하지만 무덤에서 말해. 전장의 관습이다."

"뭐, 그거야 그렇지만……."

투박한 의견이었지만 반론할 여지가 없다고 가필이 포기했다.

볼라키아 사람의 가치관에는 종종 놀라곤 했지만, 아직 인식이 어설펐다. 베아트리스도 그녀들의 엄혹한 태도에 관한 인식을 고치기로 했다.

"스핑크스."

그런 베아트리스와 가필의 동요와는 별개로 로즈월이 스핑크스의 이름을 불렀다.

미젤다의 일격이 치명상이 된 것은 쓰러진 스핑크스의 몸이 부스스 무너지는 모습을 봐도 명백했다. 이미 하반신 대부분이 먼지로 변했고 처음부터 금이 가 있던 소녀의 얼굴도 부위의 박리가 시작되어 전신이 무너지는 것도 시간문제였다.

설령 결말이 불완전 연소라 해도 세 사람을 괴롭힌 원흉은――.

"요‧숙고해야 했습니다."

팔다리가 무너지고 붕괴가 얼굴에도 미치고 있는 스핑크스가 나직이 중얼거렸다. 그것은, 베아트리스에게는 자신의 역부족을 후회하는 말로 느껴졌다.

"당신들은……."

그러나 이어지는 말로 그게 아니었음을 알 수 있었다.

그 덧붙인 말에 베아트리스는 숨을 집어삼키고, 가필은 "아앙?" 하고 으르렁댔다.

베아트리스도 그 진의를 뚜렷하게 이해한 것은 아니다. 하지만 그것은 무시해서는 안 될, 패배자의 오기 같은 게 아니라는 점만은 느껴졌다.

그때――.

"아차!"

잽싸게 고개를 든 로즈월.

그는 그 표정에 초조함과 자책감을 띠고 뒤돌아보았다. ――베아트리스와 함께, 건투를 약속하고 앞으로 보낸 연환용차로.

로즈월의 그 초조한 모습에 베아트리스 또한 강한 불안을 느끼면서.

"스바루." 하고, 그 이름을 부른 것이었다.

2

 한순간에, 그렇다. 모든 것은 한순간에 있던 일이었다.

 위화감을 눈에 담고 그 의문을 소리로 꺼낸 직후에, 모든 것은 하얀 빛에 휩싸였다.

 옆에 있던 에밀리아도, 렘도, 율리우스조차도 일체의 반응을 허용받지 못한 채, 당연하거니와 스바루도 아무것도 하지 못하는 채로, 하얀 빛이 전부 다 집어삼키고, 사라졌다.

 그것이 자신의 '죽음'을 의미하는 것임을 나츠키 스바루는 즉시 직감했다.

 『사망귀환』이 시작되었다. 그 증거로——.

 「——사랑해.」

 한 번 자신을 찾아낸 그녀가 다시는 놓치지 않겠다고 속삭이는 목소리가 들렸으니까.

 "저기, 제 혼란을 먼저 처리해 주시면 안 될까요?"

 그, 기막힘과 피곤함, 자그마한 짜증이 같은 비율로 섞인 목소리가 들린 찰나의 순간, 스바루 안에서 '준비, 땅!'의 스위치가 눌렸다.

 "————."

 자신의 발판과 주위 상황을 확인하고, 같이 있는 인물을 통해 순간을 파악한다.

 연환용차의 통로에서 에밀리아와 율리우스하고 대화를 나누던 중에 렘이 합류한 상황. 대화 흐름상, 스바루의 마지막 발언은 '혹시 과랄 같은 곳에서 프리실라에게 쓸데없는 소리를 들었을 가능성이 있을지도…….' 하고, 렘을 염려하는 말이었다. 연환용차의 전방에선 아벨 및 오토 등이 전력을 상세하게 파악하느라 힘쓰고, 지나간 저 먼 후방에는 로즈월과 함께 보낸 베아트리스가 송장 인간에게 대항할 수단을 마법적인 관점으로 찾기 위해서 조사해 주고 있다. 베아트리스가 간 곳에선 가필 및 『슈드라크의 민족』이 분전하고 있으며 『플레아데스 전단』의 동료들도 있을 것이고, 누구든 크게 다치지 말아 달라고 기도하는 심경과, 그들이라면 괜찮을 거라는 신뢰로 마음이 요란법석이다.

——여기까지, 스위치가 켜진 스바루는 한순간에 오려냈다.

"스바루?"

놀란 기색이 서린 목소리로 에밀리아가 스바루의 이름을 불렀다. 그녀의 눈에는 한순간, 스바루의 눈이 핑핑 정신없이 움직이던 모습이 비쳤으리라.

전에도 한 번, 같은 상태의 스바루를 본 탄자에게 "슈바르츠 님의 눈이 뒤룩뒤룩 움직여서, 그, 오싹했어요." 하고 지적받은 적이 있다.

같은 것을 본 에밀리아의 반응이, 아주 너그러운 것을 알 수 있으리라.

어쨌든——.

"에밀리아, 잠깐만."

손을 들어 추궁을 피한 스바루의 의식이 예민하게 곤두섰다.

죽어서 리트라이가 전제인 환경, 검노고도의 전원 생존을 목표로 하는 데에 빠트릴 수 없던 감각이 스바루를 감싸고, 자신을 '죽음'에 이르게 만든 원인의 규명에 극한의 집중력이 발휘된다.

——죽은 건가, 같은 한참 늦은 감각에 소란 피울 때가 아니다.

——죽은 것이라면, 이라는 현실에 따라잡은 감각이 없으면 해결에 이르지 못한다.

그 전환을 신속하게 할 수 없으면, 스바루도 주위 사람들도, 또 죽게 놔두는 꼴이 된다.

"——? 저기……."

"렘, 부탁해."

집중하는 스바루의 옆얼굴에 희미하게 눈썹을 모은 렘이 의문 어린 눈빛을 보냈다. 하지만 에밀리아가 렘의 의문을 손으로 제지하며 그녀를 만류했다.

그사이, 스바루는 『사망귀환』 직전의 사건과 '죽음'이 어떻게 관련되었는지 파악을 마치고——.

"————."

달리는 연환용차의 창밖, 경치에 섞인 이물을 또다시 포착했다.

찰나, 스바루는 용차의 창문에 달려들며 외쳤다.

"——율리우스! 밖이야!"

"알겠다!"

에밀리아와 렘이 느낀 스바루의 변화, 그것은 당연히 율리우스도 알아채고 있었다.

스바루의 부름에 한순간의 정체도 없이 응수한 율리우스는 창문에 달려드는 스바루 뒤에서 검을 뽑더니, 통로 벽을 베고 훤칠한 다리로 벽을 바깥쪽으로 걷어찼다. 그리고 쓰러진 벽 너머로 여러 마리의 지룡이 부여한 『바람막이의 가호』 영향 밖으로 스바루를 안고 뛰쳐나갔다.

"착지는 맡긴다!"

"맡도록 하지."

가호의 범위 밖에 나간 순간, 맹렬한 바람과 관성이 스바루와 율리우스를 후려쳤다. 하지만 스바루는 생존을 위한 준비를 전부 율리우스에게 떠넘기고 그도 그것을 받아들였다.

율리우스의 주위에 노란색과 초록색의 준정령이 둥실 떠오른다. 한쪽이 바람을 융단으로, 한쪽이 대지를 쿠션으로 바꾸어 두 사람의 착지를 서포트했다.

율리우스와 준정령들의 기예. 그러나 스바루의 주의는 한 치도 쏠리지 않았다. 그 주의는 일심불란하게 하늘의 한 지점──내려오는 소녀를 응시하고 있었다.

"역시, 류즈 씨와 똑같아……."

분홍색 머리카락과 검은색 관두의, 그 모습은 사랑스럽고 노인네 티가 나는 류즈와 동일했다.

하지만 아무리 에밀리아 일행이 스바루와 렘을 걱정하고 있었다 해도, 류즈까지 볼라키아 제국에 끌고 올 리는 없다.

즉, 저것은 진짜 류즈가 아니다. 류즈와 같은 형상을 가진 복제체인 피코들일 수도 없다. 그녀들에게는 구별이 가게끔 머리모양을 바꾸거나 개별적인 리본 및 머리 장식을 선물했다. 저 소녀는 그중 어느 것과도 공통점이 없다.

"율리우스! 저 아이야! 확보해!"

공중의, 아직 지면에 내려서기 전의 가짜 류즈를 손가락으로 가리킨 스바루가 외쳤다.

스바루의 호소를 들은 율리우스도 밤하늘에 동화한 소녀의 모습을 발견. 그녀가 누구이고 무엇을 하는지, 그런 의문 일체를 뒤로 미룬 『가장 뛰어난 기사』가 날았다.

발밑의 부드러운 흙에 스바루를 떨어뜨린 율리우스의 몸이 바람 융단의 잔재를 두르고 이를 발판 삼아 공중을 도약, 가짜 류즈에게 일직선으로 접근했다.

그런 율리우스의 귀기 서린 기세에 가짜 류즈도 그를 위협 대상으로 인식한다.

그 즉시 가짜 류즈의 눈동자가 밤인데도 선명한 금색의 빛을 발하는 것을 알 수 있어서, 멀리서는 몰랐으나 창백한 피부를 가진 송장 인간임을 이해했다.

그렇게 가짜 류즈는 율리우스를 노리고 손끝에 맺힌 빛을 쏘려다가——.

"인, 네스, 힘을 빌려 다오."

가짜 류즈의 손끝에 켜진 빛, 그것과는 다른 하얀 빛이 율리우스의 온몸을 옅게 발광시키며 대신에 검은 빛이 가짜 류즈의 온몸을 얇게 감쌌다.

그것이, 두 준정령이 양(陽) 마법과 음 마법을 동시 행사한 것임을 안 순간, 율리우스의 기사검이 번뜩이며 빛이 맺힌 가짜 류즈의 팔에서 힘이 빠졌다.

"요 · 설명입니다."

"어깨의 힘줄을 베었다. 물론 바로 붙겠지만…….."

팔에 힘이 들어가지 않는 이유를 묻는 가짜 류즈에게 의리 있게 대답한 율리우스가 공중에서 몸을 틀었다. 훤칠한 다리가 으르렁대며 소녀의 몸을 걷어차 지면에 내리꽂았다.

가짜 류즈가 떨어지는 곳, 대지의 모습이 노란 빛과 함께 변질한다. 점도가 는 지면은 소녀의 몸을 부드럽고 깊게 받아내고, 거기서 단숨에 경질화했다.

그 결과, 돌로 된 이불에 말리듯이 가짜 류즈의 움직임이 봉인되었다.

"저항은 추천하지 않아. 이 충고를 들을 수 없다면, 산 자와 죽은 자의 구별 없이, 당신을 '적'으로 취급하도록 하지."

"_____."

땅바닥에 위를 보고 누운 가짜 류즈에게 검을 들이댄 율리우스가 그리 선언했다.

상대를 무력화한 율리우스는 그 모습을 지켜보던 스바루에게 끄덕였다. 일련의 사태를 보고만 있을 수밖에 없던 스바루는 손가락으로 뺨을 긁었다.

"아니, 그렇게 해 주길 바라긴 했지만…… 진짜냐, 저 녀석. 명백히 전보다 훨씬 더 강해졌잖아."

준정령의 원호를 조합한 전투법이, 이전보다 스마트하고 세련되게 변했다.

여섯 종류 속성의 준정령과 계약한 『정령기사』의 본색을 발휘했다고 할까, 마법과 검술을 조합한 하이브리드형 전투술이었다.

"와, 굉장해, 눈 깜짝할 새에 해치웠네."

그런 스바루 뒤쪽에서 에밀리아가 풀을 밟고 달려왔다.

아무래도 스바루와 율리우스를 쫓아 용차에서 뛰어내린 듯한 그녀는 율리우스의 깔끔한 솜씨에 나설 기회가 없었다고 눈을 동그랗게 뜨고 있었다.

"에밀리아땅, 렘은?"

"스바루와 율리우스가 뛰어내려서, 오토 쪽에다 얘기 전하러 가 달라고 했어. 나도 서둘러야겠다고 바로 쫓아온 건데……."

"아니, 에밀리아땅이 느린 게 아니라 쟤가 너무 빨랐지. 그리고 렘까지 데려오지 않은 것은 아주 잘했어."

혹시 지금의 렘이라면 같이 내려올지도 모른다 싶었지만, 기억이 있던 시절의 렘이라도 뻔히 뛰어내릴 것 같았기에 아무튼 에밀리아의 나이스 판단이다.

어쨌든——.

"류즈 씨, 가 아니지?"

"겉모습은 판박이지만 좀비인 것은 확실할 거야. 그러고 보니 베아코나 류즈 씨는 좀비가 되긴 하나……?"

베아트리스나 류즈의 죽음 따위는 생각하고 싶지도 않지만, 그 몸이 마나로 이루어진 그녀들이 좀비화하는지는 의문이다. 실제로 가짜 류즈라는 송장 인간이 있는 이상, 기적적으로 닮은 사람이 아닌 이상은 그 내력은 류즈와 동일할 터.

혹시나 모른다고, 생각할 필요성이 없을 고찰을 하면서도 스바루는 에밀리아와 함께 방심 없이 율리우스가 포획한 가짜 류즈에게로 갔다.

"말하는 것도, 생각하는 것도 가능한 좀비다. 스바루, 주의하도록."

"알아. 귀엽게 생긴 겉모습에는 안 속아. 에밀리아땅도 주의하며 봐줄래?"

"응, 맡겨 줘. 당신도 얌전히 있으면, 으음……."

경계를 떠맡아 마음을 다잡은 에밀리아가 가짜 류즈에게 무슨 말을 건넬지 당황한다.

저항하지 않으면 다칠 일 없다, 라는 경고가 송장 인간 상대로 의미가 있는지 미심쩍은 노릇이다. 그렇다고는 해도 절대로 방심해서는 안 된다.

이 작은 존재는, 방금 단숨에 연환용차째로 스바루 일행을 지워 없앤 것이다.

사지를 구속해 움직임을 막아도 완벽하다고 할 수 있을지는 미지수다.

"선제 공격이 실패해서 아쉽게 됐어."

"당신은……."

"내 이름은…… 하고 조건반사적으로 이름을 대고 싶어지지만, 친구가 되려는 것도 아니지. 네가 위험한 녀석이고, 그 속셈을 저지했다는 관계면 충분해."

"과연, 기묘한 인재군요. 언뜻 보기로 뛰어난 능력은 없는 듯

합니다만."

누운 채로 스바루를 쳐다보는 가짜 류즈가 그런 소견을 읊었다.

얕보이는 데에는 익숙하기에 그 평가에는 화도 나지 않는다. 옆에서는 에밀리아가 무슨 말을 하고 싶은 눈치지만 율리우스가 고개를 저어 제지하고 있었다.

"허세 부려도 상황이 이렇다고. 다른 좀비는 오지 않은 모양이고, 날 수 있답시고 혼자만 먼저 왔나? 만약 그걸로 우리를 해치울 수 있다고 생각한 거라면 딱하게 됐어."

실제로는 한 번, 그 선제 공격으로 고스란히 당했었지만, 내색하지 않았다.

이 도발로 상대의 입이 열리면 횡재지만, 무표정한 가짜 류즈에게는 별로 효과가 느껴지지 않는다. 다만 이런 쪽의 타입은 엉뚱한 발언을 반복하다 보면, 도리어 자신의 지성을 과시하고 싶어지는 게 정석이다.

스바루에게는 필요하다면 일생일대 혼신의 미련한 아이를 연기할 용의가 있었다.

그러나──.

"발가 크롬웰."

갑자기, 누워 있는 소녀의 입술이 모르는 단어를 주워섬겼다. ──아니, 어디선가 들은 적이 있는 것 같은 느낌이었지만, 스바루는 순간적으로 떠올리지 못했다.

그러나 의문으로 눈살을 찌푸린 스바루 옆에 있는 에밀리아와 율리우스의 반응은 달랐다. 두 사람은 그 단어를 들은 적이 있다는 표정을 짓고서——.

"이것은, 당시에는 실행되지 않았던 그 남자의 책략입니다."

하지만 두 사람의 추궁보다, 가짜 류즈가 말을 잇는 쪽이 먼저였다.

그리고 그 후의 전개도, 한 번 뒤처진 질문을 무시하고 공백 없이 이어졌다.

"스바루!!"

순간, 낯빛이 바뀐 에밀리아의 목소리가 들리고, 그녀의 팔이 스바루를 힘껏 잡아당겼다. 에밀리아가 어금니를 깨물고, 스바루 일행 주위에 얼음벽이 생성되었다.

그 얼음벽의 내부에는 율리우스 또한 발밑의 가짜 류즈에게 겨누던 기사검을 고쳐 잡고, 여섯 준정령의 힘을 결집한 무지갯빛을 둘렀다.

다가올 위기적인 무언가에 대해, 에밀리아와 율리우스가 찰나의 준비를 완료하고——.

——그것을, 하늘 저 너머에서 쏟아지는 하얀 빛이, 비웃는 것처럼 지워 없애고 지나갔다.

3

"저기, 제 혼란을 먼저 처리해 주시면 안 될까요?"

"——후."

기막힘과 피곤함, 자그마한 짜증을 같은 비율로 머금은 렘의 목소리가 들리고, 스바루는 짧게 숨을 뱉었다.

전회차와 달리, 알고 있던 '죽음'의 도래를 피하지 못했다는 자책감과 알고 있던 충격을 받은 영혼의 떨림이 스바루의 심장을 안쪽에서 난타했다.

──'죽음'의 원인, 그것을 완전히 잘못 판단했다.

갑자기 나타난 가짜 류즈, 그녀 자신은 '죽음'의 원인이 아니라, 어디까지나 방아쇠. 진짜 사인인 하얀 빛은 그녀가 아니라 다른 곳에서 발사된 것이었는데.

"스바루?"

"에밀리아, 잠깐만."

에밀리아가 스바루의 말없는 반성을 깨닫고 갸우뚱하면서도 손을 들어 대답했다.

반성을 중단하고 후회를 내던진다. 반성은 그나마 발전성이 있지만 후회는 할 일을 했다는 기분만 드는 자기 보신 행위다.

그래서는 보신하던 자기 자신도, 무시한 주위 사람들도, 누구도 구할 수 없다.

그런 것은 사절이다. 그런 것은, 절대로, 사절이다.

"────."

그 순간, 가짜 류즈는 『발가 크롬웰』이라는 이름을 꺼냈다. 그것은 아직도 스바루에게는 느낌이 오지 않았지만, 에밀리아와 율리우스는 알고 있을 것 같았다. 그 자세한 내용을 들어 두어야 할까. ──아니, 나중이다. 그 발가라는 상대의 정체를 알아도 다음에 일어난 하얀 빛의 위력이 없어지는 것은 아니다. 그 공격은 리얼한, 그것도 터무니없는 위협으로서 스바루 일행의 눈앞을 가로막았다. 그것을 막아야만 하지만, 애초에 쏘지 못하게 하는 것이 가능은 한가. 그 상황에서 가짜 류즈와 공격이 무관계할리는 없지만, 과연 그녀는 교섭에 응해 줄 송장 인간일까. 말을나눌 수 있는 송장 인간이라면, 교섭 창구를 닫는 것은 위험하지 않은가. 아니, 말로 해서 알 상대라면, 다짜고짜 죽이려 들지는 않는다. 말을 할 수 있거나 없거나, 교섭 테이블에 앉기 위해서는 테이블부터 놓을 필요가 있다──.

"──? 저기……."

"렘, 부탁해."

스파크를 튀기며 사고하는 스바루 옆에서 렘의 의문을 에밀리아가 제지했다.

조금 전과 같은 흐름. 그러나 이다음은 그것과는 다른 전개로 끌고 가야 한다. 순서대로, 무엇을 했는지는 머릿속에서 정리하고, '죽음'이라는 결말에 다다르고 마는 레일을 벗어나기 위해, 필요한 분기점을 바꾼다.

그러기 위해서──.

"율리우스! 밖이다! 에밀리아도 따라와 줘!"

"알겠다!"

"응! 알았어!"

창밖, 다가올 '죽음'의 전조인 소녀의 모습이 스친 순간, 스바루는 창문에 달려가며 등 뒤의 에밀리아와 율리우스 둘에게 외쳤다.

망설임 없이 율리우스의 검격이 연환용차의 벽을 자르고, 발에 차여 쓰러지는 벽에 맞추어 스바루 일행이 밖으로 나간다. 그리고『바람막이의 가호』범위 밖으로 벗어나기 전에 소리쳤다.

"——렘! 부탁이 있어!"

4

흰칠한 다리가 번뜩인다. 발차기가 가짜 류즈를 지상에 내리꽂고, 그 성질을 변화시킨 대지가 송장 인간의 몸을 받아내어 또다시 흙의 이불이 그 온몸을 구속했다.

"저항은 추천하지 않아. 이 충고를 들을 수 없다면, 산 자와 죽은 자의 구별 없이, 당신을 '적' 으로 취급하도록 하지."

구속된 가짜 류즈가, 검을 들이대는 율리우스를 무감정하게 올려다보았다.

아까와 같은 전개지만, 달라진 점은 이미 동반 중인 에밀리아의 존재다.

"류즈 씨……가 아니지?"

"겉보기는 판박이지만 류즈 씨도 피코들도 아니야. 그보다도 더 큰 놈이 올 거야! 심호흡하고 대비하고 있어, 에밀리아땅!"

그렇게 말한 스바루가 자신을 안고 있던 에밀리아의 품속에서 뛰어내린다. 놀라는 에밀리아에게 끄덕여 주고, 가짜 류즈를 구속한 율리우스에게 달려갔다.

"잘해 주었어! 하지만 아직 할 일이 더 있어! 하늘 저편에서 엄청난 한 방이 날아올 거야! 그걸 막지 않으면 다들 위험해!"

"하늘에서?"

"에밀리아땅에게도 심호흡해 달라고 했어!"

스바루가 자잘한 사정을 생략하고 뒤에 있는 에밀리아를 손가락으로 가리켰다.

그쪽에서 에밀리아는 크게 팔을 벌리며 천천히 깊고 길게 호흡을 하고 있었다. 집중력을 높이며 이후의 전개를 대비하고 있다.

그 모습에 율리우스도 끄덕이더니, 그의 주위에 여섯 색깔의 준정령이 소용돌이를 그렸다.

"당신은⋯⋯."

두 사람에게 척척 지시하는 스바루의 모습에 구속 중인 가짜 류즈의 시선이 의혹을 띠었다.

방금 대화로, 그녀도 자기 움직임이 기선제압된 원인이 스바루에게 있음을 금세 이해했으리라. 하지만 그 정도로만 놀라게 두지 않는다.

"발가 크롬웰. 그것이, 네 작전 참모의 이름이지?"

스바루는 한쪽 눈을 감고 가짜 류즈에게 수작은 다 들켰다고 전했다.

실제로는, 가짜 류즈의 수작은커녕 발가 크롬웰이 누구인지조차 알지 못하지만, 그 점을 내색하지 않는 것이 허세의 테크닉이다.

가짜 류즈 본인에게 들은 정보를 고스란히 이용해 가짜 류즈에게 경악을 선사한다.

실제로 여태껏 표정이 변하지 않던 가짜 류즈가 얼굴을 굳히고, 그때까지 이상으로 박력이 서린 시선을 스바루에게 보내고 있었다.

　"주의할 대상은 저 마법사와 정령이라고 생각했었습니다만, 당신도 요·주목입니다."

　"책략은 간파당했어. 깨끗하게 포기해도."

　괜찮다, 하고 스바루는 통할 가망이 적어 보이는 허세를 이으려고 했다. 그러나 그 허세를 들려주기 전에, 가짜 류즈는 그 황금색 눈을 가늘게 뜨고 말했다.

　"발가의 책략은, 간파당해도 막을 방법이 없는 것이에요."

　"스바루!!"

　그 순간, 그 하얀 빛이 하늘 너머에서 다가오며 스바루 일행을 노리고——아니, 그게 아니다.

　다가오는 '죽음'의 빛, 그것이 스바루를 지워 버리기 전에 손을 뻗은 에밀리아의 발밑에 끌려 쓰러진다. 그 눈앞에서 가짜 류즈가 하얀 빛에 휩싸여 사라졌다.

　필시 여태까지도 그랬던 것이다.

　이 하얀 빛은 스바루 일행이 아니라, 가짜 류즈를 노리고 발사된 것이다. 그녀의 존재가 하얀 빛을 조준하는 마커가 되어, 착탄의 여파로 스바루 일행은 날아갔었다.

　적 안에 쳐들어가 압도적인 위력을 가진 포격의 살아 있는 조준점이 된다. ——아니, 죽어 있으니까 죽은 조준점일까. 어쨌든 간에 발안자는 완전히 제정신이 아니다.

"발가 크롬웰이란 놈, 이 바보 자식——!!"

"알 크라우젤리아!!"

스바루의 진심에서 우러나온 외침에 빛으로 칼끝을 겨눈 율리우스의 영창이 호응했다.

생성된 무지갯빛 극광, 그 광채가 벽이 되어 하얀 빛과 충돌하며 에밀리아가 만들어 낸 여러 겹의 얼음 장벽이 빛에 깨지는 사태를 아슬아슬하게 틀어막았다.

파괴의 백광(白光)과, 극광(極光)을 두른 수호의 얼음 벽.

준비가 부족한 채 임할 수밖에 없던 전회차와 달리, 하얀 빛을 상대로 힘을 가다듬을 시간은 있었다. 그것이 조금 전에 비해 에밀리아와 율리우스가 저항하고 있는 이유다.

하지만, 그래도——.

"으, 야아아아압——!"

"크, 윽……."

필사적인 목소리와 함께 에밀리아와 율리우스가 하얀 빛에 저항한다.

하지만 이 두 사람이 함께 덤벼서 밀어내지 못하다니, 대체 무슨 위력이란 말인가. 이 상황에서 아무것도 할 수 없는 스바루는 기 쓰는 에밀리아의 등을 받치기나 할 뿐이다.

"힘내! 둘 다, 힘내 줘!"

물리적인 지원을 할 수 없는 스바루가 어금니를 꽉 깨물고 정신론을 외쳤다.

그걸로 두 사람이 분발해서 하얀 빛을 완전히 없애 버릴 힘이 솟아나면 좋겠지만, 매사가 그렇게 잘 풀리지는 않는다.

무슨 사태라 해도 허공에서 갑자기 구원의 손길이 뻗어오지는 않는 것이다.

아무리 기도해도 빌어도, 분배받지 못한 카드는 승부에 쓸 수 없다.

그렇기에——.

"내를 잘 불렀다이, 기특하네, 기특해."

그렇게, 절박한 상황과 대조적인 태평한 목소리에 스바루는 숨을 죽였다.

누군가가 옆을 걸어 지나갔다. 그때, 상대는 스바루의 머리를 큼직한 손으로 쓰다듬고는 마치 산책하듯 스스럼없이 에밀리아와 율리우스 앞에 나섰다.

두 사람도, 그 느닷없는 상대의 행동에 놀라지만——.

"여기가 사혈(死穴)이다야."

말하자마자 두 사람 앞에 나선 인물이 소매에서 팔을 뽑고 하얀 빛에 찔러 넣었다.

모든 것을 집어삼키고 먼지로 바꾸는 힘을 간직한 빛이다. 에밀리아와 율리우스가 필사적으로 장벽으로 막아내는 선을 넘어가면, 그 팔도 먼지로 화하리라.

그렇게 여겼지만.

"세상에⋯⋯."

불현듯 에밀리아가 탄식 같은 소리를 흘리며 남보라색 눈을 크게 떴다.

그녀의 아름다운 눈에 비친 것은, 눈앞까지 닥쳐들었던 하얀 '죽음'이 아니라, 그것이 흔적도 없이 사라져서 빛 모양대로 뚫린 두터운 구름이 낀 밤하늘이었다.

"————."

같은 광경을 목격한 스바루도, 율리우스도 아무 소리를 내지 못했다.

빛과 충돌한 극광을 두른 얼음벽도 소실되고, 자신을 과녁으로 세운 가짜 류즈가 빛에 사라진 이상, 그곳에는 이미 아무것도 없이——.

"파란 오니 아가 불러 준 덕분이구마이. 셋 다 많이 힘썼다. 사탕 주까?"

말하면서 압도적인 '죽음'을 그 손으로 지운 낭인족—— 도시국가 최강이 뒤돌아서 얼떨떨해하는 세 사람을 향해 웃었다.

부스럭부스럭 품속을 더듬다가 곰방대를 문 채 갸우뚱하고.

"아, 난 사탕 안 갖고 있었제."

아무것도 없는 손을 살랑살랑 흔들어서, 힘이 빠진 스바루가 엉덩방아를 찧게 만들었다.

제3장 『두 개의 빛』

1

"적의 정체를 알아냈다. 과거, 왕국의 『아인전쟁』에서 맹위를 떨친 『마녀』의 불량품…… 스핑크스라는 이름의, 최악의 괴물이야."

다시 연환용차에서 열린 긴급 회의실에서, 전장에서 급히 돌아온 로즈월이 한자리에 모인 이들을 둘러보며 그렇게 설명했다.

스핑크스. 그것이 스바루 일행이 상대한 가짜 류즈의 이름이며——.

"『아인전쟁』, 인가……."

로즈월의 설명에 스바루는 씁쓸한 기분으로 그 단어를 입에 담았다.

종종 화제에 오를 때가 있는 『아인전쟁』이지만, 그것은 어디까지나 내전의 무대가 된 루그니카 왕국에서 있던 일. 설마 볼라키아 제국에서까지 그 말을 듣게 될 줄이야.

"당시의 아인 측에서 가장 경계되던 세 지도자, 그중 한 명이 스핑크스였을 거야. 그 마법에 대한 깊은 조예는 『아인전쟁』의 비참함을 몇 단계나 끌어올렸다고 들었지."

"나도, 왕국사를 공부하다가 봤던 이름이었던 것 같아. 그리고 스바루가 말했던 이름…… 발가 크롬웰도, 그렇지?"

"네……. 그 이름의 인물도, 경계받던 한 사람의 이름과 일치합니다."

실제로 가짜 류즈—— 스핑크스와 대면하고 그 위협을 맛본 에밀리아와 율리우스가 그 자리에서 들은 다른 한 사람의 이름에 관해서도 언급했다.

두 사람이 보자면 스바루가 갑자기 그 이름을 꺼냈다는 인상이겠지만 그 후에 스핑크스가 보인 반응으로 그녀와 그 이름의 인물이 무관계하지 않다고 이해해 주었다.

물론 스바루 본인은 그 이름이 『아인전쟁』의 관계자인 줄은 몰랐지만.

"즉, 적은 스핑크스와 발가 크롬웰이란 녀석이고, 『아인전쟁』에서 날뛰던 녀석들이 제국에서도 날뛰고 있었다? 영문을 모르겠네……."

"그 『아인전쟁』도 40년 이상 전의 일이니께네. 내도 왕국사 공부는 했었고 내전 때의 아인 측 주장도 알고 있지만도…… 이 상황하곤 안 맞는 느낌이다."

"그러게. 여하튼 간에 베아코 쪽이 무사해서 다행이지만……."

"그건 베티가 할 말인 것이야. 돌아올 때까지 제정신이 아니었어."

팔에 바싹 안겨든 베아트리스의 모습에 스바루도 안도하고 그

머리를 쓰다듬었다.

　말 그대로 날아서 돌아온 베아트리스는 용차를 습격한 위기의 이야기를 듣고 스바루 옆에서 가만히 떨어지지 않을 각오를 굳힌 모양이다. 스바루도 전장에 보내는 것은 창자가 끊어지는 기분이었으므로 베아트리스의 귀여운 각오를 받아들일 따름이었다.

　어쨌든——.

　"일단, 상대의 비장의 패 하나는 나츠키 씨 쪽이 미연에 막아낼 수 있었습니다. 강적이었을 스핑크스가 빠르게 탈락한 것도 낭보라고 할 수 있을지 모르겠습니다만……."

　"미안한데 오토 형. 실은 그렇다고 장담을 못해."

　"네?"

　팔짱을 낀 가필이 께름칙하게 지적하자 오토가 눈을 동그랗게 떴다.

　베아트리스와 함께 전장에서 돌아온 가필은 날카로운 송곳니를 딱 부딪치고 말했다.

　"그 스핑크스라는 녀석은 우리 앞에도 튀어나왔었어. 낯짝이 그 모양이잖아, 웃기지 말라고 열 받았었는데……."

　"류즈 씨와 얼굴이 똑같으니까. 가필에게는 엄—청 괴로웠겠지."

　"그런데 낯짝이 닮든 말든 할머니가 아닌 건 할머니가 아니지. 그러니까 치고받는 데에 아무 주저도 없었어. 문제는 그다음이야."

　"그다음?"

고개를 갸웃한 에밀리아의 의문에 가필은 깊이 끄덕이고 말을 이었다.

　"우리는 틀림없이 스핑크스를 해치웠었어. 눈앞에서 산산조각이 나는 것도 지켜보다가, 『리기리기의 껴안은 채 추락』이란 지점까지 확인했었지. 그것이……."

　"스핑크스의 노림수, 그 자체였던 것이야."

　가필의 결론을 이어받아 베아트리스가 스바루의 팔을 세게 껴안았다. 거기서 전해지는 절실한 떨림은, 그만큼 적의 노림수가 베아트리스에게 쇼크였다는 증거다.

　그런 베아트리스를 대신해 로즈월이 "결론을 말하지." 하고 이었다.

　"스핑크스는 우리 앞에서 분명히 사망하고, 잇따라 스바루 앞에서도 똑같이 사망했다. 이 사실로 추측할 수 있는 것은 단순명쾌…… 스핑크스는 여러 번 사망하고, 그때마다 좀비로서 부활할 수 있다는 뜻이야."

　"뭣……."

　"최악에 최악을 거듭하자면, 죽고 살아난 다음 좀비는 직전에 겪은 자신의 죽음 및 그 원인도 파악하고 있을 상황이라고 할 수 있겠지. 즉, 연환용차를 날려 버리려던 책략을 막은 요인이 스바루와 하리벨 님이라는 사실은 파악된 거야."

　어디까지나 추측이라고 덧붙인 로즈월의 고찰은 무시무시한 것이었다.

　하지만 수긍이 가는 점도 많다. 그, 파괴적인 빛이 쏟아지는 가운데, 자신도 먼지로 화할 일격에 노출되었음에도 스핑크스는 전혀 평정을 잃지 않았다.

자기 죽음을 눈앞에 두었음에도 동요하지 않는 사람 또한 있기는 있다.

그러나 스핑크스의 그것이 '죽음'을 '죽음'이라고 여기지 않았기에 나온 태도라 가정하면, 스바루에게는 묘하게도 납득이 갔다.

"하지만, 그래선 마치……."

──『사망귀환』이라고, 입 밖에 내지 않았지만 스바루는 그렇게 생각했다.

자신의 생명조차 무기로서 이용하는 파멸적인 공격. 구조적으로 다른 점은 죽은 사실 자체는 사라지지 않는 것. 그렇게 생각하면 오히려 스바루의 『사망귀환』보다 예전에 싸웠던 페텔기우스의 『빙의』와 비슷하게 까다로울지도 모르겠다.

"쓰러뜨려도 쓰러뜨려도, 말인가."

순간, 그렇게 중얼거린 율리우스와 스바루의 시선이 교차했다.

아무래도 율리우스도 스핑크스의 까다로운 점에 예전의 적을 떠올린 눈치다. 페텔기우스의 『빙의』와 다른 이것을, 굳이 『사망도주』라고 이름 붙여 두겠지만──.

"몇 번 쓰러뜨려도 완전히 끝낼 수 없다면, 그런 녀석을 쓰러뜨리는 방법은 하나뿐이지. 상대의 라이프가 없어질 때까지 계속 쓰러뜨린다, 이거야."

"라이프? 으음, 그건……."

"부활 가능한 남은 횟수라는 뜻. 아무리 무서운 상대라도 무제한적으로 얼마든지 되살아나기란 불가능해. 반드시 한계가 있어. 안 그래?"

자신을 도외시한 감이 있어서 멋쩍지만, 라이프란 어디선가 바닥이 나기 마련이다. 그것이 바닥날 때까지 스핑크스를 쓰러뜨리면, 그 태연자약한 얼굴도 여유를 유지할 수 없어질 터.

"그러니까 마냥 풀죽어 있을 필요는 없단 거야. 그보다도 상대의 콧대를 꺾어 준 것을 기뻐하자고. 렘! 고마워!"

"──! 저, 저는 당신이 시킨 대로 했을 뿐이니까요."

무료하게 있다가 갑자기 화제가 돌아온 렘이 고개를 도리도리 저었다. 하지만 그런 그녀의 대답에 스바루는 "겸손해할 것 없어." 하고 끄덕였다.

"렘이 하리벨 씨를 불러 주지 않았으면 지금쯤은 나도 에밀리아땅도 율리우스도, 연환용차도 한꺼번에 먼지가 되었을걸. 만약 그렇게 되었으면 나를 잃은 미망인인 베아코가 영원히 나를 추모하는 비구니가 되었을 거라고."

"생각도 하고 싶지 않으니까 생각을 안 하려고 했던 최악의 가능성을 서슴없이 말하면 어떡해! 베티를 남기고 죽으면 정말로 그『비구니』가 될 것이야!"

"응, 그러네. 베아트리스가『비구니』가 되지 않아도 된 것도, 우리가 이렇게 건강하게 말을 나눌 수 있는 것도 렘 덕분이야. 고마워."

"알겠, 습니다. 그렇게 생각해 둘게요."

렘은 울상인 베아트리스와 미소 짓는 에밀리아에게 왠지 모르게 서먹하게 끄덕였다.

그렇듯 에밀리아와 베아트리스와 렘, 세 사람이 모여 있는 모습에 스바루는 새삼 가슴에 욱 치미는 것을 느끼다가 시선을 멀대 같이 서 있는 남자에게 돌렸다.

"물론 하리벨 씨도 고마워. 솔직히 그걸 어떻게 할 수 있을지 완전히 하리벨 씨의 네임밸류만 믿었는데……."

"솔직하구마이. 실제로 내도 파란 오니 아가 불러서 나오고 놀랐다. 그거, 모르고 있었으믄 내도 죽은 기 아이가? 오히려 덕분에 목숨 건진 기분인겨."

해낸 공적과 어울리지 않는 태도로 하리벨이 낄낄 웃었다.

그 태평한 어조는 긴장감이 없지만, 이 남자 없이는 스바루 일행의 전멸은 피할 수 없었다. 두 번째에서 하리벨을 부른다는 선택지를 꼽은 것은 스바루의 좋은 판단이었지만, 애초에 그가 없었을 때를 생각하니 진심으로 도시국가 최강 만만세란 기분이었다.

"말은 저러는디 실제로는 우땠나?"

"응, 나랑 율리우스도 끙 힘주었지만, 역시 아주 약간 부족했던 것 같아. 아나스타시아 씨가 하리벨 씨를 아군으로 만들어 주어서 엄—청 다행이었어."

"그래그래. 그라믄 내도 큰돈 들여서 끌고 온 보람이 있었다."

에밀리아와 아나스타시아도 긴장감 없는 하리벨을 소곤소곤 재평가하고 있었다. 아무튼 전원이 최선의 수를 택해 주었기에 반성회도 열 수 있었다.

그것이 스바루가 조금 전에 있었던 터무니없는 공방에서 얻은 수확이며——.

　"요게, 아까 난리법석의 전말. 쉽게 말해 우리 전원의 노력으로 목숨 건진 거다. 당연하지만 할 말이 있겠지?"

　"수고했다."

　"이 자식……!"

　지금까지 나온 보고를 얌전히 듣고 있던 황제, 아벨이 내려 주신 고마운 치하의 말씀에 나츠키 스바루는 뜨겁게 주먹을 부르르 떨었다.

2

　당연하지만 연환용차를 습격한 스핑크스의 『사망도주』 작전은, 그 사실을 모르는 사이에 당사자가 된 제국 수뇌진에게도 공유되었다.

　대체 어느 정도의 위기였는지, 정감을 듬뿍 실어 들려주었는데——.

　"그걸 수고라는 한마디로 치부하면 말이지……."

　"무슨 말을 하는가, 나츠키 님! 각하께서 내리신 치하를 넘는 포상을 바라다니! 각하께서 다스리는 제국 신민으로서 부끄러운 줄 알라!"

　"고즈 씨! 틀리면 안 돼! 스바루는 제국 아이가 아니라, 우리랑 같은 왕국 아이니까!"

"에밀리아, 또 영향 받아서 목소리가 커졌어."

고즈에게 이끌려 목소리가 커진 에밀리아의 감사라면 또 몰라도 충성심 MAX인 제국병과 달리 아벨의 치하라면 스바루에게는 상으로서 부족했다.

"현재는 제도에서 밀려나 태세를 정비하는 도중이다. 활약에 걸맞은 포상을 요구하더라도 공수표는 끊을 수 없다. 따라서 말 외에 줄 것은 없다."

"지갑이 비었다고 당당히 선언하긴……! 으앙— 아나스타시아 씨—!"

"그래그래, 고로코롬 억울해하지 않아도 된데야. 율리우스와 에밀리아 씨가 힘쓴 몫은 내가 제국에서 단디 뜯어낼 테니께."

"만세—! 팍팍 뜯어내 줘!"

울며 매달린 아나스타시아의 듬직함에 스바루가 두 손을 쳐들고, 아벨이 떫은 표정을 짓다가 한숨. 그리고 그는 "그래서." 하고 화제를 되돌렸다.

"언급한 송장 인간…… 스핑크스라는 자가, 이번 『대재앙』의 중심이라고?"

"적어도 이—만큼 대규모의 좀비를 되살리는 술식은 그 여자가 구축한 것이겠지요. 기존 술식의 개변과 개량, 그 불량품이 할 만한 짓입니다."

"로즈월, 싫어하는 상대인 것은 알겠지만 나쁜 말을 너무 많이 쓰지 마."

아벨에게 대꾸한 로즈월의 말에 에밀리아가 살며시 눈썹을 세웠다. 부드러운 남보라색 눈을 엄하게 뜨고서 로즈월을 가만히 바라보다가 말했다.

"우리는 악담이나 주고받고 싶은 게 아니잖아? 기껏 좋은 일을 해도 나쁜 말만 자꾸 하다간 누구도 진짜 마음을 들어주지 않게 돼."

"네, 명심하겠습니다."

"응, 부탁해."

미소 짓는 에밀리아의 주의에 순순히 고개를 숙인 로즈월이 쓴 웃음을 지었다.

스바루가 느끼기로 에밀리아의 다정한 심성에 변화는 없으면서도 그 사고방식은 세련되게 가다듬어지고 있다. 같은 느낌을 로즈월도 알아주면 좋겠다.

그런 스바루의 생각을 제쳐 두고——.

"스핑크스는 왕국의 내전 시에도 날뛰었다고 들었다. 그 전말은 어떻게 됐지?"

"왕국의 기록으로는, 스핑크스와 발가 크롬웰, 그리고 리브레 페르미 3명은 모두 내전이 종착되기 전에 전사했다고. 이 세 사람을 잃은 것이 내전에서 아인 측의 열세를 결정지었다……. 그렇게 기록되었습니다."

"과연. ——하지만 아무 이유도 없이 흙에서 송장 인간이 솟아날 리가 없다. 녀석들이 송장 인간이 되어 제국의 대지를 어지럽히는 것은, 너희 왕국의 과오가 아닌가?"

"이거 참, 빈센트 황제 각하씩이나 되시는 분께서 이상한 말씀을 하시이―는군요."

한쪽 눈을 감은 아벨의 물음에 로즈월이 웃음을 띠며 어깨를
으쓱였다.

"그 패거리가 하는 생각 깊은 곳까지는 모르겠습니다만, 패전
의 기억이 있는 왕국이 아니라 제국에 재앙을 초래한 시점에서
당시와는 다른 의도가 있는 것은 명백할 테지요. 이 40년 동안의
침묵을 감안하면, 왕국의 기록이 틀렸다고 생각하는 것도 현실
적이지 않습니다."

그렇게 유창하게 주장한 뒤에 로즈월은 "물론." 하고 밖을 가
리키던 손을 회수하고 회수한 손의 손가락을 하나 세웠다.

"만약 『아인전쟁』에 직접 참전하고, 스핑크스를 토벌할 기회
를 눈앞에 두었음에도 실수한 자가 있으면 각하의 말씀대로 책
임을 져야겠다고 생각하지이―만요."

"시답지 않군. 40년 전 왕국의 내전에 참가하고, 거기서 전국을
결정지은 노병에게 일의 시비를 따지다니 논의할 가치도 없다."

"뭐, 하긴 그렇군. 일단 네가 그렇게까지 거슬러 올라가 억지
를 쓰지 않는 녀석이라 안심했다…… 응? 왜 그래, 베아코, 안
예쁜 얼굴로."

"베티는, 언제나 사랑스러운 것이야."

견제를 주고받는 로즈월과 아벨, 둘의 대화하는 옆에서 어째
선지 베아트리스가 부루퉁한 표정을 짓고 있었다. 아마 베아트
리스의 이 표정은 로즈월과 관련이 있겠지만, 스바루는 그의 발
언 중 어디가 걸렸는지 해독할 수 없었다.

"그래서, 달리 알아낸 점은. 그렇게나 큰소리치며 뛰쳐나갔는데 용차에 남아 있던 자와 똑같아서는 성과라고는 말 못한다."

"말해 두지만 큰소리를 친 것은 베티 쪽이 아니라 스바루야. 하지만 스바루가 친 큰소리의 책임을 지는 것도 베티의 소임인 것이지."

"물론 수확은 있었지이—요. 좀비의 특성이랄 정도는 아닙니다만 몇 가지 알아낸 점이 있어서 말입니다아—."

아벨의 질문에 베아트리스와 로즈월이 믿음직하게 대답했다.

둘의 말에 스바루는 "과연 대단해." 하고 손가락을 딱 튕겼다.

"그래서, 응? 좀비의 약점을 알아냈다거나? 만약 그걸 알아냈으면 스핑크스가 또 나와도 겁낼 필요가 없어지는데."

"나츠키 씨, 너무 큰 희망을 품지 마세요. 아무리 그래도 그 정도 성과는……."

"너는 우리를 너무 얕보고 있어. 확실하게 알아낸 것이야."

"으에엥?!"

"진짜로?!"

가슴을 펴고 으쓱이는 표정을 지은 베아트리스의 말에 스바루와 오토가 화들짝. 그 반응에 기분 좋아진 베아트리스는 "물론이야." 하고 웃었다.

"힌트가 된 것은 가필의 감이었던 것이야. 우리보다 먼저 전장에서 날뛰던 가필은 위화감을 잘 알아챘었어."

"그렇게 말해도 베아트리스 쪽이 안 왔으면 의미가 없던 감이지만."

"직감이 뛰어난 네가 자기 직감을 믿지 않는 건 참으로 보물을 썩히는 꼴이라고 생각하지만. ……어이쿠? 나로서는 칭찬할 작정이었는데……."

"칭찬하든 헐뜯든 달갑지가 않단 말이다."

혀를 내민 가필의 반발에 로즈월은 한쪽 눈을 감고서 어깨를 으쓱였다.

그, 두 사람의 한결같은 불화는 무시하며 베아트리스가 말을 이었다.

"가필이 눈치챈 위화감은, 좀비의 내구력 차이였던 것이야. 화살 한 발로 쓰러지는 좀비가 있으면, 화살이 열 발 꽂혀도 팔팔한 좀비도 있었어. 그 차이야."

"하지만 그건 『좀비』의 강함이 달라서 그런 거 아니야? 내 쪽이 스바루보다 힘이 장사니까, 그런 차이라거나."

"그런 게 아니었던 것이야. 스바루와 아나스타시아 정도의 차이였어."

"내캉 비교하믄 역시 나츠키도 불쌍타 아이가."

아나스타시아가 부드럽게 두둔해 주지만 작아진 스바루의 꼴로는 설득력이 없다.

그러나 베아트리스가 말한 위화감은 확실히 신경 쓰이는 구석이다. 그리고 그 위화감의 정체를 베아트리스와 로즈월은 해명했다고 한다.

"결론을 말해라. 무엇이 송장 인간들 사이의 차이를 만들었지?"

"벌레인 것이야."

"벌레……?"

아벨의 물음에 대한 답변 내용에 스바루가 눈썹을 찡그렸다.

그러자 베아트리스가 로즈월 쪽에 시선을 주고 끄덕였다. 그 신호에 로즈월은 품속에서 뭔가를 꺼내더니 말했다.

"여러분, 충분히 주의를. 얼려서 활동을 정지시켰습니다만, 얼음이 깨지면 여기에 좀비가 생길 거라고 추측하고 있어서 말이지이—요."

"무슨 말을…… 야, 야, 야, 그게 뭐야?!"

"베아트리스가 말하지 않았나? 벌레야. 굳이 일컫자면『핵충(核蟲)』이라고 해야 할까."

그렇게 말한 로즈월의 손안, 손가락 사이로 집은 것은 작은 얼음덩이로, 경화만 한 크기의 얼음 속에 붉고 동그란 것이 들어 있었다.

가까이서 잘 보니 그것이 애벌레 같은 작고 동그란 벌레임을 알 수 있었다.

"어느 좀비의 체내에나 이 핵충이 숨어 있지. 그리고 이 벌레야말로 좀비의 생명선…… 그야말로 핵이라고 바꿔 불러도 무방해."

"벌레가 핵이라니, 그건 즉……."

"과연. 즉, 가필이 느낀 위화감의 정체는, 화살이 어느 단계에서 좀비의 몸속 핵충을 죽였느냐의 차이, 라는 뜻이군요."

벌레의 임팩트에 놀람이 가시지 않은 스바루를 제쳐 놓고 율리우스가 그리 납득했다.

율리우스의 말을 듣고 다른 이들도 수긍이 갔다고 이해에 도달하기 시작했다. 물론 스바루도 겨우 벌레란 존재의 의도를 알아차렸지만——.

"그럼, 그 핵충이 좀비의 심장이란 뜻인가."

"술식의 해명은 지금부터 진행할 것이지만 이 핵충이 좀비로 삼는 대상의 정보를 획득하고 흙으로 그릇을 만들어 원래 모습을 재현하고 있다…… 그것이 우리의 결론이야."

"그런 것이야."

로즈월의 결론에 베아트리스도 이견은 없다고 끄덕였다.

하지만 둘이 내놓은 그 결론에 스바루 쪽은 벌린 입을 다물지 못했다.

마법으로 좀비를 만들어 내고 있다면 판타지적인 감각으로 납득할 수도 있다. 그러나 마법의 벌레가 좀비를 만들어 내는 거라면 혐오감 쪽이 앞섰다.

"그래도 잘했어! 과연 내 베아코야."

"당연한 것이야. 이것이 스바루의 파트너가 가진 실력이야. 아주 살짝, 스바루와 고난을 함께했을 뿐인 사슴 계집애하곤 다르지."

"툴툴대지 말고 탄자와도 사이좋게 지내자?! 나쁜 말 하지 말자고 에밀리아땅도 말했었잖아!"

스바루는 이상한 부분에서 대항심을 발휘하는 베아트리스를 달랜 후에 기분 고치라고 쓰다듬기 백 번을 약속하고, 다시 아벨 쪽을 바라보았다.

마주 바라보는 아벨에게 스바루는 "어떠셔." 하고 가슴을 폈다.

"이게 내 믿음직한 동료들이다. 큰소리 땅땅 친 보람이 있었지?"

"조금 전 용차를 향한 공격을 막은 공적도 인정하고 있다. 너야 말로 무엇 때문에 그렇게까지 나에게 뽐내어야 성이 차는 것이냐. 성과는 눈으로 보면 충분히 알 일이거늘."

"헤, 무슨 소리를 하든 지기 싫어서 하는 말로만 들린다고. 지금은 기분이 좋으니까."

불쾌하다는 아벨의 대꾸에 스바루는 흡족하게 콧소리를 냈다. 그 태도에 에밀리아가 "떽." 하고 혼냈지만, 본심은 속일 수 없다.

그러자 그런 스바루 일행의 성과에 초조감을 느꼈는지 제국 수 뇌진──벨스테츠나 세리나가 무슨 말을 주고받은 후에 아벨 쪽의 눈치를 살폈다.

"각하, 왕국 분들…… 저의 벗인 메이더스 변경백 일행이 저만한 성과를 보인 이상, 이쪽도 유익한 정보가 없으면 면목이 서지 않는 게 아니겠습니까?"

"드라쿨로이 상급백, 너는 무엇 때문에 유쾌한 눈치지?"

"유쾌한 눈치라고 하셨는지요. 죄송합니다, 각하. 어쩌면 제 국의 위신을 보이지 않으면 면목이 서지 않는 상태라 제국 귀족으로서 지닌 긍지가 자극받았을지도 모르겠습니다."

풍만한 가슴에 손을 짚고 대답하는 세리나의 얼굴에 난 하얀 흉터가 일그러졌다.

표정이야 웃지 않고 있지만 그녀의 어조와 눈빛은 퍽 즐거운 느낌이었다. 결코 우세하다고는 말할 수 없는 상황인데 황제 상대로 이런 태도라니 웬만한 정신력이 아니다.

"혹시 세리나 씨는 꽤 위험한 사람?"

"위험한지 어떤진 모르겠지만, 로즈월의 친구라 하더라고."

세리나하고는 별로 접점이 없었지만 그 정보만으로도 "아~." 하고 납득했다.

그러나 로즈월과 세리나의 친구 관계가 에밀리아 일행이 제국에 오는 것을 도와주었다면, 친구를 가려 사귀라는 말은 스바루의 입으로 할 수가 없었다.

다만 세리나가 아벨을 대하는 태도를 보자면, 왕선 모임에서 현인회 상대로 유들유들하게 굴던 로즈월이 떠올라서 두 사람의 친구 관계도 납득이 간다고 할 수밖에 없었다.

"지금이니게 말할 수 있지만도, 그때는 나츠키도 엔간했데야?"

"안들려안들려안들려……."

아나스타시아의 뜻뜻미지근한 눈총에 스바루는 귀를 막고 거절할 뿐. 그 너머에서는 황공하게도 황제 각하에게 뜻뜻미지근한 눈길을 보내는 세리나가 뭔가 설득 중이었다.

"어쨌든 간에 각하도 유용하다고는 여기시는 것 아닙니까. 그렇기에 저자들을 곁에 두고 있던 측면도 있다고, 저 같은 여자는 감히 짐작합니다만."

"그만. 거기까지 악랄하게 말주변을 부리지 않아도 나 역시 알고 있다."

콧방귀를 뀐 아벨은 세리나의 눈길을 손으로 가로막았다. 그리고 다소 존재했던 사색의 낌새를 지우더니, 세리나가 채근하던 무언가를 밝혔다.

그것은——.

"이 『대재앙』과 대치하는 데에 있어, 유용한지 무용한지를 논의할 만한 정보를 가진 자가 있다. 그자의 이야기도 성세도시에 도착하기 전에 들어 둘 필요가 있을 것이다."

3

"어——이쿠야, 드디어 이야기를 들어주실 흐름이 되었습니까? 그렇다면 전 기쁜데요, 각하."

그 청년은 단단히 잠긴 용차의 방에서, 나타난 아벨을 웃으며 환영했다.

그러나 사람 좋게 웃는 그 청년은 도망치지 못하게끔 온몸을 사슬로 둘둘 감겨서 의자에 묶인 상태로, 도저히 웃을 만한 상황으로 보이지 않았다.

"이것 봐, 아벨, 이건 아무리 그래도……."

"필요한 조치다. 좋든 나쁘든, 이 남자를 잃는 것은 우리 쪽의 큰 손실이 된다. 말해 두지만 구속을 풀면 쉽게 죽으러 갈 거다."

"죽으러 가다니 당——치도 않습니다! 전 그냥 이 『대재앙』을 막기 위해서 지금까지 애써 온지라…… 그걸 위해서라면 목숨도 아깝지 않다는 것뿐인데 말이죠."

"어엉……?"

실실 웃으며 묶인 의자 위에서 앞뒤로 몸을 흔드는 곱상한 남자.

아무리 스바루라도 이 남자의 말이 예사롭지 않아 아벨의 주장이 호들갑이 아님을 믿을 수밖에 없었다.

"이, 『별점쟁이』…… 우비르크 씨였던가? 이 사람이 의지가 된다고?"

"얼—라라, 의심하다니 섭섭하시게…… 엇, 잘 보니 당신은 카오스프레임에서 엇갈린 왕국의 『별점쟁이』분이—니십니까!"

"완전 틀렸어. 아! 혹시 당신이야? 이 녀석한테 내가 『별점쟁이』이니 뭐니 하는 소리 불어넣은 건! 덕분에 이 녀석하고 치고받는 처지가 됐다고!"

얼굴을 확 빛낸 곱상한 남자——우비르크의 경망한 발언에 스바루가 따졌다.

스바루로서는 그 『별점쟁이』라는 수상쩍은 직함 취급을 받아 이만저만 민폐가 아니었다. 물론 『별점쟁이』가 일종의 예언자 같은 역할을 맡고 있던 이상, 스바루의 『사망귀환』이 억측을 불렀음을 이해하지만, 그래도 민폐는 민폐인 법.

"나랑 당신은 동류가 아니야. 그 부분은 알아달라고."

"엥~? 이상해라. 전 당신이 동류라고 들었는데요……."

"그건 별에게 들은 거야? 그렇다면 아벨, 별로 믿을 게 못 되겠는데, 이 사람."

유감이지만, 틀린 답을 가르쳐 주는 별이라면 지금 의지하는 것은 피하고 싶다.

현시점에서 중요한 것은 시시콜콜한 사항이라도 확실한 정보를 주는 별이다. 애매한, 어느 쪽으로도 판단할 수 있는 바넘 효과 같은 예언은 안 불렀다.

그러니 실망스럽다고 곧장 뒤돌아서려 했지만——.

"짐깐잠깐, 잠깐만요! 알—겠습니다! 당신은 『별점쟁이』가— 아녜요! 전 그렇다 치겠습니다!"

"뭔가 걸리는 표현이지만, 그 부분을 정정해도 신뢰가 회복되는 건……."

"저는 이대로 갇힌 상—태라도 상관없습니다. 다만 별을 읽은 내용만이라도 들어 주세요. 그것만이라도 충분해요!"

몸을 낑낑 뒤튼 우비르크가 눈을 희번덕거리며 호소했다. 그 기세는 몸에 감긴 사슬이 세게 파고들어 가차 없이 피가 스며나올 정도다.

그는 아픔을 개의치 않고 있다. 어쩌면 혹시, 그것이 생명이라 할지라도.

"아벨, 『별점쟁이』란 사람들은……."

"그 감상은 접어 둬라. 고려할 만한지 아닌지는 들은 다음에 판단해라."

별에 대한 강하기 그지없는 집착에 스바루는 불길한 기시감을 느끼고 말았다. 하지만 아벨은 그런 스바루의 생각에는 상대하지 않고 몸을 앞으로 숙인 우비르크를 응시했다.

아벨이 이야기를 들을 자세를 취하자 우비르크도 몸을 뒤틀기를 그만두고 부드럽게 웃었다.

"각하, 안심하시길. 아무리 『대재앙』이 강대해도 각하께는 별이 붙어 있―어요."

"어느 빈센트 볼라키아가 남든 구별하지 않는 무정한 별이 말인가. 웃기고 있군. 말해라. 무엇을 전할 것이냐."

"두 개, 입니다."

팔짱을 낀 아벨의 질문에 우비르크는 짧게 대답했다.

그 대답에 스바루는 "두 개." 하고 입 속으로 중얼거리고, 아벨은 말없이 뒷말을 재촉했다.

믿을 만한 대상인지 심히 불안하지만, 적어도 『대재앙』의 발생 자체는 맞혔다는 『별점쟁이』. 그것이 지금 흔들리는 제국을 위해서 가져오는 정보.

그것은――.

"『대재앙』의 맹위를 뒤집기 위한, 두 개의 빛입니다. 하나는, 왕국의 『별점쟁이』……가 아닌 소년이 데려온, 말이 통하지 않는 소녀."

"뭣이……?"

힐끔 보내는 시선, 그다음에 있는 말에 스바루는 눈을 부릅떴다.

우비르크의 말을 통째로 믿어도 되느냐 의문을 느낀 직후인데, 정작 이어진 말에는 믿어야 할 요인이 있을 줄은 몰랐다.

왜냐면 방금 우비르크가 말한 조건에 해당하는 것은 한 명밖에 없으니까.

그리고 그 충격도 아물지 않는 짧은 순간 후, 우비르크가 말을 이었다.

두 개의 빛이라고 지칭한 대상 중 한쪽을 밝힌 것과 같은 입술로, 남은 다른 하나의 빛을.

그, 빛이란――.

"이 제국에서 가장 저주에 정통한, 아홉 정점의 하나인 수인입니다."

4

땅을 박차고 숨을 헐떡이며 자갈밭이 깔린 산길을 억지로 주파한다.

"썩을, 썩을, 썩을, 썩어빠질 것들이⋯⋯!"

내뱉는 말에도 기세가 약해져서 자신이 지쳤다는 자각은 있었다.

들판을 달리는 것도, 자지도 쉬지도 않고 싸우는 것도, 이 제국의 대지에서 살기 위해서는 어릴 적부터 늘 하던 일이기는 하다.

그렇다고 해서 먹지도 마시지도 않고 열흘 이상이나 긴장을 강요받는 것은 다른 차원의 문제다.

"큽."

쿵, 하고 콧구멍에 스며드는 이물질이 섞인 흙냄새에 사납게 팔다리를 휘두른다.

눈으로 보고 귀로 듣고서 겨냥하는 짓은 하지 않는다. 세계는 이 코로 맡은 것으로 충분히 파악할 수 있다. 적의 위치도 수효도 대체적인 무장도.

그 바람에 적이 백 명 단위로 자신을 포위하고 있다는 사실도 알아서, 줄여도 줄여도 답이 없는 사실에 코가 망가졌다고 생각하고 싶어졌다.

"이, 썩을 자식들이!"

하지만 바로 그 사고를 날려 버리고 지닌 무구를 흙냄새에 후려쳤다.

한 구 두 구 세 구, 직격을 맞은 적의 사지가 분리되어 날아간다. 그 뒤쪽에 있는 상대에게도 충격이 관통, 포위망을 억지로 뚫고 그쪽으로 뛰쳐나갔다.

쓰러뜨려도 쓰러뜨려도, 한없이 솟아나는 안색 나쁜 흙인형들.

질 나쁜 악몽 같은 그것은, 틀림없이 자신의 생명을 노리고 있었다.

이끌고 있던 일군은 괴멸, 눈치챘을 때에는 모든 것이 뒤늦어서 자신의 『장』으로서 가진 자질을 의심하며 동쪽으로 동쪽으로, 필사적으로 달렸다.

어디와 합류하려 해도 그 길만은 완전히 차단되었다. 먹지도 마시지도 않으며 멈추지 않는 와중, 살아 있는 인간과의 접촉도 부관과 헤어진 게 마지막이었다.

적어도 부하들이 조금이라도 살아남았으면 좋겠지만.

"치잇——!"

사고가 옆으로 샌 순간, 베어드는 적의 공격에 반응하는 게 늦어졌다.

어깻죽지를 스친 공격을 어깨받이로 막고, 충격을 흘리는 겸 산길의 지면을 박찼다. 좁고 방해물이 많은 길을 가는 것보다는 낫다고, 깎아지른 것 같은 벼랑에 뛰어들어 여전히 달린다.

"—윽, 이 냄새는……."

흙과 식물, 희미한 꽃향기 등에 섞인 생활 악취가 콧구멍을 건드렸다.

그 순간, 이 생활 악취의 상대를 추적자와의 싸움에 끌어들이는 것에 주저가 생겼다. 하지만 그것을 피해 굶주림과 갈증에 자신이 쓰러지다니 가장 멍청하고 썩을 결말이다.

"썩을, 숨겨진 마을인가?"

주저를 뿌리치고 그 냄새를 따라간 곳에 있던, 산간에 고립된 촌락에 들어간다.

제국에는 세수를 피하러 토지를 버리고 도적이 되는 자나 산속 및 숲에 숨어 사는 자가 적지 않게 존재한다. 이 촌락도 그런 숨겨진 마을 중 하나일 것이다.

본래 제국의 『장』으로서는 이런 숨겨진 마을의 존재를 못 본 척할 수 없지만——.

"썩을 긴급 사태다! 지금은 넘어가! 그보다도……."

누군가 없느냐고 촌락 전체의 냄새를 맡으며, 현재 진행형으로 풍기는 생활 악취 쪽으로 향했다.

그곳에 머물러 있는 누군가에게 시간 벌기를 맡기고, 그사이에 물과 식량으로 체력을 되찾는 것이다.

고사하기 직전의 마음을 그렇게 북돋우며, 냄새에 기대어 촌락의 큰 건물 입구로.

"이봐! 어디 사는 누구인지 모르겠지만 썩을 놈들 상대하는 데에 힘 좀 보태——."

——그 순간, 맞이하는 두 줄기의 바람이 거칠게 번뜩였다.

"썩어빠지게 위험하네!!"

창졸간에 목과 허리를 기울여 이를 피했다가, 그것이 날카로운 참격이었음을 뒤늦게 감지.

도움을 청하려 뛰어든 곳에서, 도리어 살해당할 뻔했다고 이를 딱 부딪치고 썩을 짓을 저지른 상대를 가만히 노려보았다.

그러자——.

"오오? 이건 또 별난 소리를! 설마 시체 남잔가 여잔가 시험해 봤더니, 산 자가 뛰어들 줄이야……. 빨강 머리! 내기는 소생의 승리 아니외까!"

"시끄러, 닥쳐, 죽어. 이기니 지니, 다 하잖아……."

노려본 시야에 날아든 것은 넓은 건물 안, 비치된 동그란 탁자를 둘러싼 두 중년—— 그것도 어마어마한 술 냄새를 풍기는 남자들이었다.

각각 카타나와 기사검을 든 두 사람, 만취한 모습을 보며 치솟는 분노가 순간적으로 공복도 갈증도 잊게 만들어서——.

"이 자식들, 이 제국이 위험할 때에 썩을 술독에 빠져 있는 게 아니라고, 젠장!!"

『주구사(呪具師)』그루비 검릿이 몹시 정당한 호통을 치게 했다.

5

주점에는 농후한 술 냄새와, 흙냄새가 가득 풍겼다.

입구 옆에 쌓여 있는 것은 빈 술병과 술통, 그리고 원래는 인간 형을 하고 있었을 흙인형들의 잔해였다.

어느 쪽이건 쌓은 자는 가게 안에서 술주정 부리던 파란 머리와 빨간 머리의 두 중년——.

"오오? 이 양반, 어디서 본 양반 같은데…… 어떠시오, 빨강 머리! 알고 계신가, 틸뭉치 양반일세!"

"누가 썩을 틸뭉치야! 썩을 소리 하지 마시지! 난 줄곧 먹지도 마시지도 않고 달리느라 더럽게 지쳤다고……!"

불콰한 얼굴로 자기 허벅지를 찰싹찰싹 때리고 신명나게 웃으며 하는 말에 그루비가 따졌다.

머리카락을 머리 뒤에서 묶은 파랑 중년은, 그런 그루비의 호소에 "이런들 어쩌리, 저런들 어쩌리." 하고 어째선지 더더욱 즐겁게 웃기 시작했다.

완전히 고약하게 취해서 파랑 중년은 말도 섞을 수 없다. 다른 한쪽인 빨강 중년 쪽으로 눈길을 주자, 그쪽은 조용히 의자에 앉아 잡고 있는 술병을 노려보고 있었다.

"이봐! 그쪽의 썩을 빨강 머리! 너도 이 썩을 파랑 머리와 같은 부류냐?"

"＿＿＿＿＿."

"무시하지 마! 썩을 입을 다물지 말고, 이쪽을……."

"시끄러."

보라고 말하려던 직후, 답례의 은빛 섬광이 터졌다.

의자에 앉은 채로 그루비의 목을 노린 가로 일자의 참격이 뻗는다. 집에 들어왔을 때도 그렇지만 상대의 급소를 노린 정확한 검술이었다.

만약 상대가 그루비가 아니라면 치명적인 한 수가 되었을지도 모르지만.

"누구한테 싸움을 거냐, 썩을 놈아!!"

검격을 코끝에 스치게끔 피하고, 한 걸음 좁힌 순간에 그루비의 주먹이 으르렁대며 완갑(腕甲)을 찬 일격이 빨강 중년의 옆구리와 접촉, 충격파가 빨강 중년을 벽에 날려 버렸다.

"컥." 하는 신음과 함께 빨강 중년의 몸이 회전하며 날아간다. 낙법도 취하지 못한 채 벽에 격돌하는 남자. 그 모습을 스쳐보며 그루비는 세로로 핑핑 돌던 술병을 공중에서 낚아챘다.

그루비는 빨강 중년이 마시고 있던 술을 호쾌하게 목에 부었다.

"크앗! 썩을 놈의 배가 불타네……! 진짜로 원하는 건 물과 먹을 거지만……."

"훌륭하군, 훌륭해! 아니 이거, 대단한 실력이올시다, 털뭉치 양반. 빨강 머리도 상당한 실력자일 텐데, 어림도 없다니 감탄했소!"

"아앙?"

벽 쪽에 거꾸로 처박힌 빨강 중년을 흘깃 본 파랑 중년이 땅바닥에 털썩 무릎을 꿇고는, '졌구나 졌어' 하듯이 카타나를 칼집에 꽂고 그리 지껄였다.

불콰한 얼굴로 정좌한 파랑 중년은 저항할 생각은 없다는 듯 그 자리에 깊이 고개를 숙였다.

"큰 폐를 끼쳤소, 털뭉치 양반! 소생들은 떠돌이로, 이 촌락에도 정처 없이 들른 신세. 하나 소생들이 달려온 시점에서 이미 마을은 예 보다시피 흙덩이 무리에 점거되어 있고, 마을 사람은 없는 처지였던 것이외다."

"그리고, 썩을 너희는 어쩔 수 없으니까 죽은 사람이 남겨 둔 술을 동내고 있었단 거냐?"

"그게 말이오, 창피한 이야기지만 딱 그 말대로지! 질리지도 않고, 다음에 문을 지나 나타날 게 남자와 여자 중 어느 쪽 흙덩이일까, 그런 내기나 하던 처지라."

파랑 중년은 실실 웃으며 심각한 상황을 심각하다고 여기지 않는 내기의 내용을 폭로했다.

어처구니없는 내용이기는 하지만, 판돈이 소유자 부재 중인 술과 자신들의 생명이라면 그루비도 할 말은 없다. 어디서 살고 어디서 죽는 것도 남자들의 자유다.

"말은 그렇게 하고 싶지만…… 썩어빠지게 마음에 안 드네."

"허어, 어째서 말이오."

"너, 칼도 집어넣고 무릎도 접어서 싸울 마음은 없습니다~ 티를 내고 있는데, 내 코는 못 속여. ……힐끔힐끔 죽일 틈을 찾지 말라고, 썩을 놈."

코를 실룩인 그루비의 말에 파랑 중년이 "아이고." 하고 난처한 표정으로 뺨을 긁었다. 하지만 부정하지 않은 것은 섣부른 변명이 그루비의 역린을 건드릴 거라 알았기 때문이리라.

이 파랑 중년, 빨강 중년이 당한 직후나 그 전부터 그루비를 향한 살의를 내내 태도와 말 뒤에 숨기고 있다. 그 이유를 찾는 도중에 문득 깨달았다.

"네 썩을 냄새, 기억이 있어."

어디선가 맡은 냄새라고 그루비는 온몸의 털을 곤두세우며 기억을 더듬는다.

한 번 맡은 냄새는 잊지 않는다고 할 정도는 아니지만, 특징적인 냄새는 잊기 어렵다. 살의가 축축이 밴 냄새와 합쳐져 상대의 정체를 떠올리려다가――.

"너 이 자식, 혹시 썩을 세실스의 썩을 아비냐?"

떠오른 기억을 입에 담은 그루비가 상대를 째릿 노려보았다.

그루비의 날선 시선에 파랑 중년은 씁쓸한 표정을 짓더니 말했다.

"우히, 떠올리셔 부렸네."

"이런 썩을! 그게 들키기 싫답시고 날 죽이려 든 거냐! 어처구니없네! 애초에 넌 왜 살아 있어! 세실스에게 베였잖아!"

"왜냐고 여쭈셔도, 살아 있으니까 살아 있다고밖에 말할 도리가. 그렇다고는 해도 소생의 생존이 알려지면 대단히 편치가 않소만."

뻔뻔스럽게 대답하는 파랑 중년―― 그것은 과거에 몇 번쯤 수정궁에서 스친 적이 있는, 『구신장』의 제1위 세실스 세그문트의 부친이었다.

단, 그는 벌써 몇 년이나 전에 불경죄를 이유로 아들에게 베여 죽은 것으로 되었을 터.

"수배서가 나도는 입장이었지, 죽었다는 것은 기억의 오차일 거요."

"세실스 그 썩을 놈이 실수한다고 생각지 못했을 뿐이야. 검의 실력만은 확실한 썩을 놈이, 그걸로 실수하면 그냥 썩을 놈이 되잖아. 설마 부모랍시고 봐준 건 아니겠지."

"그럴 리는 없소. 그놈에게 부자의 정으로 둔해질 검은 있지도 않기에."

딱 부러지는 단언에 그루비는 따질 말을 거두었다.

눈앞의 파랑 중년과 세실스의 부자 관계는 잘 모른다. 다만 세실스를 그 세실스로 키운 아버지다. 변변치 못한 인간 말종인 것은 상상하기 어렵지 않다.

아버지를 베는 실력이 둔해지지 않았다면, 그도 그럴 만하기 마련이다.

"썩을……."

쫓기고 쫓겨 도망치다가, 간신히 살아 있는 인간과 마주쳤는데 그게 술독에 빠진 2인조——. 그것도 한쪽은 수배범, 다른 한쪽은 주정뱅이라고 하신다.

고약한 운수를 저주하며 자포자기하고 싶어진다.

"으, 그그……."

"오, 빨강 머리도 살아 있구려. 털뭉치 양반은 자비로우시오."

"딱히 대충 한 건 아니야……. 저 썩을 빨강 머리가 튼튼할 뿐이지."

벽 주변에 뒤집혀 있던 빨강 중년도 몸속에 든 것을 아작 낼 작정이던 그루비의 일격에 버티고 거꾸로 된 입에서 흐르는 자신의 토사물에 빠져 있다.

피폐해진 그루비라도 이 빨갛고 파란 두 중년을 때려눕힐 수는 있지만——.

"밖이, 소란스러워졌구려."

그렇게 중얼거린 파랑 중년의 말대로 지긋지긋한 흙냄새가 촌락에 밀려들고 있다.

도망친 그루비를 몰아붙이고자 상당한 대인원으로 숨겨진 마을을 포위당한 모양이다. 슬금슬금 다가오는 포위망의 냄새를 맡은 그루비는 고뇌했다.

이 두 중년을 쳐 죽이고 힘닿는 대로 포위망을 돌파해서, 이 주정뱅이들보다는 나은 누군가를 찾아내어 물과 식량을 배에 넣을 시간을 만든다.

그 이상(理想)은, 과연 현실적일까 하고. 그보다도——.

"썩을 놈아, 거래하자."

"삼가 말씀을 들어보리다."

정좌한 자세에서 카타나를 옆에 두고 침착하게 답하는 파랑 중년.

아까만 해도 같은 자세, 같은 태도로 그루비를 죽이려고 했으면서 낯짝 두꺼운 데에도 정도가 있다고 말하고 싶지만, 살의의 냄새는 수그러들어 있었다.

그 사실에 울화가 터지면서도 그루비는 고했다.

"나는 기필코 각하께서 계시는 곳에 돌아가야 한다. 그러기 위해서 썩을 놈들을 이용하게 되어도 말이다. 그러니까⋯⋯."

"＿＿＿＿＿."

"네 지명 수배네 뭐네 하는 거, 일장의 권한으로 청산시켜 주마. 대신에 너는 나에게 협력해서 제도로 돌아가는 데에 한 손 거들어."

이것은 그루비에게도 고육지책이다.

만약 자신이 만전의 상태라면 이런 남자에게 의지하려는 생각은 절대 하지 않는다. 하지만 고집을 부렸다가 쓰러지면 그걸로 누가 이득을 보겠나.

"이, 영문 모를 상황을 만든 썩을 자식이지."

솔직히 볼라키아 제국을 흔들고 있는 이 내전에는 여러 가지로 뒷사정이 느껴졌다.

자신을 제도에서 떼놓은 건에 관해서도, 서쪽의 경계라는 그럴싸한 이유는 있었지만 빈센트의 다른 의도가 있었음을 어렴풋이 감을 잡고 있었다.

그 지시에 유유낙낙 따른 것은, 빈센트의 판단이라면 믿어도 된다고 생각했기 때문이다.

그리고 자신이 믿은 것의 답을 듣기 위해서, 그루비는 돌아가야만 한다.

그렇기에――.

"거래를 받을지 말지, 선택이나 해, 썩을 놈아!"

이를 드러내며 포효하는 그루비. 그 앞에서 파랑 중년이 생각에 잠긴 듯 한쪽 눈을 감았다.

심중을 해독할 수 없는 사안의 사색. 그 답이 나오기 전에 그루비의 등 뒤에 있던 주점의 문이 밖에서 가한 충격에 큰소리를 내며 박살 났다.

문을 부순 기세 그대로 창백한 얼굴의 흙인형들이 뛰어든다. 그것들의 손이 덩치 작은 그루비의 등에 닿기 직전—— 검광이 내달렸다.

뽑힌 카타나의 참격이 흙인형들의 목을 몸통과 양단하여 흙덩이로 바꾸었다.

그 결과를 낳은 파랑 중년이, 뽑은 카타나를 자연스러운 동작으로 납도하고 일어섰다. 불콰한 얼굴의 파랑 중년은 수염을 다듬지 않은 턱을 매만지며 말했다.

"수배의 청산에 더해, 보상금은 어느 정도 되오?"

"철저히 썩을 인간이네, 썩을 놈……."

그 유들유들한 물음을 답변으로 받아들인 그루비는 길게 숨을 뱉었다. 그렇게 시야가 핑 돌았나 싶더니.

"썩을."

피하기 어려운 체력의 한계에 휘말려서 의식이 어두운 물속 아래로 떨어져 갔다.

"이거야 원, 세세한 검토도 뒤로 미루고 낮잠이라니, 털뭉치 양반도 성격이 좋으시군."

그 자리에 푹 고꾸라져서 호쾌한 코골이를 시작한 작은 수인.

불쾌한 얼굴의 로우안 세그문트는 볼라키아 제국에서 무(武)의 정점 중 하나, 『구신장』 그루비 검릿을 내려다보고 고개를 모로 꼬았다.

방금 제시된 조건, 그루비는 말로만 한 약속이라고 무시할 인물은 아닐 것이다.

충분히 검토할 만한 조건이었다. 물론 계속 도망치겠다 마음먹으면 여기서 잠이 든 그루비의 심장을 찌르고 도주 생활을 지속할 뿐이지만.

"그런 짓을 해서 대체 누구 이득이 될는지. 그보다도 소생에게도 운이 돌아왔다고 받아들이는 편이 긍정적일 텐데. 내 인생의 제3막, 드디어 개막이라고!"

그렇다고는 해도 우선 이 자리를 살아서 나가는 것이 최우선. 로우안은 주점 주위에 모이고 있는 흙덩이들의 기척을 감지하며 그루비를 번쩍 어깨에 메었다.

그리고 벽 주변에 거꾸로 박힌 동행── 하인켈을 발로 찼다.

"이보시오, 빨강 머리, 일어나, 일어나! 사정이 바뀌었소이다!"

"으, 아……?"

"두고 가기에도 꿈자리가 뒤숭숭해! 빨강 머리도 인생 막장이라면 여기서 소생과 한 칼에 인생 역전하는 쪽에 거는 것도 풍류 아니겠소이까!"

목청 높여 그리 주장하자 마뜩잖다는 분위기로 하인켈의 눈이 뜨였다.

그는 거꾸로 된 시야에 날아든 로우안과 어깨에 멘 그루비를 쳐다보더니, 가볍게 발을 흔들어 뒤집힌 상태에서 복귀, 바로 현기증을 일으킨 듯이 휘청거렸다.

"뭐지……? 속이 울렁거려……."

"일장의 한 방에 그 답변은 도리어 지나치게 거물이라 할 소리. 자자, 여기 술도 동났을 즈음이고 슬슬 우리도 다음 땅으로 떠날 때요."

"그 수인은? 잡아먹게?"

"먹을 게 궁하면 또 몰라도 지금 한때는 그럴 생각은 없는 쪽으로. 그렇다면."

로우안은 토한 술로 더러워진 입가를 소매로 닦고 휘청거리는 하인켈의 등을 두드린다. 그 뒤에 다시 한번 그루비의 몸을 다시 메고, 뒤돌아섰다.

흙덩이들이 일제히 주점 안으로 밀려든다. 그에 반응해 한 손 엄지로 카타나의 칼막이를 민 로우안이 웃었다.

"살아서 기다려라, 망나니 아들놈아. 천검(天劍)에 이르기엔 아직 멀었다."

6

──『대재앙』의 맹위를 뒤집는, 두 개의 빛.

그게 사슬로 꽁꽁 묶인 『별점쟁이』 우비르크가 전한 예언──아니, 그들이 말하기로, 천명이었다.

볼라키아 제국에서 중시되며 여태까지 일어나는 사건을 수차

례 예지처럼 맞혔다는 『별점쟁이』의 발언, 그것이 스바루를 가격한 충격은 컸다.

"말이 통하지 않는, 여자아이."

그것이 의미하는 한 사람을 떠올린 스바루는 숨을 집어삼켰다.

그러나 그 진의를 스바루가 캐물으려던 것보다 먼저, 옆에 서 있는 아벨이 우비르크에게 차가운 눈길을 보내며 말했다.

"네놈이 말한 빛 중 하나, 그루비 검릿이라면 죽었다."

"엑."

딱 부러지는 단언에 우비르크가 눈을 동그랗게 뜨고 입을 쩍 벌렸다.

당연한 노릇이다. 잔뜩 뜸들이다가 말한 예언의 상대가 죽었다고 들으면 누구든 이런 표정을 짓는다. 실제로 스바루도 아벨의 단언에 놀랐다.

그런 두 사람의 놀람을 무시하고 아벨은 팔짱을 낀 채 가볍게 어깨를 으쓱였다.

"거창하게 나에게 별이 붙어 있다는 소리를 하던 입에서 나온 게 그것이냐. 실망이 적지 않게 크다고 말할 수밖에 없군."

"잠깐잠깐잠깐! 흡사 사실인 것처럼 말하지 마! 아직 미확인이잖아!"

"멍청한 것. 이토록 합류할 조짐이 없으면 그놈은 죽은 거나 마찬가지이지 않느냐."

"죽은 거나 마찬가지와 죽었다를 같이 취급하지 마! 너, 최악의 가능성을 따지는 버릇에 너무 찌들어서 머릿속에서 상대를 너무 자주 죽여!"

지금 여기서 우비르크를 속일 이유는 없으므로 스바루는 사납게 덤벼들었다.

그런 스바루와 아벨의 대화에 우비르크는 노골적으로 안도한 기색으로 한숨 쉬었다.

"수, 숨이 멎는 줄 알았다―고요. 그루비 일장은 돌아가시지 않았다, 그렇게 여겨도 된단 말이―군요?"

"이미 연락이 두절된 지 오래되고 서쪽에 할애했던 일군의 움직임은 없다. 지휘하던 그놈의 소재도 불명인즉, 죽은 자로서 간주하는 게 건설적일 텐데."

"건설적이라니 뭘 건설하게? 무덤?"

스바루의 발언을 깐죽거리는 말로 여겼는지 아벨의 시선이 매서워졌다. 하지만 무를 이유는 없는 언설이었기에 스바루는 혀를 내미는 것으로 대답하고 우비르크 쪽으로 돌아섰다.

『별점쟁이』에 대한 신빙성은 여전히 높다고는 말할 수 없지만.

"우비르크 씨에게 별이 말을 건 단계에서, 그 그루비라는 사람은 반드시 살아 있는 거야? 그렇다면 이 녀석도 설득하기 쉬운데."

"안타깝―습니다만 별이 가져다주는 것은 『대재앙』에 저항하는 인재의 요점뿐이라서요. 그분들이 살았는지 죽었는지까지는 저로선 알 수 없겠군요―."

"죽은 그루비 검릿이 가진, 『대재앙』의 대항책인가."

생사는 불명, 이라고 몇 번씩 말해 주기도 귀찮아서 스바루도 더 이상 정정하지는 않았지만, 아벨이 중얼거린 한마디는 이후를 위해서 큰 의미를 가질 것이다.

　우비르크의 예언을 믿는다는 게 전제라면, 그루비만이 가지고 있던 특별한 무엇인가가 이 재앙을 멈추기 위해서 필요한 요소가 될 터다.

　그에 더해서──.

　"루이……."

　우비르크가 말한 두 개의 빛, 그중 한쪽이 그루비 검릿이라는 제국 일장이라면, 다른 한쪽이 가리키는 것은 그 소녀였다.

　이 세계에서도 유별난 수준의 사연이 있는 소녀가, 재앙을 물리치는 데 필요하다고.

　루이와 그루비, 이 두 사람에게 공통되는 무언가가, '적'을 쓰러뜨리는 데에 유효할 터다.

　"그루비 검릿은 『주구사』라고 불리는, 마법과 주술에 정통하며 그 기술들을 도입한 장비를 만드는 기술을 지닌 자다."

　아마도 스바루와 같은 사고의 흐름을 따른 것이리라.

　아벨이 설명하듯 밝힌 내용은 그루비라는 인물이 가진 고유의 스킬. 다른 이로는 대체할 수 없는, 그렇기에 빛으로 선택받았을 것인 한 요인이다.

　"일장 중 한 명이라는 말은, 물론 본인도 강한 거지?"

　"그만한 역량을 갖추었음은 분명하다. 지휘 능력에도 뛰어난 『장』이다. 하지만 이 『별점쟁이』 놈이 말한 조건을 감안하면, 주목할 점은 전사로서 갖춘 실력이 아니야."

"알아. 마법과 주술인가……."

마법에 관해서는 베아트리스와 로즈월이 성과를 거두고 온 직후다.

송장 인간들의 체내에 숨은 핵충의 존재, 그것이 송장 인간이 생기는 메커니즘의 중심이라는 점은 확실하다고. 그러나 우비르크가 언급한 빛에 그 둘은 포함되지 않았다.

요컨대, 주목할 것은 뛰어난 마법사라는 점이 아니고——.

""주술.""

스바루와 아벨이 동시에 발언하고, 서로의 검은 눈이 교차했다.

자신만이 아니라 아벨도 같은 결론에 이르렀다는 사실이 스바루의 확신을 뒷받침한다. 거의 틀림없이, 송장 인간 대책으로 그루비가 뽑힌 이유는 주술이다.

"그루비 검릿을 제외하면, 주술의 지식이 있는 것은 오르바르트 덩클켄 정도일까. 견식이 있는 자를 모으는 게 급선무로군. 네 쪽은?"

"우리는 베아코가 조금 자세히 아는 것과, 내가 아직도 저주받고 있는 것 정도. 로즈월이나 언니분은 얼마나 잘 알려나……."

"일부는 들어 넘기기로 하고, 그자들의 식견도 들어 볼 필요가 있겠지."

아벨의 말대로 이 자리에 그루비가 없는 이상, 저주의 지식이 있는 사람을 닥치는 대로 모아서 전문가인 『주구사』가 주어야 했을 식견에 도달할 필요가 있다.

그렇게 생각하는 스바루에게 아벨이 "거기에 더해." 하고 조용히 덧붙였다.

"그 계집애가 어떠한 우위를 제국에 줄지…… 너는 답을 가지고 있나?"

당연히 화제는 루이 쪽에도 파급되어서 아벨의 질문이 스바루에게 꽂혔다.

"————."

스바루는 입을 다물고 아벨의 질문에 답변하기를 한 박자 늦추었다.

그러나 한 박자는 이윽고 두 박자가 되고 세 박자가 되었으며, 그리고도 명료한 답에 다다르지 못한다.

묻는 부분은 명백하고 그 답을 스바루 본인이 가지고 있지 않음은 고민할 필요도 없이 명확한 일이었는데.

"삼과에 대해 배운 그 자리에서, 나는 너에게 말했지. 대죄주교라고 짐작되는 상대를 즉시 처형하라, 그렇게 선고할 생각은 없다고."

침묵한 스바루를 대신하듯 아벨이 루이의 화제를 추진했다.

그 볼썽사나운 싸움 중에 분명히 루이에 관해 언급하는 한 장면이 있었다. 그때는 분명히 아벨은 루이의 정체를 이유로 벌하지는 않겠다고 말했지만——.

"그 생각은 지금도 변하지 않았다. 그 계집애를 어떠한 존재로 정의할지, 그 선택을 할 자는 내가 아니라 너이기 때문이다."

"내가, 루이를 정의한다?"

"그 계집애의 행실과 깊이 관련된 것은 내가 아니라 네 쪽이다.

그 계집애가 운명을 맡긴다고 해도 그 대상은 내가 아니라 네 쪽을 바라겠지."

목에 갈증을 느끼는 스바루에게 선고한 아벨은 우비르크를 돌아보았다.

"네가 별에게서 전해 들은 내용에 착오는 없겠지?『대재앙』과 대항하기 위해서는 이자가 데리고 있던 계집애의 존재가 열쇠가 된다고."

"네, 제 얘기는 바뀌지 않―습니다. 그루비 일장과 똑같이, 그 아이의 무엇을 별이 인정했는지 그―것은 모르겠습니다만."

어깨를 으쓱인 우비르크가 사슬을 짤랑이고, 쇳소리가 스바루의 마음을 현혹시킨다.

그렇게 그 고뇌에 가슴이 아파하는 스바루에게 타인의 아픔을 이해하려고 행동하지 않는 황제는, 일체의 자비 없이 선고했다.

"속히 결론에 이르러라. 그 삼과의 맛과, 네 호언이 거짓이 아니라면."

7

"스바루, 듣고 싶은 얘기는 들었니?"

우비르크가 구속된 객실에서 나왔을 때, 걱정스럽게 기다리던 에밀리아가 마중했다.

일단『별점쟁이』의 존재는 볼라키아 제국의 비닉 정보에 해당한다고 해서 스바루 이외의 왕국 사람은 동석이 허가되지 않았다.

스바루는 이미 우비르크와 면식이 있었기도 하고, 아벨 입장에서도 『별점쟁이』의 이야기는 들려주어야 한다고 판단했기 때문이었으리라.

"들었다고 하면 들었고, 듣지 못했다면 듣지 못했지만……."

"갈피를 잡을 수 없는 대답이야. 그냥 시간만 낭비했다는 뜻인 것이야?"

"그건 아니라고 봐."

영 애매한 스바루의 답변에 종종 다가와서 손을 잡은 베아트리스도 눈썹을 찡그렸다. 그러나 그런 베아트리스도 에밀리아도, 같이 있는 오토와 가필도, 스바루의 대답을 재촉하려고 하지는 않았다.

그 배려가 제국인과는 다르다고 멍하니 느끼면서, 그립고도 따뜻한 그들의 마음씨에 응석 부리고 싶어진다.

하지만——.

"그래선, 안 돼."

언제까지고 고개를 돌린 채로 있을 수는 없다.

불성실한 것 이상으로, 사태는 절박한 지점에 이르고 말았다. 무엇보다 어영부영한 태도를 용인해 주는 사람들 앞을 떠날 때 제일 괴로운 것은 스바루가 아니다.

그렇기에——.

"다들, 제국을 위해서도 제대로 이야기하고 싶은 일이 있어."

"다 같이, 이야기하고 싶은 일?"

"응."

에밀리아의 되물음에 끄덕인 스바루는 깊이 숨을 들이마셨다.

여기에 있는 모두에게도, 혹은 이 자리에 없는 스바루가 소중히 여기는 사람들에게도, 결코 피해서 갈 수는 없는, 피해서는 안 될 화제.

그것은──.

"『폭식』의 대죄주교, 루이 아르네브에 대해서, 제대로 얘기해 보자."

제4장 『루이』

1

"촌장 군, 잠깐 시간 내줄 수 있을까?"

등 뒤에서 건넨 목소리에 빈센트 볼라키아는 발길을 멈추었다.

돌아서기 전부터 목소리의 주인이 누구인지는 알고 있었다. 한 번 들은 목소리나 본 상대는 잊지 않는다. 이것도 금세 금발에 파란 눈을 가진 행상인—— 플롭 오코넬임을 알 수 있었다.

"공교롭게도 지금은 제국 존망의 위기다. 네 잡담에 어울릴 시간은 없다."

알 수 있었지만, 알고도 빈센트는 상대하지 않았다.

지금 막 받은 『별점쟁이』 우비르크의 계시를 어떻게 다룰지에 대해서 벨스테츠와 세리나 등과 협의를 해야 한다.

적의 대항책이 될 거라고 지명 받은 그루비지만 죽었을 가능성이 큰 이상, 그에 의존한 계획을 세우는 짓은 지극히 어리석다. 그 점에서 지명 받은 또 한 명의 인물을 설득하러 간 나츠키 스바루에게 기대하는 편이 그나마 나은 어리석은 짓이라고 할 수 있으리라.

따라서 빈센트는 현실적인 책략의 검토를 쌓을 뿐———.

"어이쿠쿠, 아무리 현명한 촌장 군이라도 이것이 그냥 잡담으로 끝날지 말지는 얘기를 해 봐야 알 일이지 않을까!"

"네 이놈……."

플롭이 그런 빈센트의 어깨를 잡고 잡아 세웠다. 자리에 따라선 즉시 목이 달아날지도 모를 폭거, 생각 짧은 처신의 극치였다.

"풀어라. 그렇지 않으면 목숨이 남아나지 않을 것이다."

"물론 나도 바로 얘기를 풀고 싶지. 다만 얘기를 제대로 풀어내려면 그만큼 시간이 필요한 내용이라서. 간편하게 갈 수가 없어."

"얘기를 풀라고 말한 것이 아니라, 이 손을 풀라고……."

"자자, 아벨찡, 그렇게 말하지 말고, 오빠 얘기를 들어주라니깐."

"음?!"

어깨가 잡혔나 싶었더니, 다음으로는 양 옆구리에 손을 넣어 몸을 들어 올리는 폭거로 발전했다.

그 행동을 저지른 인물은 명랑하게 웃는 미디엄 오코넬———.

플롭과 미디엄 남매가 웃는 얼굴로 빈센트를 앞뒤에서 포위하고 있었다.

"아벨찡, 오빠를 줄곧 무시하고 있었잖아? 오빠, 몸이 엉망이라 1초라도 길게 드러누워야 하니까 심술부리지 말고 얘기 들어주라~."

"멍청한 소리를 하지 마라. 애초에 언제까지고 스스럼없는 태도로 나와 접할 거지? 상황이 바뀌면 입장도 바뀐다. 이미 슈드라크의 촌락이나 성곽도시에 있을 때하고는 다르다."

"그거야, 아벨찡은 황제 행세하고 있을지도 모르지만 그렇다고 우리를 홀대하는 건 좀 아니라고 봐! 오빠!"

"오냐, 동생아!"

말귀가 어두운 남매는 빈센트의 말에 조금도 귀를 기울이지 않았다.

기세등등한 여동생의 부름에 이 또한 기세등등하게 대답한 플롭이 바로 옆의 객실 문을 열자, 미디엄이 빈센트를 방에 끌고 들어가고 문을 닫았다.

잽싸게 황제를 밀실로 감금하고서야 비로소 미디엄이 빈센트를 놓아주었다.

"네놈들, 이것이 일가친척까지 연좌될 정도의 만행이라는 자각이 있나?"

"하하하하, 안 되셨어, 촌장 군. 우리의 가족은 우리 남매뿐이야. 그러니 네 말은 전혀 협박이 되지 못했어."

"아, 하지만 오빠, 고아원 사람들은? 피는 이어지지 않았어도 도망친 모두는 우리의 가족이잖아!"

"하하하하, 듣고 보니! 촌장 군, 어떡해야 용서해 줄 수 있을까!"

"당장 나를 해방하고, 얌전히 있어라."

상황이 상황이라도 그 언행이 전혀 변하지 않은 오코넬 남매.

늘었다 줄었다 하던 미디엄과 부상당했다는 플롭이지만, 이 모습을 보면 그 양쪽 모두 의심스러워진다. 이상 사태를 체험했던 미디엄에게는 그 후유증이 보이지 않고, 플롭도—— 아니,

일단 안색은 화장으로 속이고 있는 것 같았지만.

"상인은 겉을 꾸미는 것도 꽤 중요해서 말이야."

"――――."

"다만 본래라면 희망하는 물건을 사고파는 게 상인의 철칙이지만, 지금 촌장 군의 요망에는 응해 줄 수 없어. 이 이상 뒤로 미루고 싶지가 않거든."

"무슨 소릴……."

"전언을 맡고 있어서 말이지. 너 대신에, 황제를 연기하던 인물의."

또 헛소리가 시작되리라 예상하던 빈센트의 눈이 희미하게 벌어졌다.

구태여 황제를 사람 없는 방에 감금해서까지 오코넬 남매가 빈센트에게 전하려던 말. ――그 수식이 가리키는 대상은 이 세상에 한 명밖에 없다.

그렇기에――.

"너는, 그 남자의 말을 들어야 해, 촌장 군. 아니지, 빈센트 볼라키아 황제 각하."

빈센트는 처음으로 보여 주는 플롭의 진지한 표정을 막을 방도를 선택하지 않았다.

2

――『폭식』의 대죄주교, 루이 아르네브.

그 사실을 새삼 입에 담았을 때, 스바루는 가슴속에서 크게 삐걱거리는 소리를 들었다.

그것은 항상 손이 닿는 곳에 있음에도 뚜껑을 열기를 망설이던 금기의 상자. 열려고만 마음먹으면 언제든 열 수 있던 판도라의 상자였다.

"_____."

스바루 일행은 통로에서 나눌 대화는 아니라고 장소를 바꾸어 넓은 객실을 대절했다.

필요하다면 쓰라며, 참으로 드물게도 사람의 마음을 신경 써 준 아벨의 배려. ——이 대화의 결말은 제국으로서도 남의 일이 아니니까 당연한 배려일지도 모르지만.

그 객실에 모인 것은 에밀리아와 베아트리스, 오토와 가필하고 로즈월이라는 에밀리아 진영의 구성원, 그에 더해서——.

"『폭식』의 대죄주교……. 참말로 인연이 많이 얽힌다카이."

해사하게 뺨에 손을 짚고 조용히 중얼거린 아나스타시아와, 그녀 옆에서 침묵을 고수하는 율리우스, 이 두 사람의 참전도 빠트릴 수 없었다.

그것은 두 사람이 멀리서부터 국경을 넘어 스바루와 렘을 구하러 와 주었기 때문이 아니라, 이 둘 또한 『폭식』의 피해를 입은 당사자이기 때문이다.

"루이 본인은, 지금 렘과 람하고 같이 있어. 아나스타시아 씨와 율리우스 말고는 이미 루이에 대해선 알고 있겠지만……."

"물론이야. ……솔직히 처음에는 터무니없이 놀란 것이야."

"그건…… 나도 그랬어."

놀랐다는 베아트리스의 표현은 무척이나 순하게 조정한 것이리라.

실제로 스바루도 처음에 루이와 함께 날아왔다고 눈치챘을 때, 렘을 지키고 싶은 마음이 간절해서 꽤 강경한 태도를 취하고 말았다. 당초에는 그것 때문에 렘에게 무작정 신용하지 못할 녀석이라고 경계 받았을 지경이다.

에밀리아 일행이 어떤 시추에이션에서 루이와 만났는지는 모르겠지만, 그 퍼스트 컨택트가 상당히 난리를 일으켰음은 상상하기 어렵지 않다.

"용케 참아 주었네. 오토와 가필은 바로 분화할 것 같은데."

"실제로 저랑 가필의 의견은 제거나 구속 둘 중 하나였어요. 그 여자가 그렇게 되지 않은 것은, 에밀리아 님이 주위를 설득하셨기 때문이죠."

"에밀리아땅이……."

아니나 다를까 과격파의 급선봉이었다는 오토지만, 그 의견은 온건파 에밀리아가 거두게 해 준 모양이다.

에밀리아는 스바루와 오토의 시선을 느끼고, "응." 하고 짧게 끄덕였다.

"미디엄이, 열심히 그 아이…… 루이를 감쌌었어. 그 정도로 주위가 소중히 여기고 있는 아이라면, 그 자리에서 전부 다 결정하기 무섭더라."

"그래, 미디엄 씨가……."

미디엄이 루이를 감쌌다는 말에 스바루는 희미한 안도감을 느꼈다.

원래부터 루이는 밝고 남 돌보기 좋아하는 미디엄을 많이 따르고 있었다. 그런데도 루이의 정체가 대죄주교라고 밝히자 미디엄도 그녀를 두려워했던 것이, 스바루가 마도 카오스프레임에서 목격한 두 사람의 마지막 접점이다.

그후, 그녀가 루이를 감싸 주었다면, 스바루가 모르는 곳에서 심경 변화가 있던 것이리라. 그것은 기쁜 일이었다.

"나도 경험이 있는걸. 다들 엄—청 무서운 존재라고, 마녀라고 여겨서, 주위의 누구도 말 하나 받아주지 않던 적이. 그러니까……."

"에밀리아 님의 경우는 하프엘프에 대한 편견이라는 부조리죠. 하지만 그 여자의 경우는 다릅니다. 다름 아닌 자기 소행에 따른 엄연한 구별이니까요."

"오토……."

오토의 냉엄한 의견에 에밀리아가 서운한 듯 눈꼬리를 내렸다. 그는 자신이 에밀리아 편이며, 동시에 루이의 적이라는 입장 표명을 망설이지 않았다.

지금까지 동행한 것은 어디까지나 최종적인 결론을 내릴 때까지 보류했던 것에 불과하다고.

"잠깐 괜찮을까?"

오토의 그런 입장 표명으로 긴장감이 도는 분위기에, 어딘가 가벼운 기색으로 로즈월이 손을 들었다. 스바루가 시선으로 그의 발언을 촉구하자 로즈월은 파란 쪽 눈을 감고 말했다.

"나와 람, 그리고 아나스타시아 님 측은 나중에 합류한 조라아 —서 말이야. 궁극적으로 그루이라는 소녀의 행동거지를 알지 못하지만…… 수상한 점은? 당연히 가필이 눈과 귀와 코를 빛내고 있었겠지?"

"그렇게 여기저기 다 번쩍번쩍거리지 않았어. 근데 오토 형과 이 어르신은 같은 의견이야. 그래서 맞닥뜨렸을 때부터 전쟁 한판 할 때까지 내내 감시했었는데……."

"결과는 헛발질이었다고. 그으—렇다면 무엇 때문에 소녀가 위험한 대죄주교라고 단정을?"

"저와 베아트리스예요. 프리스텔라에서, 『폭식』의, 루이 아르네브라고 자칭하는 소녀와 접촉했습니다. 저는 다리를 크게 다쳐서 잊지 못하죠."

그렇게 대답하고 오토가 자기 다리를 매만졌다. 그가 한동안 전선 이탈한 원인이 그 부상이다. 그때 동행하던 가필과 함께 두 사람이 루이를 강하게 경계하는 것도 당연하다 할 수 있다.

"변경백 다음이라서 조심스럽지만, 나도 질문해도 될까?"

로즈월의 의문이 소화되고, 이어서 율리우스가 화제에 참가했다.

『폭식』에 관한 대화라 하여 첫 시작부터 심각한 표정이던 그는, 더욱 떫은 표정을 짓고 있는 스바루를 흘깃대며 말했다.

"우선 확인하고 싶지만, 이 용차에 동승한 루이라는 소녀는, 『폭식』의 대죄주교인 루이 아르네브와 동일인물이 확실할까."

"———? 그거, 무슨 의미야?"

"에밀리아 님이나 람 여사도 아시겠지요. 『폭식』은 잡아먹은 상대의 능력을 재현하기 위해서 자신의 모습을 그 인물 것으로 바꿀 수 있었습니다. 즉⋯⋯."

"『폭식』의 대죄주교하꼬, 에밀리아 씨 쪽이 말하던 루이란 아는 같은 인간이 아이라 먹고 먹히던 관계였을 가능성이 있단 말이제?"

율리우스가 세운 추측에, 에밀리아를 위시한 사람들이 "아." 하고 놀란 표정을 지었다.

확실히, 『폭식』의 특성을 고려하면 불가능한 이야기는 아니다. 잡아먹은 상대의 형상을 재현한다면, 먹힌 오리지널이 있는 게 당연하기 때문이다.

만약 그것이 사실이라면, 저 루이와 『폭식』의 존재를 분리해서 생각할 수 있다.

그러나———.

"아니, 그쪽 가능성은 없어. 루이는, 먹은 상대의 능력을 재현하고 있어. 그건 『폭식』의 권능 때문이 맞을 거야."

"그런가. 혼란시킬 뿐인 발언이어서 미안하다."

고개를 가로저은 스바루의 부정에 율리우스가 눈을 감고 사과했다.

율리우스가 잘못한 것이 아니다. 만약 그의 추측이 맞았으면 스바루도 이렇게까지 고민할 것 없었다. 하지만 임시방편의 발뺌으로는 안 되는 것이다.

필요한 것은, 진실을 공유한 다음에 도출되는 답이어야 한다.

"우선, 순서대로 설명하게 해 줘. 에밀리아땅 쪽이 루이와 합류하기 전, 내가 렘과 같이 날아온 제국에서 루이와 어떤 식으로 지냈는지를."

모두의 시선이 슥 몰린다.

속내를 훤히 아는 동료들의 눈, 그런데도 스바루는 숨이 턱 막히는 기분을 또렷하게 느꼈다. 지금부터 시작되는 것이, 마치 채점이나 답안 맞추기처럼 느껴져서.

루이가 진실된 의미로 어떻게 대우받아야 할지, 그것을 결정하기 위한 답안 맞추기로.

"스바루, 초조해하지 않아도 돼."

에밀리아에게 각오하는 스바루에게 부드럽게 말을 건네주었다. 옆에서는 베아트리스도 스바루의 손을 다정하게 고쳐 잡으며 끄덕여 주었다.

그 배려에 구원받으며 스바루는 숨을 들이마셨다가, 이야기를 시작했다.

"제일 먼저, 우리가 정신이 든 곳은 먼 동쪽에 있는 큰 숲 옆이었는데——."

3

담담하게, 최대한 짤막하게 사실이 전해지도록 말을 골랐다고 생각했다.

그런데도 설명할 이야기는 샘물처럼 잇따라 넘쳐서 아주 짧은 시간 동안 있던 일이었음에도 불구하고 농후한 나날이었다고 통감했다.

애초에 짧은 기간 동안 트러블이 황당할 정도로 지나치게 많이 일어났다.

그것도 죄다 스바루와 렘, 동료들의 목숨을 위험하게 할 만한 돌발 상황뿐이고, 거기에는 당연하게도 루이 또한 말려드는 형국이 되었다.

당연하게도. ──그렇다. 당연한 것이다.

왜냐면 루이는 스바루와 렘하고 늘 함께 행동하며, 렘에게 친절한 대우를 받고선 스바루의 어그로를 끌었으니까. 그럼에도 자신을 매정하게 대하는 스바루에게 꺾이지 않고 따라왔다.

그렇기에──.

"나와 루이는 요르나 씨와 협력해서, 오르바르트 씨와의 승부에 이긴 거야. 숨바꼭질을 술래잡기 규칙으로 바꾼다는, 반칙기를 포함한 거였지만."

"────."

"그다음에, 카오스프레임에서 터무니없는 일이 일어났다고 듣긴 했어. 살고 있는 사람들은 기적적으로 무사하고, 아벨 측의 반란군과 합류했다고. 나는 거기서 의식을 잃고 따로 떨어졌는데…… 그 뒷일은 다른 사람들 쪽이 루이에 대해서 잘 알지?"

"응. 우리가 엉망진창이 된 과랄에서 돌아온 아벨 일행을 마중한 게 그다음에 일어난 일이니까."

스바루의 확인에 에밀리아가 끄덕이자 대강의 설명을 마치고 길게 한숨을 쉬었다.

너무 긴 시간을 들일 생각은 없었지만 결국 거의 한 시간이나 이야기하고 말았다. 그사이, 동료들은 청자 역할에 전념해 주어서 스바루도 되도록 객관적으로 설명했다고 느꼈다.

거기에다──.

"얘기했다시피 나랑 같이 있는 동안에 루이가 수상한 행동을 한 적은 없었어. 렘에게서도 같은 얘기를 들을 수 있을 거야."

"그건 딱히 의심하고 있지 않아요. 진지하게 의심스럽다 여겼으면 람 씨가 그 여자를 렘 씨 곁에 두게 둘 리 없으니까요."

가족의, 그것도 렘에 관한 일이라면 람의 눈이 얼마나 매서울지 말할 필요도 없다.

루이에게 크나 작으나 위험성을 느꼈으면 람이 드디어 깨어난 렘 옆에 루이를 놔두는 건 어림도 없는 일이었다.

"나츠키가 얼마나 고생했는지는 우리도 얼추 알았데이."

그때까지 잠자코 듣고 있던 아나스타시아가 설명을 마친 스바루의 가혹한 여행을 가리키며 미간을 주무르고 있다. 그녀만큼 현명한 여성이라도 전부 소화하기에는 시간이 걸리는 정보량이었던 경위. 그것을 간신히 수용한 아나스타시아는 미간에서 손가락을 떼더니 말했다.

"그 후, 마도에서 의식이 날아가삔 나츠키가 어떻게 되었는지도 신경 쓰이지만, 그건 지금 주제가 아이니께 제쳐 놓고."

"그래, 지금 중요한 것은 루이지. 얘기했다시피 지금까지 루이는 자신의 위험한 측면은 보이지 않았어. 그리고 우비르크라는 『별점쟁이』의 예언…… 그것도 있지. 그러니까 이후의 싸움에도 루이에게 협력을 받는 게——."

"그 야기, 타협점은 어데로 맞출지 의문이데이."

조용한 한마디가 스바루가 이으려던 말을 딱 멈추었다.

말을 뱉은 아나스타시아는 미간을 주무르던 손가락으로 입술을 살며시 쓸고 이지적인 연두색 눈동자로 스바루의 마음을 옭아매고는 말을 이었다.

"나츠키의, 그 뭐든지 다 이용하잔 생각은 싫지 않다. 아우그리아 사구(砂丘)를 넘기 위한 메일리 씨도 원래는 적이었다 그랬고, 그런 구분 야기를 할 끼믄 그 아이도 같은 범주데이."

"그건, 그래, 똑같잖아? 메일리와 루이는, 같은 입장일 거야."

"아니제, 그기 아이다. ——그건 아마 나츠키 말고 전원이 고래 생각할 끼다."

"아."

겹쳐진 조용한 목소리에 스바루는 퍼뜩 정신 차린 표정으로 주위를 보았다.

아나스타시아가 말한, 스바루 말고 전원의 얼굴을 돌아보았다. 그중 누군가가, 아나스타시아에게 그렇지는 않다고 반박해주기를 기대하며.

그러나 누구도 스바루의 기대에 부응하지 않았다.

"누구도 말하고 싶지 않을 테니까 말하겠는데요."

복잡한 표정으로 침묵하는 일동 중에서 오토가 손을 들었다.

단, 그 냉정한 표정과 목소리 어느 쪽도 결코 무조건적으로 스바루에게 동조하진 않았다.

"저는 아나스타시아 님과 같은 의견이에요. 그 여자와 메일리는 같은 입장이 아닙니다."

"오토!"

"이 말도, 누구도 말하고 싶지 않을 테니까 제가 하죠. 대죄주교이기 때문이에요."

무심코 언성을 높인 스바루에게 오토가 담담한 음색으로 대답했다.

어째서냐고 물으려는데 선수를 친 오토의 회답은, 그 자리의 전원이 스바루 편을 들 수 없던 이유로서 이 이상 없을 만큼 적절했다.

"스바루, 베티는 스바루 편을 들어주고 싶어. 그 계집애……루이가 지금은 악의가 없는 아이라는 얘기도 믿어 줄 수 있는 것이야. 하지만……."

"『폭식』의 피해는, 실제로 우리도 봤지. 하물며 그 피해가 드러나기 어렵다는 점을 감안하면 잠재적으로는 어느 정도의 피해자가 있으려어—나."

"확인할 방도는 없지만…… 자기 자신을 잃고 타인에게 잊혀서 기댈 곳을 잃은 채로 복귀를 이루지 못한 이들의 한은, 나에게는 짐작 가고도 남는다."

스바루를 배려한 베아트리스의 말에 로즈월과 율리우스가 이은 것은 『폭식』의 권능에 피해 입은 관계자와 피해 당사자의 거짓 없는 의견이었다.

로즈월과 율리우스의 말대로 피해를 입었음을 아는 사람은 그 나마 낫다.

진실로 절망할 수밖에 없는 것은, '기억'과 '이름'을 빼앗겨 돌아갈 곳을 잃은 채로 구원받지 못한 무수한 피해자가 있었을 것이라는 점.

그리고 그런 피해자를 다수 낳은 『폭식』의 대죄주교를——.

"아마 다들 못 믿겠다는 건 아닐 거야."

"에밀리아……."

"그게 아니라…… 용서, 해 줄 수 없는 거겠지."

스바루의 설명 부족이나 마음이 전해지지 않은 것은 아니다.

문제의 초점은 거기가 아니라고, 눈썹이 처진 에밀리아의 말 이 스바루의 마음을 으스러뜨렸다.

루이가 스바루와 함께 있을 때의 이야기를 알고, 스바루가 자 리를 비운 뒤의 일을 아는 에밀리아 일행은 '현재'의 루이가 자 신들에게 위해를 끼칠 존재가 아님을 분명히 알고 있다.

알고도 문제가 되는 것은 '과거'의 루이가 저지른 소행이다.

"저지른 짓은, 절대로 없어지지 않는데이."

"아."

나직이 아나스타시아가 중얼거린 말.

그것은 과거, 나츠키 스바루를 얼어붙게 하고 산산이 때려 부 순 절망적인 충고였다.

그 말이 던져진 사실은, 이미 스바루 안에만 남아 있다. 그것이

기회를 바꾸어 또다시 그녀의 입에서 스바루의 귀에 전해졌다.

"나츠키가 아무리 그 아가 무해하다 타일러도 유해하던 때 했던 일이 무마되는 기 아이다. 실제로 피해자는 여전히 피해자로 남았고…… 우짜 둘러대며 속일 수 있을 만큼 얄팍한 문제가 아이니께네."

"으."

"우선 지금까정 먹은 '기억'이고 '이름'이고, 그것부터 싹 돌려놓아야 하지 않긋나? 안 그러고 진행하자고 말해 봐짜 나츠키도 납득이 되나?"

굳어진 스바루를 아나스타시아의 날선 말이 잇따라 칼질한다.

모두 다 정론이고, 그중에서 가장 강하게 아픔을 준 것은 가장 마지막 지적—— 빼앗은 '기억'과 '이름'을 돌려놓지 않으면 루이의 처우를 결정할 토대조차 세우지 못한다는 말.

그것이야말로 에밀리아가 말한, '용서 못 한다'로 이어지는 대전제였다.

"물론 스바루가 들은 예언이라는 것은 황제 각하도 알고 계시지. 그 루이라는 소녀를 싸움에 협력시킬 수 없다, 라는 것은 현실적이지 않겠지이—."

"아앙? 그럼 뭔 말을 하고 싶은데. 또박또박 말을 해."

"뒷일은 그 여자에게 무엇을 어떻게 타일러서, 협력을 시키겠느냐는 소오—리야. 예를 들어 이 제국 존망의 위기를 극복했을 때에는 은사를 내린다——. 라고 약속해 놓고, 일이 끝나면 엄숙히 죄에 걸맞은 형을 집행한다. 그것이 제일 뒤끝 없는 방법일 테지.”

“이게, 웃기지 마!”

로즈월이 말한 악랄한 방침에 가필이 이를 딱 부딪치고 따졌다.

“상대가 악질이라도 이쪽까지 악질이 될 건 없잖아! 있지도 않은 미끼를 흔들고 도우라 시키는 짓, 이 어르신은 인정 못 해!”

“어라, 그래? 오토도 같은 생각을 하고 있었을 텐데……”

“오토 형을 니랑 똑같이 보지 마!”

“변경백의 말씀은 대다수 사람들의 대변이겠죠. 대죄주교에게 은사 같은 건 내릴 게 아닙니다. 아니면.”

거기서 한 번 말을 끊은 오토가 스바루를 빤히 응시했다.

그 시선에 숨을 집어삼킨 스바루에게 그는 가차 없이 말을 이었다.

“나츠키 씨는 대죄주교가 용서받는 전례를 만들겠다는 겁니까?”

“윽, 그럴 생각은 없어. 세상에 용서받아서는 안 될 악당도 존재해. 마녀교의, 대죄주교도 그렇지.”

페텔기우스나 레굴루스, 라이와 로이 형제, 시리우스와 카펠라 등, 스바루가 여태껏 만난 대죄주교들은 모두 구제불능으로 길을 벗어난 작자들이었다.

자신들의 욕망을 채우기 위해서 타인을 희생하기를 서슴지 않는 작자들.

그러나――.

“그 여자는, 루이 아르네브만큼은 다르다고요?”

"그, 것은……."

오토의 물음이 스바루의 마음속 깊은 곳을 폭로하려고 한다.

대죄주교는 용서해서는 안 된다. 오토만이 아니라, 전원이 양보할 수 없다고 그은 선은, 스바루도 똑바로 이해할 수 있다.

그런데도 루이를 별개의 위치에 놓고 싶어 하는 것은, 오토의 말대로 이상한 이야기다.

스바루는 루이를 어떻게 하고 싶은가. 『기억의 회랑』에서 그토록 증오를 나누며 스바루는 『사망귀환』을 체감하고 절망하는 그녀를 구원하지 않겠다는 선택을 내렸다. 그것이 틀렸다고는 생각하지 않는다. 또 그 상황에 이르러도 같은 결단을 내릴 것이다.

하지만 그와 동시에, 볼라키아 제국에서 고난을 함께한 루이를 알고 있다.

스바루를 구하기 위해서 목숨을 걸고, 실제로 목숨을 잃은 그녀의 모습을 수없이 본 사실도 영혼에 선명히 새겨진 것이다.

그런 루이의 분투에, 어느덧 스바루의 경계는 용해되었고──.

"어째서?"

갑자기, 생각하는 스바루의 얼굴 옆에서 그 조용한 물음이 던져졌다.

감은 눈을 뜨니 물음을 던진 에밀리아의 남보라색 눈과 정면으로 부딪혔다. 그녀는 긴 속눈썹이 꾸민 눈을 가늘게 뜨며, 다시 한번 같은 물음을 반복했다.

"어째서, 스바루는 그렇게 생각하게 된 거야?"

"어째서냐니……."

"스바루도 『폭식』의 대죄주교는 엄—청 싫어했었잖아? 용서할 수 없다고 생각했었어. 그런데, 지금은 어째서?"

"그것은, 아까도 얘기했었잖아. 그 녀석이…… 루이가, 이 제국에서 우리하고."

많은 고난을 함께 보내고, 루이는 기특하게 스바루와 렘을 지키려고 했다.

제국에서 겪은 일은 『기억의 회랑』에서 용서하기 어려운 적이라고 여기던 것과 같거나, 그 이상으로 통렬하게 스바루에게 남았다. 그렇기 때문이다.

그렇기 때문에 나츠키 스바루가 루이에게 품은 감정은 변화해 갔다.

"스바루, 너에게 재차 잔혹한 사실을 전하지."

에밀리아의 물음에 더듬더듬 대답한 스바루에게 율리우스가 낮은 목소리로 고했다.

구태여 잔혹하다는 서두를 붙였다는 사실이 스바루를 긴장시켰다. 긴장한 스바루에게 율리우스가 왼쪽 눈 아래의 흉터를 손가락으로 훑고 말했다.

"이 세계의 인간은 결코 『폭식』의 대죄주교를, 루이 아르네브라는 소녀를 용서하지 않아. 왕국도 제국도 관계없이, 그것이 세계의 총의라고 할 수 있을 거다."

"———."

"설령 세계 어디로 도망치더라도 그게 용서될 곳은 없어. 죄를 범하면 벌을 받는다. 그리고 목숨으로만 갚을 수 있는 죄인이 대죄주교다."

잔혹한 사실이라는 서두에 거짓은 없었다.

율리우스는 또렷하게 강한 어조로, 오해할 여지가 없을 만큼 단정적으로 단언했다.

이 세계에 루이 아르네브가 살아서 용서받을 곳은 없다고.

그 무거운 말에 스바루는 아무 반박도 할 수 없어져서——.

"나도 대죄주교에게는 죽음밖에 바라지 않아. 우리가 세계의 적이라고 생각하는 존재의 '죽음' 밖에. 그것이, 내가 말할 수 있는 최선이다."

"뭐……?"

"율리우스 유클리우스!!"

날카로운 외침과 함께 오토가 율리우스를 노려보았다.

덧붙인 말의 의미를 이해하지 못해 눈을 동그랗게 뜬 스바루를 무시하고 오토와 율리우스가 서로 상대를 시선으로 꿰뚫었다.

율리우스는 딱한 듯이, 오토는 씁쓸한 듯이, 서로 상처를 입히는 시선으로.

"외부인인 당신이 그렇게 말하는 건 너무나도 도리에 안 맞는 짓이지……!"

"미안하지만 그 인식은 바로잡겠다. 나도 당사자 중 하나야. 의견을 말할 수 있는 입장에 있지. 그 권리를 쓰도록 하겠어."

오토가 이를 갈며 더더욱 강렬하게 율리우스를 노려보았다.

무력으로는 까마득히 못 미치는 걸 아는데도 안력으로는 한 걸음도 물러서지 않는다. 율리우스도 오토의 강렬한 의지에 한쪽 눈을 감고 작게 한숨 쉬었다.

"대죄주교의, '죽음' 밖에……."

두 사람의 응수 옆에서 스바루는 뇌 일부가 저릿한 감각 속에서 그 말을 중얼거렸다.

율리우스가 하려던 말에, 눈치 빠른 오토가 저렇게나 따지고 들었다. 거기에는 스바루가 알아채지 못한, 문면 이상의 무언가가 숨어 있다.

대죄주교의 '죽음' 밖에 바라지 않는다. 루이 아르네브를, 세계는 용서하지 않는다.

대죄주교를, 루이 아르네브를, 세계는──.

"아."

"스바루, 베티 얘기를 할게."

희미한 바람이 사고의 미로 속을 불고 지나갔다 느낀 순간, 베아트리스가 말했다.

그녀는 그, 특징적인 무늬가 떠오른 동그란 눈으로 스바루를 쳐다보았다.

"베티는 프리스텔라에서 대죄주교 루이와 마주친 것이야. 그 뒤, 이번에는 제국에서 마주친, 그 아이의 모습을 이렇게 생각했어. ──딴 사람 같다고."

"────."

"그 아이는, 베티가 아는 대죄주교와 달라졌어. 스바루가 보기에, 어땠던 것이야? 대죄주교와 코앞에서 언쟁하던 스바루가 보기에."

베아트리스의 다정한, 그러나 도망칠 곳을 허락하지 않는 말이 캐묻는다.

그녀의 주장은 이해한다. 스바루도, 인정하고 싶지 않아서 인정하지 않던 일이다.

지금의 '루이' 와 『기억의 회랑』에서 만난 루이 아르네브는, 딴 사람 같다.

그러나 율리우스의 의문에 반론했듯이 '루이' 는 권능을 쓰고 있다. 『폭식』이 그랬듯이 먹은 상대의 이능을 자유로이 다루고 있다.

'루이' 는 『폭식』의 권능을 지녔음에도 그 정신만 다시 태어난 것이다.

예를 들자면 그것은——.

"자기 기억이 없어졌을 때의, 나처럼."

만약 그렇다면 '루이' 는 줄곧 괴로워하고 있었을까.

그때, 스바루가 『나츠키 스바루』의 환영을 쫓으며 주위의 누구도 믿을 수 없어서 고민하고 괴로워하던 것처럼 '루이' 도 도움을 청하고 있었을까.

그런 상황인데도 '루이' 는 스바루와 렘을 구하고, 오늘 이 순간까지 지내 왔다.

그리고——.

"나, 줄곧 생각했어. 나쁜 짓을 하면 더는 돌이킬 수 없는 걸까 하고."

"에밀리아……."

"사과하고, 속죄하고, 그래도 안 된다고 듣는다면, 사과도 속죄도 하기 싫어질 때도 있잖아? 그러니까 그렇게 되지 않기 위한 방법을 생각했는데…… 하지만 그런 굉장한 방법은 쉽게 찾을 수가 없었어. 하지만."

"하지만?"

"딱 하나, 혹시나 싶은 방법이 있더라. 스바루가 가르쳐 준 방법."

에밀리아가 가슴에 손을 짚고서 최대한의 마음을 담아 말을 골랐다.

그녀가 해 준 말에 스바루는 자신의 가슴속을 뒤졌다. 하지만 스바루가 에밀리아에게 가르쳐 준 것 중에 지금 이 순간에 맞아떨어지는 것은 아무것도 떠오르지 않았다.

짚이는 구석이 없는 스바루에게 에밀리아가 다정한 눈길을 보내고 말했다.

"그 사람이, 용서할 수 없다고 여기는 마음 이상으로, 행복해지길 바란다고 여기는 마음."

"————."

"주위의, 아주 많은 사람들이 행복해지길 바란다고, 그 사람을 여기는 마음. 우리가 그 아이를 용서해 주는 데에는, 그렇게 여기는 마음을 만들어 주는 게 필요하다고 봐."

에밀리아의 말이 천천히, 스바루의 가슴에 조용히 스며들었다.

악인을 용서하기 위한 방법. 악행을 용서하기 위한 방법. 사과하고 속죄하고, 그다음에 있을지도 모르는 구원의 방법, 열심히 생각한 답이 그것이라고 에밀리아는 말했다.

　그것이 스바루의 대체 어느 부분에서 배운 것인지, 언제 스바루가 그녀에게 가르쳐 주게 되었는지 조금도 알 수 없다.

　하지만 스바루의 가슴에는 말이 묵직하고 단단하게 쿵 떨어진 기분이었다.

　어째서 스바루가 대죄주교를 위해서, '루이'를 위해서 이렇게나 애를 쓰는가.

　그것은 '루이'가, 루이에게 당한 것 이상을, 스바루에게 해 주었기에.

　그렇기에——.

　"한 번 더, 같은 야기를 해 보굿데이."

　에밀리아의 이야기와 스바루의 희미한 한숨을 들은 아나스타시아가 그렇게 말했다.

　그녀는 목의 에키드나를 어루만지면서 스바루와 에밀리아를 번갈아 보다가, 선고했다.

　"그 야기, 타협점은 어데로 가져갈 생각이고?"

4

　"아—우?"

　렘은 바로 눈앞, 이상하다는 듯이 자기 얼굴을 들여다보는 루이의 뺨을 두 손에 끼우고 장탄식을 흘렸다. 그 반응에 루이의 이상하다는 표정이 더욱 깊어졌다.

걱정을 끼치고 말았다. 그 사실에 렘은 반성했다. 반성했지만
―――.

"하아⋯⋯."

"꽤 울적한 한숨이구나, 렘. 무슨 일 있어?"

"언니⋯⋯."

크게 한숨을 쉬었을 때, 옆에서 자상한 목소리가 들렸다.

할당된 객실에, 차 준비를 갖추어 돌아온 람의 목소리였다. 그
녀는 뒤에 사슴뿔이 난 소녀―― 탄자라는 이름이었던가, 그녀
를 데리고 있었다.

"마침 무료하게 있던 것 같았기에 데려왔어."

"아뇨, 무료하던 것은⋯⋯."

"그래? 다른 시끄러운 녀석들로부터 떼어놓아서 불만이 얼굴
에 배어 있던데. 제국에도 아녀자를 지키고 싸우고 싶다는 생각
은 있는 거구나. 더 무식할 줄 알았어."

"어, 언니, 그건 말이 과한 게⋯⋯."

꽤 직설적인 언니의 말에 렘은 표정이 살짝 떨렸다.

아직 자기 안에서 언니라는 사실을 완전히 받아들인 것은 아니
지만, 그래도 영혼의 뿌리가 부르짖는 호소는 솔직해서 그녀의
일거수일투족에 마음이 흔들리는 감각을 느낀다.

그건 그렇다 치고, 람의 표현에 탄자는 불만스러운 내색이었
지만.

"세실스 님을 필두로 전단에 일을 단순히 생각하는 분이 많은 것
은 사실입니다만 개중에는 총독님처럼 영민하신 분도 계세요."

"그래. 그렇다면 그 영민한 총독이라는 분이 시켜서 남아 있는 거구나."

"아뇨, 저에게 쉬라고 말씀하신 것은 슈바르츠 님이신데요."

람의 받아치기에 살짝 입 끝이 딱딱해진 탄자가 그리 대꾸했다. 그 순간, 렘이 볼을 잡고 있던 루이가 그 손의 감촉이 강해진 데에 "으." 하고 신음했다.

아차, 하고 렘은 "미안해요." 하고 루이에게 사과했다.

"깜빡했었어요. 괜찮나요, 루이."

"아우…… 우아우?"

"아니요, 전혀 관계없습니다만."

"우―."

볼을 잡은 채로 내놓은 렘의 대답에 루이가 의심스러운 눈초리를 보낸다.

루이의 시선을 피하자, 마침 차 준비를 마친 람과 눈이 마주쳤다. 그녀는 따뜻한 향이 도는 찻잔을 렘 앞에 놓았다.

"제국의 비밀 용차라고는 해도 역시 찻잎까지는 충실하지 못하네. 썩 대단한 맛은 아니겠지만 몸을 데워 두도록 하렴."

"고, 고맙습니다. 잘 마실게요."

"그래서? 바루스에게 뭔가 무례한 짓을 당했어?"

"콜록."

드디어 루이의 볼을 해방하고 차에 입을 댄 순간 들린 말에 무심코 사레가 들렸다. 당황해서 잔을 놓는 렘의 얼굴을 루이가 옷소매로 닦아 주려고 했다.

"괜찮아요, 괜찮으니까요, 루이. 저기, 뭔가요, 언니."

"뭐고 자시고 없어. 바루스의 행동은 으레 예의 없고 거리낌도 없는걸. 근거가 없어도 렘의 얼굴이 어두워진 이유에 해당할 가능성이 커."

"그것도, 아무리 그래도 말이 과한 게……."

즉, 직감으로 찍은 것이었다. 그래도 렘의 반응은 충분히 눈치 빠른 람이 한숨의 원인을 깨달을 만했던 모양이다. 정면에 다리를 꼬고 앉은 람이 연홍색 눈을 가늘게 떴다.

언니의 말없는 압력에 렘은 바로 견디다 못해 자백했다.

"저, 에밀리아 씨 말인데요."

"에밀리아 님…… 그래, 에밀리아 님도 지식 없고 거리낌도 없는 구석이 있으시지."

"아, 아뇨, 그런 게 아니고요! 그…… 그 사람…… 나츠키 스바루라는 사람하고, 에밀리아 씨는 어떤 관계인가 해서……."

렘은 어조를 낮추고 되도록 평정을 유지하며 질문하는 데에 성공했다.

문제는, "아하." 하고 끄덕이는 눈치 빠른 언니에게 그 성공이 아무 의미도 없었던 점이다.

"그렇구나. 바루스는 사지를 찢어야 마땅하겠어. 나중에 같이 하자."

"언니?!"

"후후, 자매의 공동 작업이네. 바루스도 가끔 도움이 되곤 해."

은은하게 미소를 짓는 언니는 넋을 잃고 바라볼 만큼 예뻤지만, 발언은 뒤숭숭하기 그지없다. 그런 람의 발언을 듣자 탄자가 말 그대로 뿔이 났다.

그녀는 자신에게도 타 준 차에 입을 대고 "후와." 하고 맛에 놀라고 있었지만, 람의 말에 반박했다.

"다소 경솔한 발언이 아니신가요? 바루스……라는 것은 슈바르츠 님을 말하는 것이라 보입니다만, 슈바르츠 님께 손을 대신다면 저와 전단 분들이 용서하지 않겠어요."

"기특한 대답인걸. ……탄자, 너는 몇 살?"

"──? 올해로 열둘이 되는데요."

"그런 거구나. 납득했어."

"맘대로 납득하셔도 제 쪽은 납득이 가지 않는데요."

불만스러운 탄자에게 렘도 같은 의견이었다. 어째서 람은 탄자의 나이를 듣고 납득한 것일까. 애초에 질문의 답── 에밀리아와 스바루의 관계도 대답해 주지 않았다.

"엄청나게, 친밀해 보이던데요."

그래서 어쨌다는 거냐고 물으면 렘도 '네?' 라고밖에 대꾸할 수 없지만, 아무튼 그 두 사람의 거리감에는 여러 생각이 들었다.

그래서 렘은 그것이 무엇인지 되도록 조급히 해결하고 자기 문제에 주력하고 싶었다.

렘의 문제, 그러니까 그건 즉── 아무튼 간에 렘의 문제다.

"그래요. 더 큰 문제와 마주하기 위해서, 빨리 치워 두고 싶은 사소한 일이죠. 그 이상도 이하도 아녜요."

"렘, 잠깐 괜찮을까?"

"네?!"

렘은 자기도 모르게 크게 덜컹 소리를 내며 그 자리에서 일어섰다. 그 바람에 무릎 위에 있던 루이를 무심결에 안아 들고 말았다. 렘이 들어 올리는 바람에 "아우—?!" 하고 놀라는 루이에게 또다시 사과하면서 목소리가 들린 객실의 문 쪽을 쳐다보았다.

"누, 누구세요?"

"누구고 자시고, 사지를 찢어야 할 바루스겠지. 대화가 끝난 것일까."

우아하게 차를 맛보는 람의 말에 렘은 작게 한숨 쉬고 루이를 껴안았다. "아우?" 하고 갸우뚱하는 루이. 렘은 그 금빛 머리카락에 코끝을 묻으며 눈을 감았다.

직전, 연환용차가 공격받을 뻔한 사건에서는 렘도 동석했지만 그 후의, 아벨이 심각한 표정을 짓고 스바루를 데려간 곳의 대화에는 참가하지 못했다.

물론 중요한 이야기에 끼어도 도움이 되지 않는다는 이유도 있고, 아까 자신이 확인하려 한 소박하고 사소한 일이 걸리적거렸다는 이유도 있다.

그러나 가장 큰 이유는——.

"우?"

이, 품속에 있는 루이에 관해 꺼림칙한 불안감이 든 것이 원인이었다.

어째선지 모르겠지만 루이 옆에 있어야 한다고 렘의 마음이 직감했다. 그래서 이렇게 객실에 틀어박혀 있을 때——.

"슈바르츠 님, 들어오세요."

"응, 고마워. 근데 탄자도 여기 있었나……."

"네. 슈바르츠 님이 다른 분들과 공모해서 저를 여기 남으라고 강요해서요."

"어째 죄책감이 솟구치는 표현이네……."

그렇게 렘이 갈피를 못 잡는 사이에, 탄자가 대신해서 방문자를 방에 들이고 말았다.

탄자와의 대화에 곤란한 표정이던 방문자, 키가 작아져도 그 얼굴 분위기는 별로 변하지 않았다. 아마 키가 작아지기 전부터 어린아이 같은 티를 벗지 못한 생김새였기 때문이리라.

"눈매는 안 좋은데, 이상한 사람이에요……."

"어라?! 지금, 누가 내 눈매 욕 했어? 들렸는데?"

"대단하셔라. 루그니카 왕국 국민의 호소가 국경을 넘어서 들렸다니."

"왕국 모두가 내 눈매 얘기하고 있을 리 있겠냐! 오늘 저녁밥이나 내일 예정같이 행복한 얘기를 하고 있을 거라고, 분명히!"

람이 깐족거린 말에 호들갑스럽게 반응하고 성큼성큼 방에 들어서는 스바루.

왠지 모르게 그런 스바루 쪽을 볼 수 없었던 렘이 안아 올린 루이 뒤에 숨자, 대신에 소녀가 "우아우." 하고 스바루를 상대해 주었다.

"여어, 루이, 네게도 볼일이 있어. 렘이 어디에 있는지 몰라?"

"아—우우."

"그런가, 모르냐. 어쩐다. 중요한 얘기가 있었는데……."

"중요한 얘기가 있으면 장난치지 말고 본론으로 들어가 주세요."

"와아, 렘! 루이 뒤에 있었나! 눈치 못 챘네!"

끼어든 렘에게 스바루는 의뭉스럽게 반응했다. 다만 그 의뭉스러움은 루이에게는 통했는지 렘을 끝까지 숨기지 못한 상황에 아쉬운 표정을 지었다.

렘은 루이를 바닥에 내려놓고 머리를 쓰다듬어 위로하면서 눈을 가늘게 떴다.

"혹시, 무리하고 있지 않아요?"

"_____."

"예전에도 말했을 거예요. 그런 식으로 억지로 무리하며 다 책임지려 들지 마세요. 당신은 뭐든지 할 수 있는 영웅이 아니니까요."

스바루가 직전에 보인 태도가 어쩐지 허세를 부리는 것처럼 느껴진 렘은 전에도 전했던 것과 같은 말을 인용했다.

그 말에 스바루는 눈을 동그랗게 떴다가 금세 쓴웃음 지었다.

"아니지, 의외로 나는 객관적으로 봐서 슈퍼맨이니까 렘의 그 의견은 고맙게, 귀여운 목소리구나~ 하는 점만 받아둘게."

"장난치지 마세요."

"장난 안 쳐. 렘, 루이에 관해 중요하게 할 얘기가 있어."

스바루가 자세를 바로 하고 쓴웃음을 지은 표정으로 똑바로 말했다.

그 말에 렘이 숨을 집어삼키자 대신에 대화하는 두 사람 옆에서 람이 한숨 쉬었다.

"바루스, 우리는 자리를 비울까?"

"아니, 언니분도 탄자도 있으면 좋겠어. 언니분은 언니 부문 대표, 탄자는 로리 부문 대표로 입회해 줘."

"프레데리카보다 언니로서 위라는 뜻이구나. 당연하지."

"저기,『로리』부문이라는 것은……?"

입회를 요청받자 람이 가슴을 펴고 탄자가 갸우뚱했다.

그러고 나서 다시 돌아보는 스바루의 시선에 렘은 루이를 살며시 끌어당겼다. 그렇게 루이의 뒤통수를 가슴에 안은 렘은 스바루를 빤히 바라보았다.

그리고——.

"결판을 내자. 우리의, 잘 알 수 없는 사랑스러운 관계에."

5

자신들의 관계는 정말이지 기묘했다고, 나츠키 스바루는 생각한다.

기묘함을 넘어서, 악질적이라고 해야 마땅할 만남이 그들을 여기로 인도했다.

그 이념도 자세도 전부 끔찍하게 싫은 볼라키아 제국. 서로 접하고 도움을 나눈 사람들도 있는 볼라키아 제국.

어째서 그러는 거냐고 울고 싶어서 미칠 것 같은, '기억' 이 없는 렘. ──자상함과 배려심은 울고 싶어질 만큼 똑같은, '기억'이 없는 렘.

전부 네 책임이라고 증오스러웠던, 『폭식』의 대죄주교 루이 아르네브. ──몇 번이고 목숨 걸고 기특하게 헌신해 준, 『폭식』의 대죄주교 루이 아르네브.

저주할 수밖에 없는 상황이 마련되어 깔려 있는 레일대로 슬퍼하고 화내고, 다정하게 서로에게 상처를 주며 스바루는 이 나날을 죽고 죽다가 살아남았다.

저주하고, 슬퍼하고, 미워하는가. 저주하지 않고, 슬퍼하지 않고, 용서하는가.

그렇듯 지금껏 애매모호하던 관계에 결판을 내야만 할 때가 찾아온 것이다.

객실을 방문한 스바루의 선언에 공기가 팽팽해지는 감각이 실내를 뒤덮었다.

실내에 있는 사람은 렘과 루이, 그에 더해 람과 탄자까지 전부네 명. 전자는 당사자로서, 후자는 관전자로서, 스바루는 이들과 대화하기를 바랐다.

에밀리아와 베아트리스, 다른 일행들은 결론이 나기를 기다리고 있다.

그것이 어떠한 결론이라도 나츠키 스바루가 답을 내기를 기다려 주고 있다.

"아벨 씨와의, 중요한 얘기는 끝난 건가요?"

어떻게 말을 꺼낼지 고민하던 스바루에게, 렘이 먼저 말을 꺼냈다.

옆에 루이를 앉히고 그 손을 잡아 주고 있는 렘의 말은 그녀가 의식했는지 안 했는지, 견제처럼 느껴지기도 했다. 스바루는 그 말에 고개를 가로젓고 대답했다.

"지금은 중단한 셈이야. 우리 쪽 얘기를 정리하지 않으면 그 얘기도 진행할 수 없어……. 그 아벨과의 얘기에도 루이가 관계가 있어."

"어째서, 루이가?"

"『별점쟁이』란 녀석의 예언으로, 이 싸움에는 루이의 존재가 중요하다는 얘기가 되어서 그래."

스바루가 숨김없이 전제를 전하자 렘의 표정에 쓸쓸함이 번졌다. 루이의 손을 잡은 채로 렘은 "그러면." 하고 연청색 눈으로 스바루를 응시했다.

"당신은, 루이를 싸우게 하겠다는 말인가요? 이렇게 조그맣고, 아직 아무것도 모르는 아이인데 그렇게 잔혹한 짓을……."

"싸우는 게 필요한지 불필요한지 문제는 일단 보류야. 다만 뒤쪽 부분만은 먼저 말해 두겠어. 루이가 아무것도 모르는 아이라는 것은, 잘못 아는 거야."

"무슨……."

"말로 의사소통이 어려워도, 루이는 자기가 처한 상황을 잘 알고 있어. 한편이 되고 싶은 상대도, 그러기 싫은 상대도 고를 수 있고. 애는 그런 상태로 여기에 있는 거야."

"그건…….."

스바루의 조용한 말에 렘이 고개를 숙이고 말을 잇지 못했다.

볼라키아 제국에 날아온 시점에서, 영문 모를 상황인데 처음 대면한 스바루 및 렘에게 각인이라도 된 듯 따른다. ──그런 이유로는 설명이 되지 않을 만큼 자신들은 터무니없는 수라장을 넘어왔다.

각인이 애정이 아니라, 자신이 살아남기 위한 보호자를 찾는 방위 본능의 표현이라면, 스바루 및 렘과 떨어지는 편이 루이에게 훨씬 편했을 터다.

"그 점은 람도 바루스와 의견이 같아. 사정은 렘에게서 알음알음 들었을 뿐이지만 렘과도 바루스와도 떨어졌던 그 아이가 여기에 있는 것은 자기가 선택한 결과겠지."

"언니…….."

"착각하지 마, 렘. 람은 렘의 전면적인 아군이고 나중에 바루스의 사지를 같이 찢으려는 건 굳게 다짐했지만, 사실을 왜곡해서 말하지는 않아."

"일부 못 들은 척할 수 없는 선언이 있었지만, 고마워."

람의 참견에 스바루는 고마움과 떨떠름함의 중간 정도의 기분으로 감사를 표했다.

스바루는 그것 또한 람 측이 던진 견제라고 느꼈다. 동시에 람은 이 대화에 공정히 관계되어 감정적으로 렘 편을 들 작정은 없다는, 그런 제시라는 것도.

"언니는, 너무 다정하세요……인가."

렘이 이따금 입에 담던 평가를 되새기는 스바루의 중얼거림이 들렸는지 말았는지, 람은 아무 말도 하지 않고 콧방귀를 뀌고 가만히 지켜보겠다는 뜻을 태도로 드러냈다.

그 옆에서 왠지 어정쩡하게 있던 탄자도 검은 눈으로 스바루를 바라보더니 말했다.

"람 님과 똑같이 저도 슈바르츠 님 편을 들지는 않겠어요. 사정도 판단하지 못하겠으니 아군이라는 생각으로 두신 거라면 오해하지 말아 주시길 부탁드리겠습니다."

"알아. 탄자는 나에게 엄하지. 편들어 달라는 생각은 안 해."

"＿＿＿＿."

"어라? 왠지 살짝 언짢아졌어? 왜?"

람을 따라서 공평한 입회인이라고 선언한 탄자의 표정이 살짝 뚱해졌다.

표정 변화가 적은 탄자가 종종 보이는, 수수께끼의 얼굴이다. 세실스의 막 나가는 언동이나 히아인이 쓸데없는 소리를 할 때도 보지만, 스바루에게 보여주는 패턴이 가장 많다.

어쨌든 두 입회인의 의사표명이 끝나자 스바루는 새삼 본론으로 들어가서——.

"루이, 지금부터 중요한 얘기를 하겠어. 너에 관한, 내 속내를 숨김없이 다. 도망치지 말고, 들어 주겠어?"

"아—우!"

"그래. 착하네. 고맙다."

한순간의 망설임 후, 루이가 힘차게 끄덕였다.

그 반응으로도 루이가 제대로 주위 이야기를 이해하고 있다는 게 전해진다. 렘의 연청색 눈이 그런 루이의 옆얼굴에서 자신이 기대하는 감정을 애타게 찾았다.

　조금이라도 루이가 싫어하는 티를 내기를. 그러나 그 감정은 찾을 수 없었다.

　"렘도 루이도 알고 있을 거야. 내가 처음부터 줄곧 루이를 경계하고, 멀리하고…… 싫어했다는 것을. 내가 렘에게 괜히 의심받은 것도 그게 가장 큰 원인이었으니 말이지. 어떻게든 둘을 떼어놓으려다가 손가락까지 부러뜨렸던가."

　"그때 일은…… 저도, 너무 심했어요."

　"괜찮아. 지금에 와선 그것도 나랑 렘의 좋은 추억이야."

　"네?"

　스바루가 왼손 손가락을 접으며 대답하자 렘이 제정신인지 의심하는 표정을 지었다.

　렘만이 아니라 람과 탄자도 같은 표정을 짓는 바람에 손가락이 부러진 이야기를 하는데 마음이 부러질 지경이라 그 전에 "아무튼." 하고 화제를 바꾸었다.

　"나는 아득바득 루이를 경계하고 있었어. 그런 나를 렘이 아득바득 의심했고. 루이가 어떤 기분이었는지 알 수 없지만 따끔따끔한 분위기는 느꼈어, 지?"

　"우—?"

　"한 번 헤어졌다가 슈드라크 사람들과 같이 합류한 후에도, 과랄에서 한 번 도망쳤을 때도, 그 후의 과랄 공략전 전후에도 내내 그랬지."

그래서 더더욱 스바루와 렘 사이에는 메우기 어려운 도랑이 커져 나갔다.

루이의 존재가 렘과의 관계가 악화된 원인이라며, 증오한 적도 한두 번이 아니다.

그런 루이에 대한 악감정도 렘과 따로 행동하게 되어 마도 카오스프레임에 가고, 거기서 겪은 일을 통해 변하게 되었다. 렘을 경유하지 않고 루이와 함께 지내는 동안, 그녀가 열심히 스바루를 지키려고 하니 서서히 인정할 수밖에 없어졌다.

그래서 마도에서 헤어진 후, 제도에서 베아트리스와 재회한 순간에도 루이가 있다는 사실에 솔직하게 기뻐했다. 이미 맨 처음에 느꼈던 악감정은 어디에도 없었다.

"그대로 어영부영 깊이 생각하지 않을 수 있었으면 정말 편하긴 했을 거야. 하지만 그러긴 무리지. 상처와 똑같은 거야. 내버려 둬도 낫는 상처가 있으면, 내버려 두면 점점 악화하는 상처도 있어. 이건 내버려 두면 안 되는 상처고."

상처를 고치려면 치료해야 한다.

그리고 치료는 마법이나 약에 의존하는 것뿐만 아니라 때로는 대담한 방법을 쓸 때도 있다.

이것 또한 그래야 하는 부류의 상처다.

그렇기에——.

"지금까지 난 한 번도 말하지 않았지. 어째서 내가, 루이, 너를 싫어했었는지를."

"우아우……."

스바루는 가만히 그 파란 눈을 보고 심정을 토로했다.

스바루의 진지한 눈빛과 목소리에 응답하듯 루이도 눈을 피하지 않았다. 소녀에게는 무슨 말을 듣더라도 받아들이겠다는, 그런 각오가 있었다.

그 대신에──.

"하지 마세요……."

렘이 입술을 깨물고 떨리는 목소리로 그리 말했다.

루이의 손을 잡은 채로 마치 애원하듯이 떨리는 목소리로 말했다. ──아니, 그게 아니었다. 그런 게 아니다. 손을 잡히는 쪽은 루이가 아니었다.

렘이다. 렘이, 루이에게 손을 잡혀 있다는 걸 알 수 있었다.

"듣고 싶지, 않아요. 당신이 루이를 싫어하던 이유는, 그런 건 아무래도 좋아요. 그냥 당신이 매정한 거라고 치면 되잖아요."

렘이 싫다고 힘없이 고개를 가로저으며 스바루의 말을 거절했다.

그런 렘의 마음을 존중해 주고 싶다. 렘의 희망이라면 뭐든지 들어주고 싶다.

"미안. 이 일은 너라도 귀를 막게 둘 수 없어."

하지만 그러면 안 되었다.

렘의 그 희망을 들어줄 수도, 존중해 줄 수도 없었다.

렘에게 남겨진 선택지는 이 방에서 뛰쳐나가 듣지 않는 것. 렘 자신이 진심으로 그러길 바란다면 스바루도 막을 권리가 없다.

그러나 렘도 알고 있다. 여기서 스바루의 말을 듣지 않는 건, 자신에게서 누락된 '기억'을 등지는 행위이며——.

"＿＿＿＿．"

말없이 자신을 지켜보는 람의 마음을 배신하는 행위라는 사실을.

"그래도, 싫어요……. 듣고 싶지, 않아……."

렘은 눈을 꼭 감고 이를 악물고서, 여기서 도망치는 쪽을 택하지 않았다.

그러나 스바루가 앞으로 할 말에는 강하게, 아주 강하게 거부감을 호소했다.

그 말에 가슴이 먹먹해지면서도, 스바루 또한 루이에게서 눈을 떼지 않았다.

"우아우."

루이의 입술이 움직이고, 그렇게, 말이 되지 못하는 목소리를 발음했다.

그것이, '스바루'라고 자기 이름을 부르는 것임을 잘 알았다.

아니까.

"루이, 내가 너를 싫어하고…… 증오하던 이유는."

"하지 마요……!"

"네가 렘의 '기억'을 빼앗은 장본인, 『폭식』의 대죄주교이기 때문이야."

——아니까, 스바루도 그에 응답해야만 했다.

6

끝까지 말했다. 말하지 않고 방치했던 말을, 마침내.

비밀을 털어놓았다는 감흥도, 얄미운 상대를 규탄할 때의 속 시원한 감각도 일절 없었다.

있었던 것은, 가슴에 담아 두던 것을 밝히고서도 무게와 괴로움을 더한 고뇌.

그리고 그것은 이어지는 그 뒤의 전개로 더욱 가속화했다.

"와아아아악——!!"

목청을 높여 소리치고, 얼굴이 엉망진창으로 일그러진 렘이 손을 뻗는다.

엄청난 힘이었다. 렘의 손이 스바루의 멱살을 잡아 자빠뜨리고, 쓰러진 몸 위에 올라탔다.

렘의 힘이라면 언제든지 이렇게 스바루의 입을 막는 것은 간단했을 것이다. 그런데도 렘은 결정적인 한마디가 나올 때까지 그러지 않았다.

"어째서…… 어째서예요…….."

그리고 지금, 목소리를 떨며 숨이 닿을 정도의 거리에서 스바루의 얼굴을 노려보면서도 역시 렘은 완력으로 스바루의 입을 막으려 하지는 않았다.

감정을 폭발하게 하는 마지막 일선에서도, 렘은 이성적이고자 했다.

"————."

그런 렘의 뜨거운 숨결을 얼굴에 느끼는 가운데, 스바루는 손을 뻗어 다른 사람들을 제지했다.

스바루가 나자빠진 순간, 반사적으로 탄자가 스바루를 지키기 위해서 움직이려고 했다. 그런 탄자의 팔을 람이 잡아 멈추게 한 모습이 시야 끝자락에 보였기에.

스바루도 그러면 된다고 두 사람에게 호소하고 눈앞의 렘을 바라보았다.

렘의 연청색 눈에서 눈물이 뚝뚝 스바루의 뺨으로 떨어졌다.

분노도 슬픔도 아닌, 애간장이 끓는 마음이 서린 눈. 마지막 한 가닥의 이성을 지킬 수 있던 이유. 그것이 눈물에 담겨 있다.

그것은———.

"당신이 말하지 않아도, 저 역시 알고 있었어요……. 루이가, 제가 떠올리지 못하는 '기억' 과 관계가 있다는 것은, 알고 있었다고요……!"

"렘……."

"그야, 그것밖에 이유가 없잖아요. 당신이 그렇게나 루이를 못마땅하게 여기고 몇 번이고 몇 번이고 제게서 떼어놓으려는 이유라곤, 루이 옆에 있으면 제가 위험하다는, 그 이유밖에, 없잖아요……."

한숨도, 목소리도, 그 눈도, 전부 가냘프게 떨며 렘이 제 마음을 토로했다.

당연한, 마음의 외침이었다. 잃어버린 '기억' 의 당사자인 렘 자신이 누구보다 자신의 '기억' 이 어디에 있는지 애태우며 늘

고민했을 것이다.

그렇게 고민하다 보면, 그 답에 다다르는 것은 당연했다.

"눈치챘다고요……. 제가, 바보인 줄 알았어요? 바보일지도 모르죠. 아무것도 모르는 바보 같은 여자예요. 당신에 대해서도 아무것도 몰라! 알고 싶지도 않아! 그런데도 성큼성큼 쳐들어와서……진짜 싫어요, 당신 따위!"

"――――."

"당신 따위, 루이와 비교도 안 돼요. 루이는 줄곧 저랑 같이 있어 주고, 저를 아껴 주고…… 그, 루이가, 저의……."

그치지 않고 흘러넘치는 눈물이 스바루의 뺨을 때리는 것만이 아니라 렘 자신의 마음을 위장하려고 든다.

알고 있는데도, 알지 못하기를 바라려 든다.

"전부, 전부 뭔가 착각이고…… 전부, 당신의 거짓말이고……."

"렘."

"아."

숨을 내쉬는 렘의 눈에서 방울진 눈물이 뚝 떨어지고, 뿌예진 시야가 살짝 맑아졌다. 그 시야에는 자빠진 채로 두 손을 살며시 렘의 얼굴에 얹은 스바루가 있었다.

검은 눈과 파란 눈이 교차하고, 눈물로 흠뻑 젖은 사랑스러운 얼굴에 스바루가 고했다.

"거짓말이 아니야. 렘이 하던 생각은 다 맞고, 루이는 우리의 적이었어."

"저, 적이라니, 뭔가요. 저의, 저의 '기억'을 어떻게 했기 때문인가요? 그렇다면…… 그렇다면!"

머리를 세게 내저은 렘은 스바루의 손을 떼더니 몸을 일으켰다. 그녀는 처음 위치에 가만 서 있는 루이를 돌아보고 말했다.

"그렇다면 제가…… 제가 루이를 용서하겠어요. 제가 용서할 거니까 그냥 상관없잖아요. 봐요, 그걸로 전부 해결되잖아요……."

"아니, 안 돼. 그래선 아무것도 해결되지 않아."

"어째서요!!"

"내가, 네게 고통스럽게 한 루이를 절대로 용서하지 않기 때문이야."

흐느끼면서 루이를 용서하겠다고 말하는 렘에게 스바루가 단언했다.

눈을 크게 뜨고 숨을 훅 뱉은 렘의 몸에서 힘이 빠졌다. 그런 렘의 몸을 부축하듯 몸을 일으킨 스바루는 바로 앞에서 마주 보며 계속 말했다.

"나만이 아니야. 람도, 다른 사람들도, 렘을 소중하게 여기고 있는 모두가 루이를 용서하지 않아. 네가 루이를 용서한다고 아무리 말해도."

"그런, 건……."

"그리고 말이야, 렘…… 루이가 저지른 짓은 네 문제만이 아니야. 더, 더 많은, 수많은 사람이 루이가 한 짓으로 『폭식』의 죄에 고통받고 있어."

설령 렘이 정말로 루이를 용서하더라도, 감정에 휩쓸린 게 아닌 진심 어린 자비로 용서하더라도, 이 세계에는 더 많은, 루이를 용서할 수 없는 많은 '렘'이 있다.

　그 사람들이 구원받지 않는 한, 렘의 필사적인 호소가 결실을 볼 일은 없다.

　"더, 많은……?"

　"그래. 터무니없을 정도로 많은 사람이 괴로워하고 있어."

　"그럼…… 그럼 어떻게 할 수도 없잖아요."

　"＿＿＿＿."

　"처음부터 어떻게 되지도 않는, 그런 문제잖아요. 어떻게 할 수도 없다는 사실을 전해서…… 그게, 그게 당신이 말하는 결판이에요?"

　입술을 파들파들 떠는 렘의 눈에서 또다시 굵은 눈물이 흐른다.

　어쩌면 렘은 자신의 '기억'보다 루이 때문에 더 괴로워하며 눈물을 흘리는 걸지도 모른다.

　자신의 '기억' 따위 상관없으니까 루이를 구하고 싶다고, 구해 달라고, 그렇게 감정적이 되어서 렘은 입술을 떨었다. 눈물을 흘렸다.

　"미안해. 어처구니가 없지."

　"사과하지, 말아 주세요."

　"그래도 미안해. 렘에게 계속 힘들고 괴로운 말밖에 할 수 없어서."

　"그러니까 사과하지 말아 주세요……! 저는, 듣고 싶지 않아요……!"

"미안, 그래도 들어 줘."

"그러니까……!"

"나는, 포기하고 싶지 않아. 루이를, 용서하지 못하는 채로 있고 싶지 않아."

"——."

렘의 목에서 쌕 하는 숨소리가 새고, 눈을 부릅떴다.

렘의 정면에서 스바루는 크게 심호흡하고 입술을 핥았다. 글자 하나 단어 하나, 자기 생각을 오해받지 않고, 똑바로 알려주고 싶은 아이들에게 전하듯이.

"나도 렘과 똑같아. 루이를 용서하고 싶어. 루이를 용서하지 못하는 채로 있고 싶지 않아. 하지만 무리야. 왜냐면 나는, 렘이 소중하니까."

"으."

"그러니까 그런 렘에게 심한 짓을 하고, 렘의 '기억' 을 빼앗고, 지금도 렘을 이렇게 괴롭히고 있는 루이를 용서해 줄 수가 없어."

스바루는 살며시 손을 뻗어 렘의 뺨에 흐르는 눈물을 손가락으로 닦았다.

렘은 그 손가락을 예전 그때처럼 부러뜨리지 않았다. 거부하지 않은 증거라고 믿겠다.

"모두에게도 실컷 들었어. 바보 같은 말 하지 마라, 생각하지 마라, 엄청 혼났지. 아마 오토는 지금도 루이가 죽어야 일이 원만히 수습될 거라고 생각할 거야."

하지만 그것이 분명히 자연스러운 발상이다. 모두가 마음으로 이해하고 있는 그것을 스바루도 머리로는 알고 있다. 그렇기 때문에 강한 반대에 직면했다.

그렇지만——.

"율리우스에게 들었어. 그 녀석, 엄청난 녀석이야. 오히려 바보일지도 모르고. 그 녀석도 렘과 막상막하인 피해자인데 그런 소리가 보통 나오냐고. 바보지."

"————."

"현명한 녀석에게도, 바보 같은 녀석에게도 이런저런 말을 들어서…… 멋있는 녀석에게도, 자상한 아이에게도, 대단한 사람에게도 많은 말을 듣고, 생각했어. 잔뜩 생각하다가, 결심했어. 내 타협점."

"타협, 점……."

"나는, 루이를 믿고 싶어. 용서하고 싶어. 하지만 지금 당장은 용서해 줄 수 없어."

그렇게 자기 생각을 입에 올리는 스바루의 뇌리에 어느 남자에게 들은 말이 스쳤다.

'자기 입맛대로 휙휙 남의 생사를 결정하는 놈하고 어울릴 수가 있겠냐.'

공존할 수 없던 남자에게 들은 말이 나츠키 스바루의 영혼을 아프게 할퀴었다.

그 말은 옳을 것이다. 제일 신용할 수 없는 것은 스바루 자신의 마음이다.

그런데도 누구에게 양보할 수도 없는 이 마음과 타협을 짓고, 살아나간다.

　정붙이기 쉬우며 금세 손바닥을 뒤집는 여리고 한심한 영혼과, 타협을 지어서.

　"아."

　스바루의 말에 놀라고 움직이지 못하던 렘을 꼭 껴안았다.

　주저앉은 렘의 몸 아래에 깔려 있던 다리를 빼고, 머리를 배에 안듯이 꼭. 스바루가 진심으로, 렘을 소중히 여기고 있다는 사실이 전해졌으면 해서.

　그 뒤에——.

　"우아우."

　그 목소리가 불러서, 스바루는 루이를 보았다.

　렘이 손을 떼서 그 자리에 우두커니 서 있던 루이는 자기 차례가 왔음을 알고서 스바루를 불렀다.

　"우……."

　불안하게 서 있는 루이. 그 모습에 스바루에게 안겨 있던 렘이 "아." 하는 소리를 흘리고 허둥지둥 일어섰다. 그리고 루이를 정면으로 껴안고 사과했다.

　"미, 미안해요, 루이……. 우리끼리, 맘대로……."

　"아우, 우아우, 아——아우."

　"미안, 해요……."

　힘없이 사과한 렘이 자기 얼굴을 소매로 닦고 루이 옆에 섰다.

　다시 루이의 손을 꼭 잡고, 그러나 기대는 것은 아닌 표정으로.

그렇게 렘의 마음을 움직인 루이에게 또 살짝 질투했다가, 그를 감안하고 물었다.

"루이, 아직도 내가 되고 싶냐?"

"우……?"

"무슨, 말을 하는 거죠……?"

스바루의 질문, 그 의미를 알 수 없었는지 둘이 나란히 갸우뚱했다.

그렇다. 둘이 갸우뚱했다. 렘만이 아니라 루이 또한. ── '루이', 또한.

"아까 렘에게 말한 대로야. 설령 렘이 용서해도 나는 루이를 용서하지 않아. 『폭식』의 피해를 입은, 다른 많은 사람들도 루이를 용서하지 않을 거야. 하지만."

"하지만……?"

"하지만 루이, 나는 너를 용서하고 싶어. 용서할 수 있으면 그러고 싶어. 그러니까 말해 줘."

스바루는 목소리가 떨리지 않게 단단히 의식하며 루이를 곧게 바라보았다.

렘이 루이의 손을 꼭 쥐고, 루이도 그 손을 마주 쥐는 모습을 보았다. 그것이 두 사람이 맺은 관계의 답이기를 소망하며.

"너는, 대죄주교야? 아니면, 가능성이야?"

"───."

"실컷 들은 소리야. 나도 그렇게 생각하고 있어. 이 세계는 대죄주교를 용서하지 않고, 용서해서는 안 돼. 『폭식』의 대죄주교. 루이 아르네브는 용서받아서는 안 될 존재야.”

“＿＿＿＿＿.”

“하지만 너는 나를 도와주었지. 몇 번이고 몇 번이고 감싸 주었어. 자신이, 내가 되고 싶어했던 것도 몰라. 내가 알고 있는 루이 아르네브하고는 전혀 달라. 그런데도 『폭식』의 권능을 쓸 수 있고. 마녀인자는 가지고 있어.”

그것이 스바루가 여태까지 함께 지낸 ‘루이’에게 느낀 인상의 전부다.

『기억의 회랑』에서 맞닥뜨린 대죄주교, 루이 아르네브와 같은 외모를 가졌으면서, 그녀와 같은 권능을 가지고 있음에도 불구하고 같은 인물이라고는 여길 수 없는 태도.

그것은 언젠가의 ‘나츠키 스바루’처럼, 지금 이러고 있는 ‘렘’처럼.

같으면서도 다른 이.

같다는 것도, 다르다는 것도, 자기 의사로 선택할 수 있는 이.

그런 ‘루이’에게 묻고 싶다.

“너는, 이 세계의 모두에게 용서받을 수 없는 대죄주교야? 아니면 대죄주교가 빼앗아간 것을 되찾을 수 있을지도 모르는, 가능성이야?”

“아, 우으……..”

“너는…… 너는, 새로이 살 수 있어?”

만약, 만약 말이다. ──만약에, ‘루이’가 처한 상황이, ‘나츠키 스바루’나 ‘렘’하고 동일하다면, 그것은 몹시 잔혹하고 부조리한 질문이었다.

기억도, 짚이는 바도 없는, 자기가 아닌 자기가 진 빚이 짓누르는 고통을 스바루는 잘 알고 있다. 렘도 알고 있다.

그리고 그것과 같은 것을 이렇게 루이에게도 다시 뒤집어씌우려는 참이다.

그렇지만——.

"그럴 수 있으면, 그걸 바란다면, 내 손을 잡아 줘."

말하면서 스바루는 천천히 손을 루이에게 내밀었다.

루이의 눈이 스바루의 얼굴과, 내민 손을 오갔다. 렘도 짧게 숨을 들이마셨다.

"루이, 많은 사람이 나와 비슷하게 너를 저주하고 있어. 내가 그 사람들 모두의 마음을 대변하기란 불가능해. 하지만, 딱 하나."

"————."

"네가 어떻게 해야 모두에게 용서받을지 나는 알 수 없어. 단지…… 단지, 내가 너를 용서하기 위해서 필요한 것은, 가르쳐 줄 수 있어."

여기에 오기 전에, 이 시간을 허락받기 전에, 에밀리아가 말해 주었다.

에밀리아는 스바루가 가르쳐 주었다고 말했었지만, 당치도 않다. 스바루는 언제나 모두에게 배우기만 할 뿐이다.

자기 마음을 해결하는 방법조차, 남에게 배우지 않으면 알지 못했다.

"루이, 사람을 많이 구해."

"————."

"지금, 너는 부조리한 상황에 처해 있어. 자기에게는 기억이 없는 일로 터무니없이 부조리한 십자가를 짊어져야 하는 처지일지도 모른다는 건 알아. 그렇다 해도."

크게 숨을 들이마시고, 흔들리지 않는 눈동자로 루이를 보며 전했다.

"사람을 많이 구하는 거야."

"————."

"구하고 구하고, 계속 구해서, 빼앗은 것보다 더 많이 구하다 보면…… 적어도 나는, 나만은 네 편을 들어줄 수 있어."

——저지른 짓은, 절대로 없어지지 않는다.

그것은 아나스타시아가 이전에, 그리고 직전에도 스바루를 얼어붙게 만든 발언이었다.

스바루의 『사망귀환』조차도 결코 뒤집을 수 없는 것이 있음을 가르친, 스바루에게는 트라우마나 다름없는 충고. 지금은 그렇게 생각할 수 있는 말이었다.

그러나 아나스타시아는 이 발언을 할 때 덩달아 이렇게도 말했었다.

"자신이 바르다고 믿게 하고 싶으면, 상응하는 것을 보여주어야 해. 평가를 바꾸려면 다른 평가로 뒤집을 수밖에 없어."

그것이야말로 스바루의 트라우마가 된 충고의, 가장 중요한 부분이다.

스바루가 지금 이렇게 루이에게 손을 내밀고 있는 것도, 루이의 행동이 스바루가 품고 있던 악감정을 뒤집었기 때문이다.

　그렇게 스바루에게 일어난 마음의 변화를 『폭식』의 피해를 본 모든 사람들에게 일으킨다.

　그것이――.

　"그것이, 내가 너에게 준비해 줄 수 있는 '제로부터' 야."

　0(제로)는커녕 세계 규모로, 마이너스부터 시작해야만 한다.

　까마득한, 아득한, 원대하고 황당무계한 난제와 해낼 수 있다고 누가 믿을 수 있을까 싶은 과대망상 같은 논리.

　하지만 그것이 스바루가 준비해 줄 수 있는 최선이었다.

　그리고 까마득한, 아득한, 원대하고 황당무계한 난제와 해낼 수 있다고 누가 믿을 수 있을까 싶은 과대망상 같은 논리라면 스바루는 도와줄 수 있다.

　다름 아닌 나츠키 스바루가 과거에 그 도움을 받은 것과 똑같이.

　손을 내민 채로 스바루는 가만히 답이 나오기를 기다렸다.

　재촉하지도 않는다. 영원히 기다리지도 않는다. 필요한 시간을, 필요한 만큼 들여서, 필요한 답이 나오기를 가만히 기다린다.

　"저는…… 모르겠어요."

　그 정적 속에서, 침묵하는 스바루와 루이 옆에 있던 렘이 중얼거렸다.

　한순간, 스바루의 제안을 받아들일 수 없다는 의미로도 들린 발언이었다. 그러나 렘은 그런 뜻이 아니라고 자신의 눈빛으로 설명했다.

"대죄주교라는 것도, 루이 아르네브라는 이름도, 전부."

"————."

"하지만 그 대죄주교라는 것도, 루이 아르네브라는 인간도, 이 세계에 있는 것이 용납되지 않는다면…… 이 아이는, 뭐가 되는 건가요?"

목소리는, 떨리고 있었다. 하지만 그 연청색 눈에 눈물은 고여 있지 않았다.

젖어서 뿌예진 시야로는 자신이 원하는 답도, 상대가 제시한 답도 잘 보이지 않는다고 호소하듯이, 렘의 눈은 똑발랐다.

대죄주교도, 루이 아르네브도 아닌 쪽을 선택하면, 무엇이 되는가.

'루이' 로서 많은 부조리를 짊어지고 그 너머에 있을지 없을지도 알 수 없는 용서를 갈구하는 길을 걷는다. ——그런 소녀가, 어떤 사람이 되는가.

그 물음에 스바루가 돌려줄 수 있는 말은——.

"스피카."

"네……?"

"새로운 삶과 새로운 자신을 다시 살아가는 그 아이에게, 나는 이 이름을 선사할 거야."

렘의 눈이 크게 뜨이고, 루이 또한 그 눈을 크게 떴다.

여태까지와 다른 삶을 선택하고 앞으로는 전혀 다른 미래를 목표로 하겠다면, 스바루는 자신이 할 수 있는 것을 전부 해줄 작정이다.

누구도 대죄주교를 용서하지 않는 세계에서, 누구도 루이 아르네브를 용서하지 않는 세계에서, 그럼에도 눈앞의 소녀를 용서하고 싶다고 진심으로 생각하니까.

스바루가 소녀를 용서할 수 있듯이, 용서받을 수 있는 누군가가 되어 주길 바라니까——.

"스피카……."

아연히, 멍한 와중에 그 이름을 입에 담은 렘의 시선이 옆을 보았다.

소녀는 가만히 스바루를 바라보고 있었다. 스바루도 눈을 피하지 않고 소녀를 보고 있었다.

그렇게 되었으면 좋겠다는, 그런 소원은 있다.

하지만 그것을 입에 담으면 소녀는 꼭 그렇게 되고 말 테니까. 자신의 소원이 아니라 스바루의 소원을 존중하고 말 테니까 말하지 않는다.

누군가를 위해서가 아니라 자신을 위해서 골라주길 바라기에.

자신이 걷고 걸어 계속 걸어서, 걸은 끝에 그 길을 뒤돌아보았을 때, 자신이 선택해 걸어온 길이라고 여길 수 있기를 바라기에.

"우아우."

소녀의 얇은 입술이 움직였다. 스바루의 이름이 부드럽게 불렸다.

스바루는 가만히 잠자코 기다렸다. 재촉하고 싶지도 않다. 영원히 기다리지도 않는다. 필요한 시간을 들여서, 필요한 것을 선택한 답을 듣고 싶어서.

그렇게 자신을 필사적으로 억누르는 스바루의 모습에 소녀의 표정이 변했다.

"아우우아우."

느릿하게 부드럽게 흘러나오는 말과 떠오른 미소.

그리고 파란 눈에서, 그 눈꼬리에서 눈물이 흘러 떨어지고 소녀의 손이 내민 스바루의 손을 살며시 잡았다.

스바루는 그 가녀리고 부드러운 감촉을 받아들이며 눈을 꼭 감았다.

대죄주교도, 루이 아르네브도 아닌 새로운 삶.

대죄주교이며 루이 아르네브였다는, 씻어낼 수 없는 과거.

그것을 떠안고 가시밭길을 걷게 된 소녀——'스피카'의 손을, 꼬옥 세게, 놓치지 않도록 움켜쥐고서.

"나는, 언젠가 너를 용서하고 싶어. 그러니까 같이 힘내자."

"아우!"

스피카가 눈물 어린 얼굴로 하얀 이를 보이며 씩 웃었다.

웃는 스피카의 얼굴을 옆에서 보던 렘의 감정이 부풀어 오르다가, 터졌다.

"으……."

그때까지 이상으로, 뜨겁고 많은 눈물을 흘린 렘이 스피카를 껴안았다.

껴안고, 끌어안고, 엉엉 소리 내며 렘이 울었다. 그런 렘에 영향을 받아서, 안기는 바람에 놀란 스피카의 표정이 흐려지다가 와락 일그러지고.

"아아아아우!"

스피카 또한 큰 소리로 얼굴을 구깃구깃 무너뜨리며 그 또래다운 모습으로, 그 또래라고는 말할 수 없는 숙명을 짊어진 채로 울기 시작했다.

이 세계에 새롭게 태어난 존재가, 누구나 그러하듯이.

소녀들은 처음으로 울음소리를 터뜨린 갓난아기처럼 엉엉 울었다. 계속 울었다.

──스바루도 조금 울었다.

제5장 『죽어 가는 이의 소원』

1

"스피카라."

흐느끼는 두 사람. 렘과, 이전까지 루이였던 소녀를 바라보며 중얼거린 말소리.

눈물 고인 눈을 손등으로 훔치고 돌아본 스바루는 말한 상대, 람을 쳐다보았다. 그녀는 평소처럼 침착한 표정으로 탁자에 턱을 괸 채 긴 다리를 꼬고 앉아 있었다.

그녀는 갸웃거리더니 연홍색 눈을 가늘게 뜨고 스바루를 바라보았다.

"유래는?"

"별의 이름이야. 내 고향에서, 말이지만."

"그래. 바루스답지 않게 시인인걸. 하지만 알고는 있어?"

눈을 가늘게 뜬 채로 람의 시선이 얼싸안은 두 사람 쪽을 돌아보았다.

그것만으로도 람이 무슨 말을 하고 있는지는 스바루에게도 전해졌다.

그것은 당연하지만 이 객실에 오기 전에도 실컷 주고받은 논의.

"큰 목적을 위한 것이라고는 해도 대죄주교를 이용하겠다는 게 어떤 일인지, 제대로 알고 있는 거야?"

"물론 고려했어. 제대로 알고 있다고, 뻐기듯이 말할 수는 없지만……."

"그럼, 그만둬."

"큭."

차갑고 딱딱한 말이 날아와서 스바루의 목이 작게 신음했다.

그러나 람은 스바루가 느낀 아픔을 헤아려 주지 않는 눈으로 한 번 더 거듭했다.

"제대로 알고 있지 않다면 그만둬. ——이 눈과 마주 본다는 것의 의미를."

그렇게 말하면서 람은 턱을 괴고 있던 손을 뻗어 옆의 가녀린 어깨를 만졌다.

람 옆에서 세 사람의 대화를 같이 보고 있던 탄자의 어깨였다. 스바루에게 입회인으로 지명되어 모든 광경을 지켜보던 그녀는 검은자위가 큰 눈을 일렁이며 말했다.

"슈바르츠 님의 마음은, 잘 알고 있어요. 기눈하이브에서도, 그 후의 여정에서도 많은 억지를 밀어붙여 오셨으니까요. 하지만……."

"————."

"하지만 전 세실스 님조차 데려가시던 슈바르츠 님이라도, 대죄주교를 데려가서는 안 된다는 생각을 하지 않을 수 없어요."

탄자는 도중까지 흔들리던 눈빛을 의연히 바로잡고 스바루를 바라보며 말했다.

듣기 좋은 말을 골라 가며 아첨하지 않고, 솔직한 자기 생각을 주장한다. 어려도 똑 부러지는 탄자의 의견은, 그만큼 스바루의 마음에도 스며들었다.

"그렇지, 내가 바보였어."

탄자의 말에 새삼 람의 말이 띤 진리를 통감했다.

그리고 그것이 나츠키 스바루가 선택하겠다고 결심한 행동의, 잘못된 무게다.

"제대로 알고 있어. 실컷 들은 말이니까 전부 짊어질 거야."

"그래. 말해 두겠지만, 바루스나 렘이 뭐라고 말하든 람은 용서 못 해."

"으…… 언니."

"안 돼, 렘. 네 고운 마음씨는 언니로서 자랑스럽게 생각하지만, 그거랑 이건 별개야."

스피카를 꼭 안고 눈물짓는 렘의 눈빛에 람이 고개를 가로저었다. 자신의 반신을 빼앗긴 『폭식』의 피해자라는 사실을 결코 양보하지 않는다.

람은 날카로운 연홍색 눈에서 일절 힘을 빼지 않고 스피카를 조용히 응시하며 말했다.

"용서받고 싶다는, 그런 소원의 입구에조차 아직 서지 못 했어. 람이 지금도 그 애를…… 스피카를 갈가리 찢지 않는 것은, '기억'의 문제, 그게 다야."

"'기억'을 되돌리는 방법을 모르는 지금, 스피카에게 무슨 일이 생기면······."

"만에 하나라도 렘의 '기억'이 돌아오지 않는 일이 있어서는 안 돼. 렘은 '기억'이 돌아오지 않아도 좋다고 말했지만, 람은 거부할 거야. 렘 자신도 람을, 그리고 람도 렘을 얼마나 사랑했었는지를 떠올리게 해 줘야겠어."

차갑게 사랑을 되찾겠다고 선언하는 람. 그 결론은 이전에 했던 말과 똑같다.

플레아데스 감시탑에서 라이 바텐카이토스가 사망하고 로이 알파르드의 신병을 확보했을 때, 로이는 『폭식』의 피해자를 구원할 수 있을 가능성으로서 목숨을 빼앗기지 않았다.

"그때와 다른 것은, 그쪽 대죄주교와 비교하면 협조적이라는 점 정도지."

"람······."

"그 표정 집어치워. 알겠어? 용서받고 싶으면 속죄가 먼저야. 그게 도리라는 거잖아. 어차피 이것도 이미 들었겠지만."

"그렇긴 해."

람의 말에 끄덕인 스바루는 작은 주먹을 자신의 가슴에 댔다.

그 말마따나 지금 스피카에게 용납된 것은 관대한 집행유예다. 그녀에게 관련된 사람이 그 행위와 유용성을 이유로 그 형벌의 집행유예 기간을 연장하고 있다.

스바루는 고쳐 살 결의의 계기가 될 이름과 더 많은 사람들이 보류 기간의 연장에 동의하도록 돕는 일밖에 할 수 없다.

"우선은 스피카…… 너, 권능의 힘으로 렘의 '기억'과 '이름'을 슥삭 돌려주지는 못 해?"

"우우, 아우……."

"역시나, 그건 너무 편한 생각인가……."

얼싸안은 렘의 어깨 너머로 스피카가 미안하다는 듯이 고개를 가로저었다.

스피카는 자기 두 손을 벌렸다 오므렸다 하고 있지만, 권능을 자유로이 다루어 『폭식』들이 모은 '기억' 및 '이름'을 반환하는 길은 쉽지 않을 듯하다.

"정말로, 루이…… 아니, 스피카가 할 수 있는 건가요? 저나 다른 사람들의 사라진 '기억'을 되돌리는 게."

"적어도 가장 가능성이 있는 게 스피카이고, 그럴 수 있다는 게 최소 조건이야. 그것 자체는 이미 『별점쟁이』의 얘기와 별개."

렘도 불안해하고 있지만 할 수 있게 되어야만 한다.

그것이 스피카가 '루이'의 십자가를 지고 걸어가기 위해서 필요한 전제다.

그것을 위해 스피카는 『폭식』의 권능을 능숙히 사용하여——.

"_____."

"——? 저기?"

한순간의, 찰나의 불안이 말을 차단해 렘의 눈이 흔들렸다.

람이 제시해 준 관대함을 받아내기 위해서 필요한 조건. 그것을 위해서 클리어해야 하는 수단임을 알아도 권능의 존재는 두렵다.

용서받지 못할 대죄주교가 되지 않기 위해서, 대죄주교가 사용하는 권능을 거듭 사용하다가 스피카라는 삶이 또다시 『루이 아르네브』에 가까워질까 봐 드는 두려움이다.

　스피카를 살린다는 것은, 그 공포와 계속 싸운다는 뜻이다.

　그 사실을, 각오하고서——.

　"그걸 해 줘야겠어. 부탁하마, 스피카."

　"우! 아우아우!"

　파란 눈에 확고한 결의를 담은 스피카가 스바루의 말에 힘차게 끄덕였다.

　그런 스피카의 모습과 악랄한 『루이 아르네브』의 모습은, 생긴 것이 같아도 심성 부분에서 겹치지 않는다. 그것이 확실하게 믿을 수 있는 희망이었다.

　"탄자, 네 충고를 들어주지 못해서 미안해."

　"항상 있는 일이라며 제가 웃고 용서해 줄 거라고 생각하시나요……?"

　돌아보며 어조를 낮춘 스바루의 말에 탄자가 딱딱한 목소리로 대꾸했다. 그 대답에 스바루는 "아니." 하고 어깨를 으쓱였다.

　"생각 안 해. 왜냐면 너는 좀처럼 웃어 주지 않으니까."

　"그런 뜻이……."

　"잘 알고 있어. 그래도 유예를 줘."

　"그러라고 싶으시면, 분부하시면 되잖아요. 저 소녀의 힘이 볼라키아 제국을 위해, 나아가서는 요르나 님을 구하기 위해서 필요하기 때문이라고 분부하시면."

입술을 꾹 다문 탄자가 요르나를 핑계로 쓰면 납득할 수밖에 없다고 말하자 스바루는 고개를 가로저었다.

"그 치사한 방편으로 탄자를 시키는 대로 할 수는 있을지 몰라도, 그러긴 싫거든. 누구에게도 치사한 방법은 쓰고 싶지 않아. 너는 특별히 더 그러고 싶은 한 사람이고."

"그렇다면 슈바르츠 님께는 무리겠네요."

탄자는 자신의 가녀린 팔을 끌어안는 김에 스바루에게서 눈을 돌렸다.

그 몸짓에도 말에도, 비겁자라고 얼굴 맞대고 매도당한 기분이라 스바루는 길게 숨을 내뱉었다.

스바루가 하고 싶은 일은 늘 주위의, 스바루를 소중히 여기는 사람들을 상처 입히기만 할 뿐인 길이라서.

"그래서? 치사하고 비겁한 바루스는 밖에서 어떻게 잘 처신했어?"

그렇듯 스바루의 자조를 독선이 되지 않게 해주는 람의 마음씨에 쓴웃음 지었다. 그 말마따나 정말로 잘 처신했더라면 좋았을 텐데.

"별로 야무지게 못 했어. 잘할 수 있을 때까지 재시도하는 방법도 있었지만……."

예를 들어 검노고도에서 스바루는 주저하지 않고서 그럴 수 있었다.

잘못된 길로, 바라지 않는 관계로 진행되려 할 때, 그것을 만회하기 위한 방법으로 재도전한다는, 트라이&에러를 반복할 정도의 적극성이.

"하지만 모두와 재회한 지금은 하고 싶지가 않아."

말하면서 스바루는 입 안에 있는, 꽤 오랫동안 숨겨 둔 어금니 뒤의 약봉지──독봉지의 감촉이 없는 것을 확인했다. 또 그 방법에 의지할 일이 있다고 해도, 그것은 인간관계의 실수에서 눈을 돌리기 위함이어서는 안 된다.

그렇게 굳게 결심했기 때문에 더욱──.

"오토에게도 그렇게 세게 얻어맞은 거니까."

자신이 가는 길이 무엇에 희생을 강요하는지, 그것을 반복해서는 안 된다고 생각했다.

2

"오토 형, 고쳐줄 테니까 손 줘 봐."

그 말에 오토는 정면에 선 가필의 얼굴을 마주 보았다.

성격 거칠게 보이는 소년은, 외견과 정반대로 알맹이가 아주 섬세하다. 배려가 꼼꼼한 데다가 심성이 착해서, 실로 에밀리아 진영의 일원이라는 모양새였다.

그런 가필의 제의에 오토는 "아뇨." 하고 고개를 가로저었다.

"그렇게 걱정하지 않아도 괜찮아요. 그렇게까지 유난을 떨 일은……."

"안 어울리게 왜 그래."

"_____."

"낫지도 않은 손 덜렁거리며 중요한 싸움에 참가하는 게 형이
바라는 거냐고."

"그렇게 말하면 대꾸할 말이 없네요."

설득이 지당하다고 단념한 오토는 오른손——주먹이 검푸르
게 부은 손을 내밀었다.

애처롭게 부은 주먹은 지끈지끈 아프다. 아마 주먹 뼈가 부러
졌을 것이다. 그렇다기보다 그렇게 생각했더니 괜히 더 아파졌
다. 부러지지 않았어도 부러졌다.

"『마음 약한 돔스가 제일 먼저 죽는 법』이라는 느낌이구만."

"평소부터 마음 약한 사람이 전장에서 용쓰다가 하찮게 죽는
다는 의미였던가요."

"뭐, 오토 형은 마음 약하단 말과 완전히 인연이 없지만."

말하면서 가필이 부드럽게 잡은 손에 치유 마법을 걸었다.

옅은 빛에는 천천히 더운물에 데워지는 듯한 감각이 있으며,
불과 십여 초 만에 오토의 주먹에 서린 아픔이 누그러졌다.

"막 붙인 거라 약하니까 다음에 때릴 거면 왼손으로 부탁해."

"잘 쓰는 손까지 골절하긴 싫다고요. 다음에는 가필에게 부탁
하렵니다."

"이 어르신이 했다간 장난으로 못 넘어가지. 오토 형이니까 그
정도로 끝난 거거든?"

이를 딱 부딪친 가필이 고개를 돌려 객차의 벽 쪽으로 시선을
보냈다.

거기에는 가필의 말대로 살짝 패이고 균열이 간 벽의 흔적이 있

었다. 저렇게 만든 것이 오토의 주먹이며, 그 주먹의 높이가———.

"조그매진 대장의 머리 위치지."

"나츠키 씨는 작아져서 운이 좋았죠. 그 상태의 나츠키 씨를 쥐어 패면 어떻게 변명하든 제가 나쁜 놈 같으니까 말이에요."

"그거 맞는 말이네. 대장이 컸더라면 형 다음에 이 어르신도 한 방 먹였을 수도 있었을걸."

끅끅거리며 웃은 가필이 오토의 넉살을 받아주었다.

가필의 언동에 배려를 느낀 오토는 "아아, 진짜." 하고 막 치료를 받은 오른손으로 머리를 긁었다. 그 난폭한 행동에 손이 아직 아프지만 오히려 달갑다.

"안이하지만 아픔은 약이 되니까요. 뭐야, 역시 작든 말든 나츠키 씨를 패 둘 걸 그랬을까요."

"그럼 지금부터라도 같이 때려 주러 갈까?"

"싫어요. 지금 갔다간 보고 싶지 않은 것을 보게 될 건데."

오토의 대답에 가필은 "크릉……." 하는 신음과 말문이 막혔다.

그럴 생각은 없었는데 화풀이한 격이 되었다고 오토는 자기 언동을 반성했다. ——아니, 정말로 그럴 작정이 없긴 했을까.

가필은 결코 자신에게 대들지 않는다는 계산이 없지는 않았을까.

"기분이 좀 그러네……."

그렇게 중얼거린 오토는 또다시 오른손으로, 조금 세게 이마를 때렸다. 맞은 이마도, 때린 오른손도, 양쪽 다 뼈가 아픔을 호소하는 것을 약으로 삼아서.

——현재, 스바루는 람과 렘이 대기한 객실에서 '루이' 와 대치하고 있다.

거기서 주고받고 있을 대화는, 오토에게 진심으로 마뜩지 않으며 절대로 현장에 같이 있고 싶지 않다. 에밀리아와 베아트리스는 대화의 흐름 그 자체보다 그 대화를 하는 스바루 본인이 걱정되어 조마조마하게 결론을 기다리고 있을 것이다.

그런 둘과 같은 말은 가필에게도 할 수 있다. 가필의 경우, 걱정하는 상대는 오토이고 그 때문에 옆에 남아 준 것이라고.

"아픔의 효과가 별로인데……."

에밀리아 및 베아트리스와 가필, 양쪽 다 오토의 마음을 새콤한 기분에 젖게 한다.

『폭식』의 대죄주교, 루이 아르네브에 대한 오토의 의견은 어떻게 해서든 제거해야 한다는 한마디로 일관할 수 있다. 그래야 한다고 생각하며 강한 결심을 굳혔기 때문에 오토는 에밀리아와 베아트리스에게 구태여 전하지 않은 사실이 있었다.

——그것은, 성곽도시 과랄에서 합류한 '루이' 와 여러 번 접촉하던 와중에, 그녀로부터 한 번도 악의 있는 목소리를 들은 적이 없다는 사실이다.

오토가 지닌 『언령의 가호』는 어떤 생물과도 의사소통이 가능해진다는 단순한 성능만을 가졌다. 지룡이나 벌레와 말을 주고받으며 정보 및 협력을 얻는 게 가장 자주 쓰는 사용법이지만, 마음만 먹으면 오토는 갓난아기와도 대화할 수 있다.

아기의 목소리는 언어화되지 않아도 담긴 의도는 읽어낼 수 있다. 행상인 시절에 생활이 곤궁할 때는 지방 유력자의 아기를 보살피며 입에 풀칠하던 적도 있었다.

그와 비슷하게, '루이'가 입 밖으로 내는, 언어가 되지 않은 목소리라도 의도를 읽어낼 수 있었다. 그리고 거기에는 다른 이에 대한 악의가 없으며 스바루와 렘에게 보내는 정이 많은 부분을 차지하고 있었다.

그렇기에 오토는 그 사실을 덮어두고, 절대로 에밀리아와 베아트리스에게 가르쳐 주지 않았다.

의심이 남은 동안에는 그 둘이 과도하게 '루이'와 거리를 좁히는 사태를 피한다.

그 의심이 풀리면 정 많은 에밀리아와 베아트리스가 '루이'에게 어떤 태도를 보일지, 어떤 거리감으로 접하려고 할지 설명할 필요도 없는 일이었다.

그것을———.

"오토와 가프, 쪼매 괜찮나?"

똑똑, 가볍게 객실 문을 두드리고 기모노를 입은 아나스타시아가 얼굴을 내비쳤다.

그 옆에 똑같이 카라라기 전통복을 입은 율리우스를 대동한 출현에 오토는 얼굴을 다잡은 뒤에 "네." 하고 끄덕였다.

"저쪽은 좀 더 걸릴 듯하니께 많은 사람을 너무 기다리게 하기도 뭐하다 싶어 돌아왔데이. 오토의 손도 걱정됐고……"

"댁들에게 걱정 받지 않아도 형의 손이라면 이 어르신이 고쳤어. 그보다 댁들에게 가프라고 불리는 건 영 진정이 안 되는걸."

콧잔등에 주름을 잡은 가필의 말에 아나스타시아가 눈을 동그랗게 떴다가, "미안, 미안." 하고 미소 지었다.

"그 왜, 미미가 가프 가프 하고 부르며 야기한 직후다 보니, 무심코 내도 가프라는 말이 입에 붙어 붙었다 아이가. 가프라 하믄 안 되나?"

"안 된다곤 말하지 않겠지만……."

"가필, 마음 써 주지 않아도 괜찮아요."

아나스타시아의 요구에 떨떠름해하는 가필의 어깨를 오토가 두드리고 말했다.

두 사람이 들어와서 가필은 오토를 등 뒤에 감싸듯이 위치를 바꾸었다. 정확히는 감싼 것이 아니라 숨긴 것이다.

──아나스타시아 바로 옆에 대기한, 율리우스의 존재로부터.

아우 같은 소년의 배려는 고맙지만 약점을 보이는 것은 상책이 아니다. 오토는 가필 옆에 나서서 치료받은 오른손을 방문자들에게 보여 주었다.

"보다시피 손이라면 이미 고쳐서 걱정하실 필요까진 없습니다."

"그래그래. 그렇다믄 잘됐데이. 만약 거시기했으믄 율리우스더러 치료하라고 할 생각이었는디 오지랖이었구마이."

혀를 내밀고 뻔뻔스럽게 말을 읊는 아나스타시아가 얄밉다. 그런 제안을 꺼내면 거절할 수 없다고 여기는 거라면 애통하게 되셨다.

오토와 가필이 없었던, 아우그리아 사구로 떠난 여행길에서 두 사람은 스바루, 에밀리아 일행과 교우가 깊어졌을지도 모르지만——.

"그분들하고 다르게 저는 두 분이 적이라는 사실을 잘 기억하고 있습니다."

"역시 괜찮은 사람이구마, 오토. 물론 에밀리아 씨 쪽은 싫어하지 않지만도…… 고런 반응이 아이믄 내도 경쟁을 못 하니께네."

시선이 날카로워진 오토는 아나스타시아의 답변과 강고한 눈빛에 납득했다.

설령, 스바루와 렘을 위해서 국경을 넘더라도 아나스타시아는 확실하게 진영 사이에 선을 긋고 있다. 카라라기 도시국가의 사절을 맡은 것도 빈틈없는 면모의 일환이다.

그 점으로 말하자면 문제는 아나스타시아가 아니고——.

"기사 율리우스, 저에게 뭔가 하시고 싶은 말씀이라도?"

"긍정하지. 아까는 주제넘은 말을 했다. 그에 사죄하고 싶다."

"사죄, 말입니까."

스스로 생각해도 딱딱한 목소리로 부른 상대, 율리우스의 대답에 한숨이 흘렀다.

주제넘은 발언이라는 것은, 아까 이 자리에서 대화를 나누다가 『폭식』의 대죄주교의 처우를 둘러싼 와중에 입에 담은 한마디일 것이다.

자신의 생각을 읊는다는 의미에서 율리우스는 당연한 권리를 행사했을 뿐이다.

그것은 그 자리에서, 격분한 오토에게 율리우스 본인이 꺼낸 말일 터였는데.

　"생각을 바꾸셨다는 말씀인가요? 역시 자신은 외부인이었다고?"

　"아니, 『폭식』의 대죄주교가 지닌 권능…… 그 피해를 본 나는 관계자다. 나 자신이 그 추억을 돌이키지 못하는 동생이 있어. 그 점도 포함해서 나 자신을 외부인이라고는 생각하지 않아."

　"그렇다면 무엇 때문에 주제넘었다고 한 거죠……?"

　목소리를 낮춘 오토가 눈살을 찌푸렸다. 외부인이라고 오토가 정의한 점에 관해서 양보하지 않겠다면 달리 율리우스가 사죄를 청할 이유가 떠오르지 않는다.

　의아해하는 오토에게 율리우스는 진지한 사과의 뜻과 일종의 신뢰가 서린 눈으로 말했다.

　"오토 님, 당신의 역할을 빼앗은 것을 사죄하겠다."

　"――――――."

　"당신의 반응으로 알겠더군. 그 자리에서 내가 말을 꺼내지 않았어도 똑같은 말이 당신 입에서도 나왔을 테지. 그런데도 나는 자신이 『폭식』의 피해를 본 당사자라는 점을 구실로 진영 내 식자인 당신의 역할을 빼앗았어. 따라서."

　거기서 말을 끊은 율리우스는 깊이 허리를 굽혀 머리를 조아리며 말을 매듭지었다.

　"진심으로 사과하겠다. 면목이 없다."

　그렇게, 한 치의 틈도 없는 사의 표명을 보는 처지가 된 오토는 볼 안쪽을 세게 깨물었다.

한순간이라도 늦었으면 자칫 입술을 깨무는 모습을 보일 뻔했다. 머리를 숙인 율리우스에게는 보이지 않아도 아나스타시아에게 보인다. 그것은 절대로 피하고 싶었다.

"율리우스가 꼭 그 일로 사과하고 싶다고 그래서 말이다? 그러니께 오토의 손을 아직 치료하지 않았으믄 말 꺼내기 쉽긋다 생각한 기라."

"그러냐. 그거 미안한 짓을 했군."

"됐다. 내 기사님은 계기가 없다고 사과를 몬 하는 아가 아이니께네."

당사자 둘을 놔둔 채로 아나스타시아와 가필이 그런 말을 주고받았다.

그사이에도 고개를 숙이고 있는 율리우스의 모습에, 오토는 자신의 말을 기다리고 있음을, 이 사죄는 자신이 움직여야 끝나는 것임을 뒤늦게 깨달았다.

"고개를, 들어 주세요."

오토는 천천히 시간을 들여 겨우겨우 그 말을 건넸다.

율리우스도 그 말에 천천히 숙이고 있던 고개를 들었다. 오토는 카라라기 전통복을 입은 검사, 왼쪽 눈 아래의 흉터가 박력을 주는 얼굴을 응시하며 한숨을 내쉬고——.

"당신의 그 발언에 악의가 없고 나츠키 씨에게 협력할 자세가 있던 것은 의심하지 않습니다. 하지만 당신은 적입니다. 여전히 변함없이."

"오토 님."

"저는 기사가 아니니까 검을 겨룰 기회는 없습니다. 당신은 상인도 문관도 아니니까 말을 겨룰 기회는 없습니다. 그런데도, 검도 말도 아닌 것을 겨루는 입장으로서 당신은 저의 적이며, 저는 당신의 적입니다."

오토는 아픈 오른손을 세게 꾹 움켜쥐고, 율리우스의 정면에서 선언했다.

그 선언에 눈을 크게 뜬 율리우스의 반응에, 아연하다거나 명한, 적이라고 생각하지 않은 상대에게 느끼는 놀람이 없었다는 점이 적지 않게 오토의 긍지를 구원했다.

"아나스타시아 님, 먼저 전해드리겠습니다만…… 나츠키 씨나 에밀리아 님의 의사가 어쨌든 대죄주교에게 효용을 찾을 이유는 제국에 있습니다. 대죄주교의 존재 때문에 비난받으면 그 책임을 지는 건 제국이에요."

"응, 내도 그 말에는 이견 없데야. 그게 아이어도 이런 일은 나라도 자기 팻감 삼긋단 생각 안 한다. 그야 안 그렇긋나?"

돌아본 오토가 무장한 이론을 휘두르자 아나스타시아는 하얀 여우 목도리를 어루만지며, 시선을 저 너머—— 스바루가 있을 차량 쪽으로 돌렸다.

"그게 무슨 계획이든 대죄주교가 관련되는 상황을 용인한 시점에서, 관계가 많나 적나 관계없이 주위가 싫은 내색일 끼는 당연한 기라. 이건 제국만이 아이고 에밀리아 씨 진영 쪽만도 아이라 우리도 겉으로 못 꺼낼 야기다."

"아시면, 됐습니다."

아나스타시아의 답변에 끄덕인 오토는 어깨에서 살짝 힘을 뺐다.

일에 대죄주교가 얽히면 그것이 어떤 상황이어도 긍정적으로 받아들여질 리가 없다. 그것이 이 세계의 원칙이며 움직이기 어려운 진리다.

피해자인 율리우스가 무슨 말을 하고 마음씨 착한 에밀리아가 용서하기 위한 길을 제시하며 우직하고 바라는 게 많은 스바루가 무엇을 빌든, 그런 것이다.

그렇기에 서로 들이댈 수밖에 없다.

서로 상대의 목에 나이프를 겨누고 치명상을 줄 준비가 되었다면서.

"죄송합니다. 잠시 해야 할 일이 있으니 이만 실례하지요."

그 공통된 인식을 확인한 시점에서 오토는 느닷없이 그렇게 말했다.

아나스타시아는 "그래?" 하고 갸웃하고, 그 옆에서는 율리우스가 방금 오토의 선언을 고지식하게 받아들인 표정을 짓고 있다. 이 자리에 있기 부담스러워진 오토가 재빠르게 뒤돌아섰다.

"형! 이 어르신도……."

"가필. 혼자면 충분해요."

발 빠르게 객실을 떠나려는 오토는 가필을 손으로 제지했다.

그것은 혼자면 충분하다는 게 아니라 혼자 있게 해 달라는 애원이었다. 그리고 배려심 많은 아우는 순순히 그 말을 귀담아들어 끄덕이고 배웅해 주었다.

"_____."

조용히 객실 문을 닫고는 큼직하게 걸음을 떼어서 그 자리를 떠난다.

가필을, 아나스타시아와 율리우스하고 같은 방에 남기고 말았다. 남은 그가 어떤 이야기를 나눌지 걱정되지만 그 옹호에 돌릴 마음의 여유가 없다.

달리지는 않았지만, 달리고 싶을 정도로 속마음은 평온하지 못했다.

"내 역할을, 빼앗았다……?"

머리를 숙인 율리우스의 사죄가 머릿속에서 울리고 어금니를 짓씹었다.

자신의 과오를 인정하고 사과하다니, 과연 아나스타시아의 첫째 기사다. 그 '이름'이 잊히기 전에는 자못 이름난 기사였으리라, 같은 생각은 할 수 없다.

오로지 율리우스의 엇나간 생각에 무척 씁쓸한 감정을 느낄 뿐이다.

율리우스는 크게 착각하고 있다. ——오토는, 그 자리에서 율리우스가 말을 꺼내지 않으면 스바루의 막다른 길에 구멍을 뚫어 주는 말은 절대로, 죽어도 하지 않았다.

역할을 빼앗겨서 그렇게 격분한 것이 아니다.

해서는 안 될 말—— 아니, 하지 않기를 바란 말을 들었기에 오토는 그 자리에서 율리우스에게 격분했다. 그 점을 율리우스는 이해하지 못하고 있다.

그런데도 그런 식으로 착각하는 것은——.

"어쩐지 유유상종이라 했어."

율리우스도 본성 부분부터 스바루와 비슷한 이상주의자라는 증거다.

인간의 근간이 선하다고 믿고 있다. 하지만 그것은 속 편한 인간이기 때문이 아니다. 현실을 모르기 때문이 아니다. 현실을 알고도 저런 소리가 나오는 것이다.

그것은 나츠키 스바루나 에밀리아와 같은, 빛의 길을 걷는 방식이었다.

"큭."

"오토, 그러면 안 되지."

갑자기 팔을 붙드는 감각이 오토를 현실로 일깨웠다.

쳐다보니 쳐든 팔을 등 뒤에서 잡아 세우고 있었다. 아무래도 무의식중에 또 벽을 때리려고 했던 모양이다. ——가필이 방금 고쳐 준 그 오른팔로.

"고친 걸 보니 가필의 치유 마법이겠지? 막 고쳐 주었을 텐데 또 금방 망가뜨리면 너라도 겸연쩍어질 텐데."

"멍청한 짓을 한 것은 인정하니까, 놔주시지 않겠습니까."

스스로 생각해도 태도가 불량하다고 생각했지만, 상대는 익숙하다는 듯이 쓴웃음 짓고 손을 놓았다.

별로 만나고 싶지 않은 상대인 로즈월이 거기 서 있었다. 물론 언제나 별로 만나고 싶지 않지만, 지금은 특히 더 그랬다.

"그 얼굴, 나와 말도 섞기 싫다는 눈치이—인걸?"

"그걸 알아보고서도 말을 거시니 변경백도 어지간하시군요."

"너답지 않게 비아냥이 영 무디군. 생각했던 것보다 타격이 있던 모오—양이잖아."

"————."

비꼬는 로즈월의 말에 오토는 짜증을 얼굴에 드러내지 않느라 고생했다.

당연하지만 로즈월도 객실의 대화에 참가했으며 오토의 노발대발도, 대죄주교의 처우에 대해서 강경한 의견을 가졌던 것도 알고 있다.

알면서 이런 태도니까 그 목적은 명명백백. 오토의 화를 유발하기 위함이다.

그런 게 아니라면 타인을 대하는 재주가 너무 형편없었다.

"변경백도 아실 거라 생각합니다만 지금의 저에게는 여유가 없습니다. 제가 매수한 쥐에 온몸이 물리고 싶지 않으면 너무 신경을 긁지 말아 주시죠."

"만약 이후에 쥐에게 물릴 일이 있으면 범인은 너라는 말이군. 그건 유익한 정보를 들었지만…… 너를 걱정해서 이러는 거야."

"저를……?"

의아한 마음에 되묻자 로즈월이 끄덕였다.

그 반응에 오토는 그가 새로운 각도로 해코지를 하러 왔음을 이해했다. 여유가 없는 상황에서 그 꼴을 당하면 정말로 가슴이 불편해지니 더욱 밉살맞았다.

"변경백은 어찌 생각하십니까?"

"나 말이야? 나는 물론 오토와 똑같이 제국 따위 멸망해도 일절 상관없다는 입장이고오─말고."

"_____."

"이런, 아니었나? 대죄주교는 이로울 수 없이 해만 되는 존재야. 그 활용법을 고려할 바에야 제국 따위 사라져도 상관없지. 네가 스바루에게 제안한 대로 못 본 척하면 양심에 찔리는 멤버만 데리고 돌아가면 돼."

좋은 생각이라는 듯 말한 로즈월의 의도대로 오토의 기분은 최악이었다.

걱정한다는 뻔뻔한 소리나 하고서 굳이 오토에게 본인의 방식을 보여주고 있으니, 로즈월의 고약한 성격도 갈 데까지 갔다.

동시에 그것이 가장 현실적인 방안이라는 생각을 하는 자신에게 학을 떼었다.

"이건 꼭 말해야겠는데, 너는 충분히 잘하고 있어, 오토."

"역시 화장이 없으면 변경백의 입심도 무뎌지는걸요. 마치 저를 제대로 격려하려는 것처럼 들려요."

"격려하는 재능은 없으니까 그러려는 생각은 없어. 어쨌든 간에 너는 충분히 잘하고 있다. 하지만 아무리 발버둥 쳐도 어떻게 할 수 없는 문제이기도 하지."

"아무리, 발버둥 쳐도?"

묘하게 걸리는 표현에 오토는 눈썹을 꿈틀거렸다.

오토가 되뇐 말에 로즈월은 고개를 크게 끄덕였다. 그는 선이

가는 자신의 턱에 손을 짚고서, 화장하지 않은 얼굴 중 파란 눈을 남기고 눈을 감았다.

"이번 일이 좋은 예겠지. 대개의 경우, 스바루나 에밀리아 님이 바란 일은 통하긴 해. 여럿이 몰려들어 조리를 마련하고 그것이 통하게끔 되었지."

"무슨 소리를 하시는 거죠……?"

뜬금없는 로즈월의 발언에 곤혹스러워진 오토가 눈썹을 찌푸렸다.

스바루나 에밀리아가 바란 것이 이루어지다니, 어처구니없는 말에도 정도가 있다. 그게 사실이라면 에밀리아는 진즉에 왕이 됐고 나츠키 에밀리아가 됐다.

그렇게 되지 않았다는 말은, 그렇지가 않다는 말이다.

"저를 놀리는 겁니까? 아니면 나츠키 씨나 에밀리아 님을 놀리는 겁니까?"

"양쪽 다 아니야. 다만 너를 딱하게 여기고 있어. 이렇게 루그니카에서 볼라키아에 오는 데는 네 생가의 공헌도 있었지. 그 점에서 나는 너에게 감사하고 있으니까 굳이 이런 충고를 하기로 한 거야."

"＿＿＿＿＿."

"과도하게 몰두하다가 스바루나 에밀리아 님과 의견이 갈리는 건 너에게 해로워. 그 해로움이 너를 좀먹다가 죽이지는 않을까 걱정이 돼. 너는 얻기 어려운 인재니까."

로즈월은 조용하고 침착한 어조로 정면에서 말을 건넸다.

어느덧 그 어조에서 광대 같은 기색이 빠지고, 좌우의 색이 다른 눈에 진지한 빛을 띠고서 오토 스웬에게 호소했다.

그 태도와 말에 오토는 잠시, 잠시 침묵했다가 깨달았다.

로즈월 L. 메이더스라는 인물의, 노림수를.

"변경백, 말씀은 이해했습니다. 그럼에도 충고는 들을 수 없겠군요."

"흠……."

로즈월이 눈을 가늘게 뜨고 우려를 숨긴 분위기로 한숨을 쉬었다.

충고를 받아들이지 않겠다는 말의 진의를 물으려는 그에게 오토가 먼저 말했다.

"알고 있어요. 제가 방해되는 거겠죠. 저는 변경백이 조작하는 일을 용서하지 않고, 아직 뭔가 꿍꿍이가 있다고 의심하고 있으니까요."

"어허……?"

"그러니까 제게 큰 불만이 쌓인 것을 지켜보다가 말을 걸었고요. 적당한 핑계를 대어서 저를 치워 둘, 절호의 기회라고 생각했을지도 모르겠습니다만 큰 착각입니다."

확실히 로즈월의 안목은 옳다.

조금 전의 대화는 오토가 에밀리아 진영에 참가한 이후로 가장 큰 분노를 느낀 순간이라고 해도 좋다. 진영에 참가하기 전이라면 스바루가 나동그라지도록 때리기에 이른 사건이 있으니 그게 포함되겠지만 그때와 비견될 정도의 분노였다.

"하지만 그걸로 제가 모든 걸 다 팽개칠 거라 생각하시면 큰 오산이죠."

"오토……."

"애당초, 조금 전의 허튼소리는 대체 뭡니까? 나츠키 씨와 에밀리아 님이 바란 일은 통한다? 이상한 소리는 하지 마시죠. 조금도 그렇지 않으니까 저도 가필도, 베아트리스도 람 씨도 페트라도 프레데리카 씨도 파트라슈도, 다들 필사적으로 여기까지 해 왔는데."

황당무계한 소리가 따로 없다고, 오토는 로즈월에게 진심으로 화가 났다.

조금 전 로즈월이 한 주장은 이렇다. ──스바루와 에밀리아가 바란 일은, 주위가 어떻게든 해서 이루어주고 만다. 그러니까 쓸데없이 마음 쓰다가 약해질 필요는 없다. 아무리 반대해 봤자 의견이 봉쇄되고 자기 존재 의의를 의심하게 될 거라고.

"하지만 그건 정반대죠."

"───────."

"변경백이 말씀하신, 여럿이 몰려든다는 말이 어느 범위인지는 모르겠습니다만…… 만약 제가 나츠키 씨 의견을 전부 편들고, 전부 다 통하게 조리를 마련하려고 해도, 그게 가능할 만큼 저는 저 자신이 유능하다는 생각은 하지 않아요."

베아트리스나 가필처럼 강한 힘을 빌려줄 수 있는 것도 아니다.

람이나 프레데리카, 페트라처럼 없어서는 안 될 버팀목이 되어 줄 수 있는 것도 아니다.

바란 일을 만사 다 이루어 줄 수 있는 힘도 되지 못하는, 오토가 존재하는 의미란 무엇인가.

"그건 할 수 없다. 인정할 수 없다. 용서할 수 없다. 나츠키 씨나 에밀리아 님이 뭔가를 바랐을 때, 그 말을 할 수 없어지는 그때가 제 존재 이유가 없어질 때예요."

"_____."

"안되셨지만 변경백, 당신이 바란 대로는 되지 않습니다."

오토는 로즈월을 강하게 응시하며 딱 부러지게 선언했다.

이토록 단숨에, 로즈월에게 일방적으로 말을 퍼부은 적은 여태껏 없었다. 물론 말로 꺼내지 않았을 뿐이지 로즈월과의 관계는 항상 살얼음판 위에 있던 격이다.

그 때문에 로즈월도, 좋은 기회라고 보면 이렇게 가차 없이 오토를 제거하려고 든다.

하지만 오토는 굴하지 않는다. 적어도 오늘 같이 웃기지도 않는 논리로는.

"제가 설 곳은 결정해 놨습니다. 저는 빛 쪽의 걸음걸이는 못합니다만, 그거면 돼요."

"_____."

"악수였네요, 변경백. 당신은 여기서 저에게 말을 걸지 않는 편이 나았습니다."

그래 봤자 결론은 달라지지 않는다고, 말하고 싶기는 하다.

그러나 적어도 결론에 이를 때까지 더 시간은 걸리고 흔들렸으리라. 하지만 로즈월이 바란 결과를 재촉하는 바람에 도리어 그가 바라지 않는 결과가 된 것이다.

떫은 표정을 지은 로즈월 앞에서 오토가 숨을 고를 때였다.

"아, 오토 씨! 찾았다!"

통통거리는 작은 발소리와 함께 새된 목소리에 불린 오토가 뒤돌아보았다.

그러자 손을 흔들며 달려오는 페트라와 눈이 마주쳤다.

"페트라 아가씨……가 아니라, 페트라."

반사적으로 잠입 중일 때의 버릇대로 부를 뻔한 오토는 입에 손을 짚었다가 고쳐 불렀다. 그런 오토 앞에 달려온 페트라는 잠시 숨을 헐떡이다가 말했다.

"오토 씨, 손은 괜찮아요? 벽을 힘껏 쳤다고 들었는데……."

"그거, 다들 말하네요. 다행히 가필이 고쳐 주어서 괜찮아요. 걱정 끼쳐서 미안합니다."

"아니, 괜찮으면 됐고요. 주인어른은 뭐하고 계세요?"

오토가 쓴웃음과 함께 걱정해 준 페트라에게 무사한 손을 보여 주었다. 그걸로 안심한 기색이던 페트라는 바로 표정을 바꾸고 로즈월을 노려보았다.

그 시선에 로즈월은 "아니." 하고 힘없이 고개를 가로저었다.

"평소 행실을 곱씹던 중이야."

"주인어른이……? 반성 같은 거 하지 않으니까 씹어도 아무 맛 나지 않는 것 아닌가요?"

"우와아."

오토도 꽤 강력히 로즈월을 몰아세웠다 생각했지만, 페트라의 한마디가 품은 강렬함은 비교가 되지 않았다. 실제로 로즈월도 어깨를 축 늘어뜨렸지만, 그런 로즈월을 게슴츠레한 눈으로 보던 페트라가 갑자기 "앗." 하고 생각난 것처럼 소리를 냈다.

그리고 그녀는 오토 쪽으로 돌아서더니 머리 위의 리본을 살랑대며 말했다.

"그러고 보니 손만이 아니라, 얘기 들었어요. 조금 전에 루이에 관한 문제로 이야기를 나누었다고, 그래서……."

"아, 아아, 그러네요. 그렇다면 그것도 걱정을 끼쳐서……."

"그래서 저, 오토 씨 대신에 스바루를 한 대 쳤거든요!"

"_____."

페트라가 주먹을 꼭 쥔 작은 손을 내지르고 단언했다.

오토는 내지른 주먹과 서슬 퍼런 페트라의 얼굴을 번갈아 보고, 눈을 끔뻑거렸다.

오토의 반응에 페트라는 살짝 콧김을 씩씩대더니 말했다.

"오토 씨는 참았다고 들었어요. 지금의 조그만 스바루를 오토 씨가 때리면 불쌍하다고. 그래서 제가 했어요."

페트라가 쥐고 있던 주먹을 펴서 손바닥을 보여 주었다. 그 손바닥 뒤에서 들여다보는 그녀의 눈빛에 오토는 잠시 침묵했다.

하지만 참기란 무리였다.

"하, 하하하, 아하하핫!"

율리우스에게 사죄받았을 때의, 불편한 기분은 버틸 수 있었다.

로즈월에게 공세를 받았을 때의, 난타당하는 답답한 기분에도 버틸 수 있었다.

하지만 지금 페트라의 시원한 말에는 버틸 수 없었다.

웃는다고 뭔가가 변하거나 문제가 정리되는 것은 아니다.

문제는 그냥 남아 있고, 오토는 여전히 스바루의 생각에 반대하는 입장이다.

그런데도 반대한 채로, 스바루가 찾은 타협점에 그래서는 안 된다는 말을 계속하는 게 자신의 존재 이유이니까 계속 말한다.

어디 굴할까 보냐.

"페트라."

"네?"

"고맙습니다."

그렇게 말한 오토는 소녀가 내밀고 있는 손바닥에 자기 손바닥을 맞대었다.

딱 하는 가벼운 소리가 울리자, 페트라가 "별말씀을." 하고 웃었다.

3

──빈센트 볼라키아 황제 각하.

진지한 표정으로 자신을 바라보는 플롭에게 그렇게 불린 빈센트는 한쪽 눈을 감았다.

갑자기 연환용차의 한 방에 빈센트를 감금한 플롭과 미디엄. 이 두 사람은 자신들의 행동이 극형조차 있을 수 있는 폭거라는 자각이 부족하다.

하물며 그것이, 타인의 전언을 전달하기 위한 것이라니 정신 머리가 나갔다.

"그 전언 말인데…… 말하기 전에, 잠시만 옛날이야기를 해도 될까?"

뿐만 아니라 본론 전에 잡담을 끼우려고 하고 있으니 황송한 수준의 이야기가 아니었다.

그런 플롭의 속내를 읽을 수 없던 빈센트는 한쪽 눈을 감은 채로 말이 없어졌다. 그 침묵을 순풍으로 여겼는지 플롭은 "그리고." 하고 말을 덧붙였다.

"뻔뻔한 것은 알지만…… 전언을 들으면 꼭 내 부탁을 하나 들어줄 수 없을까."

"이봐."

"어이쿠야, 얼굴이 무섭네, 황제 각하! 하지만 잊지 말아 주시게나. 네가 들어야 할 전언은 나밖에 모르니까, 섣불리 내 입을 다물게 할 수 없다는 걸."

"『악랄옹』에게라도 명령해서 시노비의 고문으로 네놈의 입을 열게 한다는 수단도 있다."

"서로 평화적으로 대화하는 게 좋지 않을까, 황제 각하!"

빈센트가 목소리에 협박을 포함하자 플롭은 곧바로 두 손을 들었다.

황제 상대로 교섭하겠다니 불경한 정도가 아니다. 그렇다고는 해도 서두를 뗀 옛날이야기도, 그에 편승하려던 부탁이란 것도 이 남자에게 중요하기는 할 것이다.

"하지만 오빠, 별로 시간 없잖아? 이대로라면 아벨찡이 돌아오지 않아~ 하고 고즈찡이나 다른 사람들이 소란 피울걸? 부탁은 몰라도 옛날이야기라니?"

하긴 그렇게 말하는 미디엄은 오빠에게 정보 공유를 받지 못한 모양이었지만.

"너는 너대로, 아무 말도 듣지 못한 채 오라비의 폭거에 가담하지 마라."

"엥~? 하지만 오빠가 하는 일이잖아? 그렇다면 그게 뭐든지 나는 도울걸~. 그게 우리 가족의 맹세고. 아벨찡도 그렇잖아?"

"멍청한 것. 네놈은 볼라키아 황제가 어떻게 탄생하는지를 모르는 것이냐?"

태연히 헛소리를 주워섬긴 미디엄은 빈센트의 답변에 눈을 끔뻑거렸다. 그 진솔한 반응에 비상식적인 것도 한도가 있다며 빈센트는 나무라는 눈으로 플롭을 봤다.

결코 듣기 좋은 이야기는 아니지만 볼라키아 황족이 형제자매끼리 생사를 다투며 다음 황제를 결정한다는 『선제(選帝)의 의식』은 제국에서 상식이다.

그것조차 모르는 미디엄의 모습에 빈센트는 플롭이 베푼 교육의 편중을 의심하지만.

"그 시선의 의미는 알아, 황제 각하. 동생이 비상식적이라고 놀라고 있는 거지?"

"그것 말고 뭐라고 하겠나. 그리고 일일이 황제 각하라고 호칭하지 말라. 달리 해당하는 자가 없으면 각하만으로 충분하다."

"그런가? 그래. 알았어, 황제 각하 군."

"_____."

미소 지은 채로 끄덕인 플롭의 이어진 말에 빈센트는 눈을 가늘게 떴다.

아까, 진지한 표정에도 느낀 점이지만 오늘의 플롭은 한갓 사람 좋은 상인인 것이 아니라 직함 너머에 있는 얼굴을 보여 줄 의향이 있는 듯했다.

정확히는 빈센트에게 뭔가 감정이 있는 인간의 얼굴을.

"동생아, 나에게 물었지. 어째서 옛날이야기를 하느냐고. 그건 말이야, 우리의 과거와 황제 각하 군 사이에 연결 고리가 있기 때문이야."

"에엥??! 그랬어!? 우리랑 아벨찡 사이에?! 뭔데 뭔데?!"

"하하하, 욘석아, 아무리 그래도 너무 건망증이 심하단다, 동생아. 황제 각하 군은 제국의 황제야. 즉, 『구신장』과도 연결 고리가 있으니까――."

"발 오빠 얘기?"

놀라서 눈을 동그랗게 뜨던 미디엄의 표정이 별안간 발랄함을 상실했다.

그녀가 입에 담은 누군가의 호칭. 직전의 『구신장』이라는 단어. 그것들이 연결되면 빈센트의 뇌리에도 자연히 한 이름이 떠오른다.

"너희는 발로이 테메글리프의 관계자인가."

"그래, 맞아, 황제 각하 군. 소위 의형제라는 것일까. 가장 다감한 시기를 함께 보낸, 더없이 소중하고 사랑하는 가족이고말고!"

주먹을 꽉 쥔 플롭이 목청 높여 대답하자, 빈센트는 한숨을 쉬었다.

미디엄은 눈썹 끝을 내리고 오빠와 빈센트를 번갈아 바라보았다. 그 표정에는 곤혹감과 슬픔 같은 감정이 어른어른 드러나 있었다.

"이 용차 말인데, 세리나 드라쿨로이 상급백이 동승하고 있다던데. 실은 나와 동생은 한때 드라쿨로이 백작에게도 신세를 졌었거든."

"세리 언니……."

"참고로 이건 드라쿨로이 백작이 미디엄에게 서먹하거나 실수로라도 실제 나이보다 많은 여성이라 취급받지 않으려고 강제한 호칭이야. 재미있지?"

"본론으로 들어가라."

무의미한 화제를 질질 끌어서 청자의 집중력을 끊는 것은 행상인의 수법이다.

이 남매와 세리나의 관계도, 두 사람이 발로이와 관계가 있다고 고백한 시점에서 예측은 되었다. 원래 발로이 테메글리프는 세리나 드라쿨로이의 부하이자 그 확고한 역량을 이유로 『구신장』으로 등용된, 장래가 촉망되던 『장』이므로.

단, 그 발로이의 전말을 알면 많은 장병들의 눈초리는 실망으로 바뀐다.

황제에게 모반을 일으켰다가 실패한 끝에 죽다———. 그것이 세상에 알려진 발로이의 최후이며, 두 사람이 가족이라 부른 남자의, 사서에 기록될 터인 결말이다.

"아니."

혹은 송장 인간이 되어 되살아남으로써 발로이 테메글리프가 사서에 남기는 기록은 모반자가 아니라 제국을 멸망시킨 존재로서 적힐지도 모른다.

빈센트는 그렇게 생각한 사실을 두 남매에게 말하지 않았다.

지금 여기서, 송장 인간이 된 발로이의 이야기를 꺼냈다간 빈센트가 바라는 화제는 더더욱 멀어질 것으로 예상되었기 때문이다.

"그렇지, 본론으로 들어가자. 옛날이야기도 그다지 긴 내용은 아니야. 요점은 뜻하지 않게 미디엄이 말해 주었거든."

플롭이 살며시 눈썹 끝을 내리고 느릿느릿 고개를 가로저었다.

그의 말에 미디엄은 짚이는 곳이 없는 표정이었지만 빈센트는 언급하지 않았다. 제한 없이 궤도를 벗어나는 남매의 대화는 벗어났을 때에만 바로잡으면 그만이라 여겼다.

"우리 남매는 고아였고, 열악한 시설에 있었어. 거기서 구원받아서 간 곳이 드라쿨로이 백작의 영지…… 거기서 발로이와 만나고 의형제의 맹세를 했지. 여기까지는 알겠어?"

"계속해라."

"여러 가지로 정신없던 나날이었어. 나도 미디엄도, 바깥세상에 워낙 무지해서 보는 것이 전부 다 신선했거든. 드라쿨로이 백

작은 아주 넓은 시야를 가진 분이라서 갈 곳이 없는 우리도 교육을 받게 해 주었지.”

“그런 것에 비해선 동생은 성과가 없는데.”

“난 발 오빠네랑 같이 몸을 움직이는 편을 좋아했으니까…….”

살짝 원래 기색을 되찾은 미디엄이 입술을 삐죽이고 참견했다.

플롭이 말한 드라쿨로이령의 방침은 빈센트가 아는 바와 일치했다.

세리나 드라쿨로이는 『작열공』으로 불리며 그 치열한 자세와 전쟁 능력을 평가받을 때가 많지만, 그녀의 진가는 기존의 고정관념에 얽매이지 않는 유연한 발상이다.

볼라키아 제국에는 장기적 안목으로 본다는 관점이 거의 존재하지 않는다.

어린아이 대다수는 노동력으로서도 전력으로서도 기대 받지 않기에, 많이 태어나 그중에서 타고난 능력과 환경에 축복받은 자만이 살아남아 극소수가 강자로서 대성한다.

자기 집안사람이라면 몰라도 어린아이 중에서 교육하고 널리 인재를 키우려는 시도는 거의 다 탁상공론으로 여기는 나라다.

플롭과 미디엄은, 그 드문 기회를 받은 남매였다. ──아니, 그 재능이 발탁된 발로이도 그중 한 명이리라.

“물론 즐거운 일만 있지 않았고, 드라쿨로이 백작도 우리에게 자상했던 것은 아니었어. 당시에는 드라쿨로이 백작 본인도 아버님에게 영지를 찬탈한 직후였으니까 바빴으니 말이야.”

“지금 생각하면 위험한 일도 많이 겪었지.”

"드라쿨로이 백작의 생명을 노린 자객에 습격받기도 하고. 그 건 보통 일이 아니었어."

두 사람이 그리운 추억을 회상하고 있을 때, 침묵한 빈센트는 본론의 흐름을 찾았다.

다만 그것은 빠르게 짐작이 갔다. 이렇게 말하면 뭐하지만, 이 골 나게 들은 말, 이골 나게 받은 시선이라는 것이 있다. 이 두 사 람의 목적도 필시 똑같다.

다시 말해——.

"그런 나날을 함께 극복하고 우리 남매와 발로이 사이에는 강 한 유대가 있었어. 그런 관계이기 때문에 너에게 묻고 싶어, 황 제 각하군."

"———."

"우리의 의형제, 발로이 테메글리프는 모두에게 널리 알려진 것처럼 어리석고 앞날을 보지 못한 모반자로서 분수에 맞지 않 는 바람 끝에 목숨을 잃었다……. 그런 거야?"

다시 고요함을 되찾은 플롭의 질문에 빈센트는 역시나 싶어 납 득했다.

전장에서 죽는 것이 전사의 명예, 검에 꿰뚫리고도 굴하지 않 는 검랑의 자세. 그것이 존경받고, 추앙받는 볼라키아 제국에서 도 가까운 사람의 죽음을 축복할 수 있는 자만 있지는 않다.

죽음에 의미를, 이유를 찾아 사람들은 빈센트에게 늘 듣는 말, 늘 받는 시선을 던진다. 그것은 사람의 습성이며 도리다.

따라서 두 남매의 질문도 빈센트에게는 익숙한 통곡이었다.

"어째서 의심하지? 저잣거리에까지 흐른 풍문에는 불순물이 섞여서 신용할 수 없다는 뜻인가?"

"아닌데? 그저 모처럼 당사자와 대화할 기회가 있잖아. 그렇다면 소문이 아니라 직접 그 사람 입에서 얘기를 듣는 편이 믿을 수 있다고 여겨도 신기할 건 없지 않겠어?"

"대화 기회는 너희가 억지로 만든 것이다마는."

플롭이 슬쩍 편한 대로 곡해한 이야기에 응수한 빈센트는 드물게 생각에 잠겼다.

세간에는 발로이 테메글리프의 죽음은 획책하던 모반이 실패했기 때문이라고 알려졌다. 플롭과 미디엄이 들은 것도 그 이상도 이하도 아닌 이야기일 터다.

그리고 빈센트에게는 그 이상도 이하도 아닌 이야기가 퍼지는 것이 바람직하다.

"대답해 줘, 황제 각하 군. 그것을 알면 나도 전언을……."

"너희가 무엇을 바라는지 모르겠지만……."

두 사람이 얻어들은 소문이 맞다고 빈센트가 대답하려고 했다.

그러나——.

"아벨찡."

힘없는, 아주 짧은 부름에 빈센트의 말이 가로막혔다.

객실 문을 막고 있는 미디엄—— 아니, 본인에게는 그럴 의도가 이미 없으리라.

거기에서 우두커니 서 있는 미디엄은 여성치고는 체구가 좋은 어깨를 움츠리고, 자기 팔을 꼭 안은 채 빈센트를 보고 있었다.

파란 눈에 눈물을 담고서.

울먹이는 눈 따위 목숨 구걸로도 애원으로도 숱하게 보았다.

그렇기에 그것이 빈센트의 마음을 흔드는 경우는 일절 없다. 다만, 마음은 흔들리지 않았으나 평상심으로 사색할 한때가 주어졌다.

──두 사람이 무엇을 바라는지는 모른다. 빈센트는 그렇게 대답하려고 했다.

그러나 정말로 그럴까. 두 사람이 무엇을 바라는지는, 알고 있을 터다. 두 사람이 원하는 것은 명백하고 빈센트는 그것을 가지고 있다.

가지고 있는데, 그래도 말하지 않는다. 그것이 빈센트의 방식이다.

다만 그 방식으로는 '지금까지와 같은' 이라는 수식이 붙는다.

"_____."

'지금까지와 같은' 방식은, 빈센트가 자기 생각대로 모든 것을 결정하는 행동이다.

하지만 그 '지금까지와 같은' 방식 때문에 빈센트는 충신에게 허를 찔렸다. 속 편한 머리를 가진 남자에게 확실시하던 추측이 빗나갔다고 얻어맞고 나동그라졌다.

'지금까지와 같은' 방식으로는, 한계가 있다.

빈센트에게 필요한 것은 '지금까지를 넘어서는' 방식이어야 한다.

그리고 그 방식을 손에 넣기 위해서──.

"발로이 테메글리프의 죽음에는 세간에 유포된 풍문과 다른 진상이 있다."

빈센트는 '지금까지와 같은' 방식과는 다른 답을 선택했다.

4

빈센트의 대답을 들은 순간, 플롭과 미디엄의 표정에 변화가 생겼다.

플롭은 눈을 살짝 크게 뜨고, 미디엄은 아연히 눈을 깜빡거렸다. 양쪽 다 놀란 것으로 보이지만 그 질이 달랐다.

두 사람의 반응 차이에 빈센트는 이해했다.

"플롭 오코넬, 너는 사실이 풍문과 같지 않음을 알고 있었군."

"어……오빠?"

"알고 있었다고 하기엔 조금 다르지. 떠도는 소문은 워낙 발로이답지 않아. 그 정도 생각은 미디엄도 했을걸."

"으, 응……."

화제가 돌아오자 곤혹감이 가시지 않은 표정으로 미디엄이 끄덕였다.

하지만 동생의 수긍을 유도한 플롭은 빈센트의 질문을 명확하게 부정하지 않았다.

"혹시 황제 각하 군은, 나와 발로이가 친하니까 사전에 발로이 본인에게서 이야기를 들었고, 그걸로 떠본 거라고 생각하지는 않는 거야?"

"가능성은 있지만, 거의 없다시피 하지. 내가 아는 그 남자는 실수할 여지를 조금이라도 만들지 않으려고 결행하는 순간까지 아무에게도 발설하지 않았을 것이다."

"그렇지……. 황제 각하 군이 맞다고 봐. 다행이군. 아무래도 너라면 나도 잘 아는 발로이의 얘기를 할 수 있겠어. 여하튼."

"───."

"그 사건 이후로 제국 어디에서 발로이의 이름을 들어도 나와 미디엄이 모르는 사람의 얘기로만 여겨졌었거든."

쓸쓸함에 눈썹 끝을 내린 플롭의 말은 사실이리라. 놀랍지도 않다.

그러라고, 그렇게 되게끔 풍문을 조정한 것은 치샤이고, 지시를 내린 것은 벨스테츠이며, 그렇게 되도록 명령한 것은 빈센트다.

모든 것은 발로이 테메글리프가 모반자가 된 이유의 진상을 덮기 위해서.

그것은───.

"그 모반은 발로이의 본의가 아니었어."

"오빠?!"

플롭이 꺼낸 말에 미디엄이 비명처럼 외쳤다.

동그란 눈을 부릅뜨고 고개를 세게 도리도리 젓다가 말했다.

"그런 건 이상해, 이상하다니깐. 발 오빠는, 그게…… 아벨찡도! 뭐라 말을 해봐! 오빠가 이상하다고……."

"정정할 필요가 있으면 하고 있다. 없으면 하지 않는다. 그뿐이다.”

“아무, 할 말이 없다니, 그러면⋯⋯.”

아연히 말을 잃은 미디엄은 사정을 이해하지 못한 표정이었다.

한편으로 플롭은 장탄식을 쉬더니 입에 올린 의혹—— 발로이가 맞은 죽음의 진상을 빈센트가 부정하지 않았다는 사실을 받아들였다.

세간에서 떠도는 소문으로는, 발로이 테메글리프는 『구신장』의 지위에 만족하지 않고 더 높은 곳을 목표로 모반을 일으켰다가, 실패하여 죽은 어리석은 패배자다.

그것은 빈센트 볼라키아의 옥좌가 탄탄하다고 증명하며 많은 야심가들의 무모한 불길을 약화하는 효과를 낳았다.

“얄궂게도 나 자신의 책략으로 이번 내란을 조장하며 약해진 불을 다시 지폈지만.”

“그렇지. 평온은 짧았어. 하지만 그건 아마 결과를 그렇게 이용했을 뿐이고, 원래부터 그게 목적이던 건 아니었을 테지.”

“————.”

“발로이의 목적은 따로 있었어. 황제 각하 군은 결과를 이용했을 뿐이고 전제는 또 달랐을 거야. 황제 각하 군은 그 목적까지도 알고 있나?”

생각할 시간은 많이 있었다. 그것이 플롭의 이야기에 막힘이 없는 이유이리라.

발로이가 죽고, 진상과 다른 소문이 유포되자 플롭은 대체 진상이 어디에 있는지 계속 고민해 왔다. 따라서 하늘이 내린 절호의 기회를 놓치지 않을 수 있었다.

『마탄의 사수』 발로이 테메글리프가 그 모반에 가담한 목적, 그것은——.

"특수 임무로 루그니카 왕국에 갔다가 목숨을 잃은 마일즈 상등병의 복수다."

"윽."

"뭘 놀랄 필요가 있지, 플롭 오코넬. 너는 이것도 알고 있었을 텐데. 꼬박꼬박 황제를 시험하는 짓을 하는군. 불경하지 않느냐."

숨을 죽인 플롭의 반응에 빈센트는 뻔뻔스럽다고 콧방귀를 뀌었다.

조금 전과 똑같이 이 또한 대화를 지속할 가치가 있는지 가늠하기 위해 떠보는 질문이었으리라. 그러나 플롭은 놀람을, 그것도 두 종류의 놀람이 섞인 표정으로 고개를 가로저었다.

"발뺌할 작정은 없어. 확실히 나는 너를 시험하려고 했지. 하지만."

"뭐지?"

"네가 대답한 것과 마일즈 형 이름이 나온 것에 놀란 거야……."

플롭의 목소리에도 놀란 감정이 실려 있자 빈센트는 눈을 가늘게 떴다.

시험했다는 전자의 답은 어쨌든, 후자 쪽은 놀랄 가치가 없다. 발로이와 관계가 깊은 마일즈 상등병에 대해서는 알고 있다. ——아니, 마일즈만이 아니다.

"자신을 섬기는 자의 이름과 용모, 입장을 파악해 두는 것은 당연하다. 도대체 장병이 어떠한 자의 명을 받아 그 넋을 쓰고 있는 줄 아나."

그게 아니어도 황제라는 입장은 항상 등에 칼을 두고 있는 거나 마찬가지다.

목숨을 걸라고 명령했으니까, 그러는 상대에 대해서는 알아 둔다. 목숨을 빼앗으러 올지도 모르니까 모르는 얼굴이 아닌가 파악해 둔다.

그리고 자신의 명령에 따라 목숨을 잃은 자의 이름은 잊어서는 안 된다.

"나는 왕국에서 온 자들과는 다르다. 장병 하나하나의 죽음에 노심초사하지 않아. 그저 기억해 둘 뿐이다. 따라서 마일즈 상등병도, 발로이 테메글리프도……."

"아벨찡은, 잊지 않아……?"

"그뿐이다. 위로도 되지 않아."

힘없이 더듬거리는 미디엄의 말에 빈센트는 그리 대답했다.

대답하고서 빈센트는 플롭과 미디엄에게 덧붙였다.

"만약 가령, 너희가 발로이 놈의 명예 회복을 바란다면 그건 이뤄지지 않는다."

"——! 어, 어째서?"

"유포된 풍문과 사실이 다르다고 알면 어느 소문에도 억측을 다는 놈들이 나올 테지. 그자들의 대두는 제국의 토대에 불필요한 균열을 낳는다. 그런 일은……."

"발로이도 바라지 않는다. 그 말이지?"

어디까지 알고 있는지 플롭이 빈센트에게 그리 확인했다.

이미 덮어 둬 봐야 무의미하다고 빈센트는 끄덕였다. 미디엄의 얼굴에 더더욱 강한 동요가 번져나간다.

그런 동생에게 플롭은 오빠답게 다정한, 그러나 엄격한 말을 건넸다.

"동생아, 스스로 말했었지? 내가 할 일이라면 뭐든지 돕겠다고. 그게 가족의 맹세야. 나도 그렇다고 가슴을 펴고 말할 수 있어."

"그, 그런데? 하지만 그게 어때서? 그게⋯⋯."

"만약 발로이가 진심으로 황제 각하 군을 죽이고 모반을 일으킬 작정이었으면 발로이는 우리에게 도와달라고 말했었을 거야. 그게 아주 낮은 가능성을 키우기 위해서였다고 해도 진심으로 한다면 그렇게 했어."

"아⋯⋯."

플롭의 말에 미디엄이 눈을 크게 떴다.

그녀도 앞서 말했던 '가족의 맹세' —— 그것이 어느 정도의 강제력을 띠는지 빈센트는 알 수 없지만, 만약 황제에 대한 모반에 권유해도 거절하지 않을 정도로 강한 의미를 띠고 있다면 플롭의 설은 성립된다.

"발로이에게는 진심으로 모반을 성공시킬 생각은 없었어. 한편으로, 마일즈 형의 원수를 갚고 싶다는 목적은 있었고. 그것이 모순된다는 것은, 발로이는 마일즈 형의 원수를 황제 각하 군이라고는 생각하지 않았다는 뜻이지."

"_____."

"마지막으로, 하나만 더 물어도 될까."

벌써 꽤 오래 뻔뻔스러운 시간을 보낼 만큼 보냈을 텐데, 손가락을 하나 더 세울 수 있는 플롭의 담력은 어쩌면 세실스에 비견될지도 모른다는 생각마저 들었다.

빈센트가 침묵하고 있으려니 플롭은 또다시 그것을 순풍이라고 여겼는지 이제 와서 죄를 물을 마음도 일지 않지만 질문을 거듭했다.

"발로이의 소원은, 마일즈 형의 원수는 갚은 거야?"

"아니다."

"그, 런가."

빈센트는 짧게, 그 이상의 정보를 건네지 않았다.

만약 플롭이 그것을 바라도 건넬 작정이 없었다. 플롭이 발로이와 마일즈, 두 형제의 복수를 뜻한다 해도 그것을 이루기란 불가능하다.

무엇보다 그것은──.

"발로이 테메글리프가 바라지 않을 테니 말이다."

5

"길게 얘기해서 미안했어, 황제 각하 군."

빈센트와 발로이 테메글리프를 둘러싼 문답을 마친 플롭이 고개를 숙였다.

숙여 봤자 고개일 뿐. 실제로 긴 문답이었다.

"너는 이 위급할 때, 내 시간이 어느 정도 귀중한지 상상하지 못하나?"

"원래부터 상인이야. 눈썰미에는 자신이 있지. 그렇기 때문에 맡은 전언은 지금이 가장 비쌀 것이라고, 나와 동생이 바라는 답을 얻기 위해서 이용한 거야."

"불경한 수준이 아니군. 더해서 나에게 거짓을 읊지 마라."

"응?"

"너와 미디엄이 원하던 답이 아니라, 네가 원하던 답이다. 이 자는 너의 그 소원에 어울려 준 것에 불과하다. '가족의 맹세'라는 것으로."

턱짓한 빈센트는 플롭의 오류를 바로잡았다. 그 말에 미디엄이 눈을 크게 뜨고 플롭도 놀란 뒤에 "그러게." 하고 끄덕였다.

"답을 알고 싶어 하던 건 나지. 목을 칠 거라면 나만 쳐 줬으면 좋겠는걸."

"멍청한 것. 네 무례한 말에 더 어울려 줄 수 있겠나. 미디엄, 너도 그런 눈으로 나를 보지 마라."

오빠의 구명을 호소하는 미디엄의 눈빛에 그리 대꾸한 빈센트는 플롭을 쳐다보았다.

"그래서, 너는 만족했나?"

"그러네. 황제 각하 군이 시간이 아까운 와중에 진지하게 대응해 준 것은 잘 전해졌어. 거듭된 내 낚시에도 걸려들지 않았고!"

황제를 시험했다는 플롭의 당당한 발언에 빈센트는 아무 말도 하지 않았다.

만약 빈센트의 답변이 바라는 바에 맞지 않았으면 어쩔 작정이었는지.

"그때는, 이 전언을 황제 각하 군이 아니라 남편 군 쪽으로 가져가서, 제국을 구해 달라 한 다음에 그 친구 보고 황제가 되어 달라고 했으려나."

"네놈은……."

"이야아, 그러지 않아도 되어서 망정이지! ……너는, 내가 복수해야 할 세계를 만든 이 중 하나이며, 그렇지 않았어."

"복수해야 할 세계?"

안도에 섞인 불길한 말에 빈센트는 눈썹을 까딱였다. 그러자 황제와 오빠의 대화 옆에서 코를 훌쩍이던 미디엄이 "그게 말이지." 하고 입을 열었다.

"오빠가 항상 하는 말이야. 싫은 일이 일어나는 건 누군가 나쁜 사람이 하나 있는 게 아니고, 그 사람을 나쁘게 만드는 세계가 무서운 거다~ 하고."

"꽤 엉성하지만 그런 뜻이지! 뭐, 그런 부조리하고 싫은 일이 일어나는 세상이 싫어서 작은 일이라도 꾸준히 개선하려 애쓰는 게 내 딴의 세계에 대한 복수라는 것이야."

"시시하군."

복수해야 할 세계와, 그 세계를 만든것.

빈센트는 마치 세실스 세그문트 같은 말투라고 생각하며 중얼거렸다. 그 말에 플롭이 쓴웃음 짓고, 미디엄은 붉어진 눈으로 "뭘 그래~." 하고 화냈다.

남매의 반응을 보던 빈센트는 더더욱 시시하다고 느꼈다.

틀림없이 플롭이 부조리를 느끼는 세계의 형성자 중 한 명이 빈센트다. 사정이 있어 변혁을 고려하고 있어도, 그러지 못한 이상 복수 대상인 것은 달라지지 않는다.

그런데 어째서 빈센트를 거기에서 빼놓는지 이해할 수 없다.

설마 '지금까지와 같은' 방식을 그만둔 것이 원인이라고는 생각하고 싶지 않다. 누구의 생각을 참고로 '지금까지 이상의' 방식을 목표로 했는지 생각하면, 더더욱.

그보다도——.

"네가 말했지. 내가 바라는 바에 맞지 않으면 전언 내용을 다른 상대에게 전하고 그것으로 제국의 위난을 제거하겠다고."

"응? 그렇지. 남편 군에게 맡길 작정이었어."

"맡기는 대상이 누구든 관계없다. 오히려 그자에게 맡겨서 『대재앙』을 제거할 수 있다는 말을 할 수 있다면, 그것은 어지간히 중대한 한 수일 테지."

빈센트를 속여서까지 살리고 『대재앙』과 싸울 준비를 마련한 치샤의 전언이다.

그 남자가 대체 무엇을 획책하고 무엇을 남겼는지, 드디어 해명할 수 있는 기회다.

"따라서 일언일구 흘리지 말고 전해라. 흘린 한 구절로 제국의 미래가 바뀔 줄 알아라."

"원래부터 그럴 생각이었지만 그건 너무 무서운걸! 다 합쳐서 세 개의 전언을 맡았는데…… 어흠, 어흠. 내가 잘할 수 있게 응

원하고 있어 다오, 동생아."

"응! 맡겨 줘, 오빠! 힘내라~!"

빈센트의 진지한 눈빛에 꽁무니를 빼던 플롭을 미디엄이 격려했다. 그 촌극에 빈센트가 조급해지는 가운데, 플롭은 "우선 첫 번째." 하고 몇 번 헛기침하다가 말했다.

"세실스 세그문트 말이다만, 그자는 오르바르트 덩클켄의 기예를 베껴서 작게 만들어 검노고도에 던져 넣었다. 자기 힘으로 기어 나오겠지만, 만약 등장이 늦는다면 거기 있다고 전해라."

"_____."

"아니, 내 앞에서 얘기할 때는 황제 각하 군과 똑같이 생긴 모습이었거든. 말하는 투나 행동거지도 그랬지. 하지만 이런 식으로 말했어."

말없는 빈센트에게 플롭이 서둘러 첨언하지만 변명할 필요는 없었다.

빈센트를 옥좌에서 쫓아낸 이후로 치샤가 황제로 위장했던 것은 사실. 치샤는 신중하다. 한 번도 원래 모습으로 돌아가지 않았을 테고, 필경 그 어조조차도 빈센트를 본뜬 채로 최후의 순간을 맞으리라.

작아졌다는 세실스의 사정에 치샤가 관련되었던 것도 대략 추측의 범주에 있다.

"그자는 치샤라 해도 구워삶지 못하지. 세실스가 평시 그대로 제도에 있으면 그 어떤 대책을 끌어모아도 나를 옥좌에서 치우기란 불가능할 거다."

단적으로 말해 계획에 방해되었기에 작게 만들어 추방했다는 게 옳다.

만약 상대가 오르바르트라면 세실스도 허를 찔리지 않았을 것이다. 하지만 상대가 치샤였으면 세실스가 방심해서 작아진 것도 수긍이 간다.

"이견은 없다. 계속해라."

"그럼, 두 번째. 『신역』은 성새도시에 남겨 두었다. 그것의 유무에 따라 제국을 멸망으로 이끄는 『대재앙』의 본질을 알 수 있을 것이다. 솔직히 이 말은 꽤 중요해 보이는 내용이었지만, 자세한 의미는 모르겠어. 도저히 다시 물어볼 만한 분위기도 아니어서……."

자신이 없는 태도로 말하던 플롭이 숨을 죽였다.

그 이유는, 방금 전언을 들은 빈센트의 표정 변화에 있었다.

"————."

빈센트는 이를 꽉 깨물고 입가에 손을 댄 채 침묵하고 있었다. 좌우의 눈은 동시에 감지 않는다. 그렇기에 오른쪽 눈만을 굳게 감았다.

성새도시 가클라로 향하던 것은 치샤라면 그곳에 모종의 대항 수단을 남겼을 거라고 생각했기 때문이다. ——하지만, 아니었다.

치샤 골드가 성새도시에 남긴 것은 대항책이 아니다. '답'이다.

"한시라도 빨리 성새도시에 들어갈 필요가 있군."

"잠깐잠깐, 아벨찡! 전언은 세 개잖아? 하나 더 있어!"

가만히 있을 시간이 아깝다고 문으로 가려던 빈센트를 미디엄이 가로막았다. 그 말을 듣고 멈춘 빈센트가 숨을 훅 내뱉는다.

첫 번째가 '힘', 두 번째가 '답'. 그렇다면 세 번째로는 무엇을 남겼는가.

"말해 봐라. 아직 뭔가 숨겨 둔 패가 있다면……."

그것도 이용해서 볼라키아 제국을 『대재앙』으로부터 지켜내겠다.

그렇게 이르는 빈센트의 검은 눈을 마주 본 플롭이 의탁받은 전언을 그대로 전하고자 다시 헛기침하고 입을 열었다.

"각하."

"————."

"바퀴를 빼는 작업을 소인이 도와드리는 것은, 이쯤에서 끝이로군요."

————.

————————.

————————————.

"이 멍청한 것."

그 말만 마치고 빈센트는 객실 문으로 향했다.

그 등에 플롭이 "기다려 봐!" 하고 치샤 골드의 흉내를 그만둔 말을 던졌다.

"급히 방을 뛰쳐나가도 가클라에 도착하는 속도는 달라지지 않는 게 아닐까! 황제 각하 군이 지룡보다 빨리 달릴 수 있으면 다른 얘기겠지만!"

"서둘러 성새도시로 가야만 한다. 필요하다면 용선이든 뭐든 날려 보낼 뿐이다."

"하늘도 안전하다고는 장담 못 하잖아! 죽은 비룡이 날고 있을지도 몰라! 그리고 아직 하나 더 할 말이 남아서…… 미디엄!"

"으, 응! 알았어, 오빠!"

용선의 위험성을 지당한 각도로 지적한 플롭은 미디엄에게 지시하자, 또다시 빈센트의 앞길을 동생이 가로막았다.

"이 이상 내 시간을 낭비하게 하지 마라. 방해하겠다면 처형하겠다."

"오빠, 아벨찡의 눈이 진심인데?!"

"하지만 진심으로 살고 있다는 정도로 치면 우리도 질 게 아니지! 황제 각하 군! 처음에 말했잖아. 전언을 들으면 부탁을 들어달라고."

애타는 심경을 품은 채로 빈센트는 플롭의 호소에 혀를 찼다.

"어디 말해 보아라."

이미 발로이의 명예 회복이 불가능하다는 취지는 전했다.

그 이상으로 플롭과 미디엄이 바랄 만한 일로, 실현이 불가능한 것은 빈센트에게는 일단 후보가 떠오르지 않았다.

너무나 엉뚱한 이야기에다 받아들이기 어렵다면 방법이 없지만——.

"황제 각하 군, 이번 위기가 지나간 후, 너는 볼라키아 황제 자리에 돌아가서 제국을 원래대로…… 아니, 더 좋게 만들기 위해서 힘쓰게 되겠지?"

"표현에는 지적할 바가 있지만, 대강은 그렇다."

빈센트에게는 그때를 위한 복안이 어느 정도 있었지만 치샤의 획책에 발이 걸린 현재, 그것이 성립할지 어떨지는 대화할 필요가 있다고 느끼고 있었다.

그 때문에 부정할 여지는 없다고 끄덕였다.

그 답변에 플롭은 응응하고 이심전심인 것처럼 미소를 짓고 끄덕이더니 말했다.

"그렇다면 이건 어떨까. 모든 게 끝난 뒤, 황제 각하 군은 많은 부인을 맞이하게 될 텐데…… 미디엄도 넣어 줄 수 없을까?"

"어?"

"뭐냐, 그런 거였나. 상관없다."

"어?"

원래부터 빈센트가 황비를 맞이하지 않은 것은 앞서 말한 복안을 실현할 때 불필요한 장해물을 치우기 위함이었다. 그 복안을 재고한다면 지나치게 연연할 필요는 없다.

『선제의 의식』에 관해서도 손댈 필요성을 느끼고 있었다.

따라서 빈센트도 볼라키아 황제로서 지켜야 할 의무와 마주할 뿐이다.

빈센트의 대답에 플롭이 안도한 표정으로 가슴을 쓸어내렸다.

그리고——.

"어?"

혼자서 화제에 방치된 미디엄만이 고개를 갸우뚱한 채로 남아 있었다.

제6장 『벨스테츠 폰달폰』

1

──그것은, 페트라 레이테의 따귀에 나츠키 스바루의 볼이 붓고, 플롭 오코넬의 폭탄 발언에 미디엄 오코넬이 혼란에 빠진 것과 같은 시간.

"역시, 도착할 때까정 기다려 주질 않나 보구마잉."

도시국가 최강의 시노비는 곰방대를 문 얼굴을 위로 젖히고 나른하게 중얼거렸다.

처진 기미가 있는 어깨를 더욱 늘어뜨리고 책상다리로 앉은 낭인족── 하리벨은 흘러가는 야경 속의 용차 지붕에서 고요한 밤을 경계하고 있었다.

조금 전에, 연환용차 자체가 노림받은 사건이 있었다.

하리벨보다 먼저 기습을 깨달은 아이들 덕분에 화를 면했지만, 그런 우연은 그리 쉽게 일어나지 않는다. 일으켜서도 안 되는 것이 하리벨의 역할이다.

"그 뒤로 아나 도령의 따가운 시선이 고역이었다이가. 나도 만회해야긋어.”

　친척 관련으로 옛날부터 아는 소녀는 이번 제국행 때문에 파격적인 대가를 치렀다.

　하리벨의 동행과 도시국가의 사절이라는 역할 획득. ——자못 상인 정신에 불을 붙는 장삿거리가 잠들어 있는 줄 알았더니 그 목적은 놀랍게도 사라진 친구의 수색이라 나왔다.

　약점을 보이고 싶어 하지 않는 소녀다. 물론 그 사실을 절대로 입 밖에 꺼내지 않으리라.

　“그러니까 옛날부터 아는 아저씨가 힘을 보태야지 안켓나.”

　말하면서 하리벨이 천천히 그 자리에서 일어섰다.

　복수의 용차를 연결하여 다수의 지룡에게 한꺼번에 끌게 하는 연환용차는 『바람막이의 가호』의 엉터리 같은 효과를 악용한, 실로 제국다운 기술의 총체지만, 하리벨은 영 익숙해지질 않았다.

　경치가 흐르고 울퉁불퉁한 길을 수레바퀴가 다지고 있는데, 바람도 진동도 느껴지지 않는다. 카라라기에는 지룡의 절대수가 적어서 수차(獸車) 쪽이 일반적이고 진동도 지연도 많이 친숙했다.

　그리고 익숙지 않은 부자연스러움이라고 하면——.

　“뭐꼬. 움직이는 시체도 엔간했지만도……비룡도 『좀비』가 되는겨?”

　카라라기 전통복 틈새에 손가락을 넣고 칠칠치 못하게 배를 긁으며 투덜대는 하리벨.

　밤하늘을 응시한 실눈에 비쳐 든 것은 웅장한 거체와 펼친 날개에 애처로운 균열이 새겨진 비룡의 시체—— 아니, 『송장 비룡』의 무리였다.

별들을 가리는 먹구름 같은 무리가 천천히 연환용차로 다가온다.

하지만 핵심적인 위협은 수가 많은 송장 비룡이 아니다.

"까다로운 놈이 한 마리 있구마이."

하리벨이 그렇게 평하는 기척이 송장 비룡 무리에 섞여 있다.

그 끔찍한 적의 기척을 알아차리자 용차를 끄는 지룡들의 기색에도 혼란이 생기기 시작했다.

충실한 인간의 벗으로 알려진 지룡이라도 길들여진 야성을 잃은 것은 아니다. 닥쳐드는 위협에는 위기를 느끼고 겁먹는 마음도 갖추고 있는 것이다.

연환용차는 대단한 발명이지만, 이런 위기는 항상 존재한다. 가뜩이나 지룡은 공감성이 높은 생물이다. 한 마리가 겁먹으면 공포는 단숨에 연쇄되어——.

"카아아——!!"

하리벨이 그렇게 염려한 직후, 어두운 밤을 가르는 울음소리가 울려 퍼졌다.

그것은 접근하는 위협의, 지룡들을 움츠러들게 하는 치명적인 일성——이 아니었다.

울음소리의 발생원은 선두 차량, 연환용차를 끌기 위해서 묶은 수십 마리의 지룡, 그 가장 중요한 역할을 내달리는 칠흑의 지룡 한 마리가 지른 울음소리였다.

"허어, 남자답게 아주 당찬 아가 다 있네."

그 지룡의 임기응변으로 지룡들에게 번지려던 공포의 전염이 차단되었다.

그 덕분에 겁먹은 지룡이 역할을 팽개치고 연환용차가 공중분해를 일으키는 최악의 사태는 피했다. 그렇게 감탄하던 중, 하리벨은 문득 깨달았다.

"뭐꼬, 저 검은 지룡, 아 보니까 암컷이데이. 남자다운 게 아니라 여자답게 당찼던 기가."

웬일로 실눈을 뜨고서 중얼거린 하리벨이 "카카." 하고 작게 웃었다.

웃은 뒤에, 낭인족 시노비는 가벼운 걸음으로 달리는 용차 밖──아무것도 없는 공간으로 발을 디디고 하늘로 뛰었다.

요격한다. 『예찬자』조차도 성가시다고 인정하는 귀찮은 적이 접근하지 못하도록.

그 적이란──.

2

"야야야야, 저게 뭐야?!"

통로의 창틀에 달라붙어 바깥 광경을 보는 스바루의 목소리가 뒤집혔다.

객실에서 렘과 루이── 아니, 스피카와의 대화를 마치고 걱정해서 기다려 주던 에밀리아 일행과 합류, 보고 중에 페트라의 따귀를 맞은 직후였다.

"이건 저랑, 살짝만 오토 씨 몫!"

물리적인 징벌의 한 방을 맞아 일행들에게 끼친 걱정과 앞으로도 끼치게 될 우려를 곱씹으며 자신의 토대를 굳게 다지려던 중이었다.

밤하늘을 때려 부수는 듯한 포효가 갑작스럽게 들려서 스바루 일행이 창에 달라붙은 것은.

"저거, 검은 비룡…… 아니, 비룡과 비교가 되지 않을 만큼 커!"

"저 크기는 비룡이 아니야 틀림없이 용(龍) 클래스인 것이야. 그것도……."

"저 용, 머리가 세 개나 있어!"

나란히 창문에 붙은 스바루와 베아트리스, 그 둘을 위에서 덮듯이 창에 붙은 에밀리아가 외친 대로, 그것은 스바루만이 아니라 이세계인도 이형이라고 인식할 위용이었다.

야경 속에 연환용차와 나란히 달리듯 비행하는 것은 그 웅장한 거체와 펼친 날개에 금이 간, 세 머리를 가진 무시무시하고도 거대한 죽음과 같은 흑룡이었다.

"드래곤 좀비……!!"

"머리가 세 개 달린 검은 용…… 설마, 『삼두』의 발그렌?"

"알고 있나, 언니분!"

창유리에 볼을 붙인 채 스바루를 비롯한 셋이 뒤에 있는 람을 돌아보았다. 람은 팔꿈치를 안은 자세로 연홍색 눈으로 밖의 용을 노려보았다.

"과거, 왕국의 상업도시를 불태워 허허벌판으로 만들 뻔한 악명 높은 사룡(邪龍)이야. 『아인전쟁』이 종결되고 몇 년 뒤의 일로, 재건 중이던 왕국에 큰 타격이었어. 그리고…….

"그리고, 뭔데? 그 밖에도 뭔가 있어?"

"선선대 당주님, 로즈월 님의 조모님께서 목숨을 잃었다는 싸움이야."

한순간의 망설임 후 람이 고한 말에 스바루 일행이 숨을 집어삼켰다.

가까운 사람의 친족 중에 희생자가 있다고 들으면, 그 즉시 적의 위협이 현실감을 더한다. 하물며 로즈월의 할머니다. 그런 사람이 약했을 리 없다.

그런 경이적인 사룡을, 지금은 먼저 하리벨이 억누르고 있지만——.

"저기, 저쪽의 낭인족 여러분은 어떤 분들이신가요?"

스바루 옆에 쓱 끼어든 탄자가 창밖의 공방에 눈을 동그랗게 뜨고 물었다.

놀라고 있는 그녀의 표현은 틀린 것 같으면서도 틀리지 않았다.

싸우고 있는 하리벨의 모습을 '낭인족 여러분' 이라고 표현한 것은 옳기 때문이다.

왜냐하면——.

"하리벨 씨가, 세 명가량 있어……."

"아냐, 네 명이야, 스바루. 한 명은 계속 용 등에 타서 날개를 훼손하려고 하는 것 같아."

"이 경우, 정확한 숫자는 문제가 아니라고 여기는 것이야……."

용차를 습격한 스핑크스의 습격을 막은 시점에서 도시국가 최강이라는 사전 평판대로 활약했지만, 지금 하리벨이 펼치고 있는 공방도 상당히 상식을 초월했다.

별것 아니다. 하리벨은 닌자답게 분신해서 사룡과 공중전을 벌이고 있다.

그 고속 전투와 맞추어 하리벨과 면식이 없는 탄자가 여러 명으로 구성된 시노비 집단『예찬자』가 도시국가 최강의 정체라고 착각하는 것도 무리가 아니었다.

어쨌든 간에——.

"우아우!"

"저, 사룡만이 적이 아니라고 생각해요. 다른 분들과 합류하는 게 낫지 않을까요?"

목청껏 소리친 스피카와 그 손을 잡은 렘이 합류를 제안했다.

가능하면 스피카의 처우에 대해서 더 안정된 상황에 모두와 공유하고 싶었지만, 상황이 움직이기 시작한 이상 어물어물하고 있을 수 없다.

"그, 렇지. 아벨네도 움직이고 있을 거야. 당장 다른 일행과…… 으윽?!"

"스바루?!"

렘의 제안에 따라 자리를 옮기자고 말하려던 순간이었다.

갑자기 가슴을 지지는 듯한 고통이 엄습해 무릎 꿇으려던 스바루를 에밀리아가 반사적으로 부축했다. 갑작스러운 이변이었다. 심지어 이변을 맛본 것은 스바루만이 아니다.

"괜찮으신가요?"

"너, 너에게 부축 받다니 굴욕인 것이야, 사슴 계집애……."

"베아트리스 님까지…… 바루스, 무슨 일이야?"

스바루와 같이 갑작스러운 고통을 맛본 베아트리스가 탄자에게 안겨 불만스럽게 중얼거렸다. 그 대화를 흘깃거린 람의 물음에 스바루는 "모, 모르겠어." 하고 대답했다.

"뜬금없이 대뜸 가슴 근처가 아파서…… 으엑?!"

말하면서 옷의 목 부분을 내린 스바루가 눈을 부릅떴다.

거기 있던 것은 선형으로 붉게 부은 상처였다. 그것도 그냥 상처가 아니었다.

"이 괴상망측한 무늬…… 이거, 누군가의 눈?"

"역시 그렇게 보여? 이거 눈알 마크 맞지……. 어, 베아코 쪽은?!"

"베티의 고운 살결에도 같은 마크가 새겨졌어."

스바루의 가슴에 난 부은 자국은 어린이 사이즈가 된 손바닥 같은 크기의, 간단하게 표현한 눈의 마크를 그리고 있었다. 같은 마크가 베아트리스의 피부에도 새겨졌는지 그녀를 부축한 탄자가 확인하고 일행에게 끄덕였다.

"근데 나랑 베아코뿐? 다른 사람들은 아무렇지도 않아?"

"엉큼해."

"순수한 걱정인데?! 이 상황과 이 몸 사이즈로 엉큼한 소리 안 하거든?!"

아직 욱신욱신 아픈 마크를 손으로 누른 스바루가 괴이한 사인에 얼굴을 찌푸렸다.

밖의 사룡과 송장 비룡의 습격과 같은 타이밍이다. 이것이 적의 어떠한 액션인 것은 확실하지만 어째서 스바루와 베아트리스만이 노림받았는지 알 수 없다.

"베티와 스바루는 계약으로 패스가 연결된 것이야. 어쩌면 적의 표적은 어느 한쪽이고, 다른 한쪽에는 그 영향이 드러났을 가능성도 있어."

"나랑 베아코의 정다운 사이가 해를 끼쳤나. 부탁해, 원인을 잘 찾아봐 줘."

"라저인 것이야."

아픔을 참는 베아트리스의 승낙을 얻은 스바루는 끄덕였다. 그리고 재차 이 자리에서 이동을 제안하려다가──.

"아아우!!"

"아! 안 돼요!"

스피카와 렘이 허둥대며 줄지은 스바루 일행을 한꺼번에 그 자리에서 밀어냈다. 갑작스러운 행동이지만 그게 정답이었다.

──일행 바로 위의 지붕을 뚫고 날아온 적의 거대한 가위가 직전까지 일행이 있던 곳을 폭력적으로 찢어발기고 갔으니까.

3

"변경백!"

"주인어른!"

로즈월은 두 사람이 동시에 걱정하는 소리를 지르자 쓴웃음 지었다.

배려해도 고분고분 들어주지 않고 로즈월에게 한 톨도 마음을 터놓지 않는 두 사람이다. 하지만 그 걱정은 틀림없이 진실된 것이라 심성이 선량하다는 점은 말할 것도 없거니와 그들도 에밀리아 진영 사람이란 사실을 알려 주고 있었다.

——본질적으로 그들과 섞일 수 없는 로즈월과는 다르다고 말이다.

"윽, 표식이 찍혔나."

쓴웃음을 집어삼킨 로즈월은 옷의 가슴팍을 풀어헤쳤다.

통증을 유발하는 그곳을 보니 붉게 부은 상처가 눈 무늬로 도드라졌다. 그 표식을 본 페트라가 입가를 손으로 가리고, 오토도 "그건." 하고 표정이 어두워졌다.

"변경백, 표식이라고 말씀하셨나요? 설마 싶습니다만……."

"그 설마가 맞다아——마다. 이건 아마도 적이라고 인정받은 증거나 혹은 표적이라고 규정된 증거. 어쨌든 간에 환영할 만한 것은 아니지이——."

"적, 혹은 표적인가요."

오토가 힐끔 시선을 보내자 그 의도를 알아차린 페트라가 고개를 가로저었다.

그 반응을 보아 두 사람에게는 이 무늬가 떠오르지 않은 것 같지만——.

"주인어른, 그 무늬, 어떤 효과가 있는 거예요?"

"추측할 수 있는 것은 서서히 생명을 갉아먹는 것과, 대상의 생각을 읽는 것. 나머지는 위치를 항상 특정하기 위한 것일까."

"일부러 무서운 가능성부터 순서대로 말씀하신 거죠?"

"그렇다면 제일 가능성이 있는 것은 위치를 특정하기 위한 표시입니까."

"정말이지, 정말로 너희는 우수우─해."

열거한 가능성을 냉정하게 파악한 오토와 페트라의 판단에 로즈월은 눈을 감았다.

그 판단이 정확하다. 가장 위험한 생명을 갉아먹는 부류의 주인(呪印)은, 아무리 그래도 원격으로 새길 만한 것이 아니기에 후보에 넣을 필요조차 없으리라.

물론 위치 특정만으로도 충분히 성가신 각인을 당했다고 할 수 있다.

"이쪽 행동이 모조리 누설되지 않도록 별개 행동을 시야에 두는 편이 좋을지도 모르겠어. 밖에서 싸우는 하리벨 님의 원호도 해야 해. 너희는 나와 떨어져서……."

"아뇨, 이미 늦은 모양입니다."

낮은 목소리로 대꾸한 직후, 오토가 옆에 있는 페트라의 팔을 잡아당겼다.

찰나, 페트라 바로 옆에 있던 창을 깨고 연환용차 통로에 뛰어드는 거체── 대형 가위를 손에 들고 검은 갑주를 몸에 두른 '적'의 습격이었다.

"흡."

페트라가 비명을 죽이고 오토의 품속에서 적에게 손가락을 겨누었다.

로즈월은 느닷없는 상황에도 용감한 소녀를 칭찬하면서 먼저 걸음을 내디뎌 가위를 쳐든 적의 안면에 손가락을 모아 세운 관수(貫手)를 꽂고는, 그 눈구멍에 손가락을 쑤셔 넣고 외웠다.

"고아."

순간, 부풀어 오른 화염이 적의 머리를 집어삼키고 투구와 함께 내부부터 터트렸다.

화려하게 등장한 적에게 아무 행동도 허락하지 않는다. 최선의 판단을 내렸다 여기며 돌아선 로즈월은 그 생각이 어수룩했음을 깨달았다.

용차 지붕과 통로에서, 같은 장비를 갖춘 병사가 잇따라 차내로 들어오고 있다.

연환용차는 송장 인간의 군세에 뒤덮여서 달리는 전장으로 화한 것이다.

4

"아벨찡, 여기야, 여기! 서둘러! 오빠도 달리고!"

"실은 이래 봬도 난 전력으로 달리고 있단다, 동생아!"

열심히 소리 지르며 후미를 방비하는 미디엄의 만도가 적의 공격을 쳐냈다.

만도와 대형 가위의 거센 격돌, 빈센트와 플롭은 그 틈새를 헤치듯이 빠져나가며 적의 마수(魔手)로부터 도망치고 있었다. 미디엄의 보호만 받는 형국이지만 거기에는 두 사람이 부상자와 비전투원이라는 점 이외에도 이유가 있다.

"황제 각하군, 힘내 줘! 네가 약속을 지켜 주지 않으면 곤란해!"

"흥……. 걱정할 거라면 다소는 야심을 숨겨라. 불경하지 않느냐."

"야심가만을 주위에 두고 있는 너는 의외일지도 모르겠지만 세상에는 야심이 아닌 이유로 너에게 접근하는 사람도 있어, 황제 각하군!"

어깨를 부축한 플롭이 흘린 망언에 빈센트는 코웃음 쳤다.

그 표정이, 가슴을 찌르는 고통에 희미하게 경련했다. 갑작스러운 고통과 붉은 상처 자국은 육체를 좀먹는 가시이며, 빈센트는 그 가시에 기억이 있었다.

"그 가슴의, 섬뜩한 무늬의 상처 말인데……."

"가증스럽게도 내 형제 중 한 명인 팔라디오 마네스크의 마안(魔眼)이겠지. 그놈, 『선제의 의식』에서 패배해 죽었음에도 길을 잃고 나온 모양이다."

"마안……! 그 효과는?"

"위치가 알려진 상대에게 목소리를 전달하는 정도였지만, 사후에 정밀도를 올렸군."

빈센트는 플롭의 질문에 대답하며 과거에 죽음을 선사한 형제를 떠올렸다.

팔라디오는 제위를 두고 다투던 형제 중에서는 만만치 않은 부류였지만, 마안의 힘을 과신하며 그 성능을 완벽히 살리지 못한 것이 패배의 원인이 되었다.

설마 사후에 그것을 시정할 줄은 생각지도 못 했지만——.

"아니, 그게 아니군. 라미아인가."

상처의 통증에서 사고를 뗀 빈센트는 마안 너머에 있을 기사(棋士)를 그렇게 판단했다.

앞서 말했다시피 팔라디오는 만만치 않은 부류였지만 결점도 많았다. 사후에 그 결점을 보충했을 가능성을 상정하기보다 누군가 다른 이가 지시하고 있다고 생각하는 편이 자연스럽다.

그리고 미디엄이 상대하고 있는, 대형 가위를 휴대한 흉악한 병사——『전정부대(剪定部隊)』를 끌고 다니는 존재는 『선제의 의식』에서 빈센트가 높이 평가하던 세 남매 중 한 명, 라미아 고드윈밖에 없다.

빈센트가 난적의 출현을 확신했을 때——.

"걸리적거린다고, 죽은 놈들아!!"

거칠게 포효하는 소리와 함께 빈센트 일행의 진로 앞에서 칼날이 날뛴다.

쳐다보니 창을 뚫고 차내로 침입한 송장 인간들이 빈센트 일행과 반대쪽에서 오는 병사——삐친 머리에 안대를 찬 남자에게 토막 나며 먼지로 변해 갔다.

콧김을 씩씩대던 병사는 빈센트 일행을 눈치채자 외쳤다.

"어이! 너희, 힘 좀 보태! 내 동생이 안에 뻗어서……."

"아니, 힘을 보탤 것은 네 쪽이다."

"아앙? 너, 뭔 소릴…… 화, 화화화, 황제 각하?!"

난폭한 말투로 윽박지르려던 남자가 빈센트의 정체를 깨닫고 절규했다.

이것이 당연한 반응이라고 얹힌 속이 내려간 빈센트는 자신의 등 뒤를 턱짓하고 말했다.

"뒤에 있는 자들과 협력해 적세를 막아라. 네 동생은 이자가 데리고 나올 거다."

"아, 알겠습니다! 자말 오렐리 상등병이 알겠습니다!"

"분발하라, 자말 오렐리. 네 활약 여하에 따라 제국의 존망이 판가름 난다."

"오, 오오, 오오오오옷!"

빈센트의 한마디에 온몸을 떨던 자말의 외눈이 형형히 빛났다.

자말은 쌍검을 쳐들고 미디엄에 가세하고자 적에게 돌진했다.

"안대 군! 그 미디엄은 황비님 후보니까 정중히 대해 주게나!"

"나는 아직, 응이란 말 안 했거든~!"

플롭의 목소리에 긴장감 없는 미디엄의 대꾸가 들렸다.

두 사람을 뒤에 두고 자말의 동생이 있다는 방에 뛰어든 플롭이 바퀴 의자에 타고 눈이 휘둥그레진 여성을 데리고 나왔다.

여성은 바퀴 의자에 매달린 채로 애처롭게 눈물 고인 눈으로 말했다.

"뭐, 뭐야? 뭔데? 왜, 왜 가만히 내버려 두지 않는 건데…….."

"그건, 지금의 제국에 있는 누구나 하는 생각일 거다."

빈센트는 상황을 한탄하는 여성의 목소리에 진심으로 동의하며 고개를 가로저었다.

아무리 상황이 나빠지더라도 지금 여기서 연환용차의 이동을
멈출 수는 없다.

한 번 멈추면 용차가 다시 달리기까지 시간이 얼마나 걸릴까.

그렇게 되면——.

"한시의 유예도 없다. 우리는 성새도시에 도착해야만 한단 말
이다."

5

"지금 용차의 발을 멈추면 지금보다 많은 적에게 포위돼. 연환
용차의 구조는 『바람막이의 가호』가 전제니까. 가호 없이 달리
기 시작하면 전복은 피할 수 없을 테지."

"하도 편리하다 싶었는디 상당한 결점이 있었구마이."

적의 습격에 용차를 세우고 요격에 전념하자는 아나스타시아
의 제안에 세리나가 연환용차의 치명적인 약점을 밝혔다.

그 결점을 들으면 아나스타시아도 정차하는 것이 현실적이지
않다고 납득할 수 있었다.

"안 그래도 한나절 가까이 달리는 중……. 일단 발을 멈췄다간
오늘 밤은 그만 쉬게 하지 않으믄 가엾게도 지룡들이 다들 고꾸
라질 끼다."

"상대와의 물량 차이도 있지. 이를 메우는 요소는 틀림없이 용
차의 기동력이다. 그 차이가 없어지면 우리의 명운은 앞날이 멀

지 않은 벨스테츠 재상과 같은 말로를 맞이할걸."

"그런 소리나 할 때냐! 영감님도 가만 듣고만 있지 말고!"

"아뇨. 이 『대재앙』에 얽힌 사건이 종식을 맞이한 후, 이 사람이 처형되는 것은 당연하기에……."

"거지 같은 각오하지 마! 대장네가 걱정했는데……."

세리나의 뒤숭숭한 넉살과 전혀 넉살 같지 않은 벨스테츠의 말에 가필이 언성을 높였다.

그런 가필의 고뇌에 아나스타시아는 "넘어가 주라." 하고 가볍게 손을 들었다.

"가프 입장에선 뭐하긋지만 남아 준 덕분에 우리는 목숨을 건졌데이."

"알아……. 대장 쪽도 람과 에밀리아 님이 있으면 걱정할 건 없지. 다만."

"오토 걱정이라믄 필요 없을 끼다. 아무리 감정적이 되어도 상인이데이. 이성은 남았으께 알아서 잘 대처할 기라."

"그래, 엉, 안다고, 알아! 형이 대단하단 건!!"

참다못해 부르짖은 가필의 억센 팔이 덮쳐드는 송장 인간 병사를 요격했다.

때려눕히고 때려 날리고 때려 뭉개는 맹격으로 삽시간에 적병을 남김없이 사냥할 기세다.

그렇게 맞아 쓰러지고 깨져서 먼지로 변하는 송장 인간의 모습에, 비전투원으로서 아나스타시아와 같은 끄트머리에 정리된 벨스테츠가 실눈을 더욱 가늘게 떴다.

"『전정부대』……. 역시 라미아 각하가 오신 모양이군요."

"라미아 고드원 각하인가. 한번 뵙고 싶던 상대였지."

"그러나? 어떤 사람이가?"

"나보다도 재상님이 더 잘 알지. 여하튼 재상님이 황제로 만들려 모시던 분이니까."

검을 들고 적을 견제하는 세리나의 말에 벨스테츠는 "사실입니다." 하고 끄덕였다.

"볼라키아 제국의 황제가 될 만한 그릇을 가진 여성이었습니다. 같은 대에 빈센트 아벨쿠스와 프리스카 베네딕트가 없었으면 그분이 황제였을 테지요."

"혹시 송장 인간이 되어 소생해서 그 숙원을 이루러 왔나? 재상님도 다시 충성을 맹세하면 못 본 척 넘어가 줄지도 모르겠는데?"

"안타깝습니다만 이 사람도 라미아 각하도 패자입니다. 그것은 제국식에 맞지 않습니다."

벨스테츠가 고개를 가로젓자 세리나는 불만스럽게 한쪽 눈을 감고 한숨지었다. 아나스타시아도 죽음으로 갈라진 주종의 재회를 축하할 상황이라고는 생각지 않는다.

"아나."

여우 목도리로 분한 에키드나가 문득 귓가에서 아나스타시아를 불렀다.

힐끔 눈길을 주니 오랫동안 함께한 단짝의 검은 눈이 객차 문을 보고 있었다.

"아나스타시아 님, 지금 돌아왔습니다."

그 시선을 따라간 직후, 문 너머에서 율리우스가 돌아왔다.

그는 혼자가 아니라 팔에 호리호리하고 곱상한 남자를 안고 있었다. 송장 인간에게 습격당하는 와중에 표적이 될 위험성을 고려하여 아나스타시아가 명령해서 마중하러 보낸 『별점쟁이』 우비르크다.

"거참, 진짜, 모—든 게 다 갑작스러워서 곤란하다고요. 가슴은 뜨겁고 아프지, 이쪽 검사분은 붕붕 흔들어대지, 고역이 따로 없어요."

"고로코롬 지지재재 불평하지 말고 내캉 내 기사님에게 감사하는 편이 좋을긴데? 이 사람들의 표적, 혹시 댁일지도 모르니께."

"에엑?!"

아나스타시아는 배은망덕하게도 불평을 늘어놓는 우비르크를 가볍게 겁주었다.

이런 인물이지만 일단 제국의 중요 인물이다. 빈센트도 다소는 빚을 졌다고 느껴줄 것이다.

"가프라믄 한눈팔거나 바람피우다가 딴 길로 자주 샐 거 같았으니께네."

"잘 싸우고 있잖아! 웬 불만이야!"

"그래? 내가 일 부탁하지 않았으믄 밖의 하리벨 도우러 갈 끼아이나?"

"크릉……."

정곡을 찔린 표정으로 신음한 가필이 이를 부르르 떨었다.

끊임없는 적의 공격에 노출된 연환용차지만, 하리벨이 가장 큰 위협이 여기에 접근하지 못하게 단독으로 사룡을 잡아 두고 있었다.

때때로 들려오는 거센 용의 포효와 그에 뒤따라 하늘이 갈라지는 굉음——. 도시국가 최강이 아니라면 세계에서 가장 강인한 생물의 발을 잡아 두기란 불가능하다.

"가필, 아나스타시아 님과 다른 분들을 지켜 주어서 감사한다. 네 용감함에 경의를."

"시끄러! 대장과 똑같이 이 어르신도 니가 별로 탐탁지 않아!"

"그건 아쉽군. 스바루와 똑같이 너와도 친구가 될 수 있었으면 했는데."

"크아아아앙!!"

정면에서 받은 율리우스의 말에 호쾌하게 포효한 가필이 주먹을 내질렀다. 그것이 율리우스와 교차하듯이 서로의 배후에 나타난 송장 인간을 쳐부수는 연계.

가필은 인정하지 않아도 일류 전사 간의 호흡은 딱 맞고 있었다.

"단, 이건 대증요법……. 연환용차는 세우고 싶지 않지만도 세웠다간 종막이데이. 어디선가 상황에 변화를 주지 않으믄 말이제?"

6

"크으으으으음——!!"

걸걸하고 다부진 소리를 외치며 황금의 망치창이 휘둘러진다.

옆으로 후려치는 충격이 두꺼운 갑옷을 두른 송장 인간을 한꺼번에 쓸어낸다. 용차 위에서 밖으로 튕겨진 적이 지면에 떨어지기 전에 부스러져서 먼지로 변해 간다.

그러나 그렇게 여러 명을 한꺼번에 처리해 본들 적의 물량은 쇠하지 않았다.

"네 이놈 네 이놈 네 이놈! 교활한 짓거리를!!"

고즈 랄폰이 흉터와 수염으로 뒤덮인 근엄한 얼굴에 노기를 풍기며 사자처럼 포효했다.

그런 고즈의 시야에 하늘을 가득 메우듯 날고 있는 송장 비룡 무리가 그 다리로 붙잡은 송장 인간을 잇달아 연환용차에 투하하는 광경이 보였다.

이 호쾌한 운반 방법이 연환용차에 적병이 침입하는 최악의 술수였다.

투하된 적병 전원이 용차에 착지하는 것은 아니다. 오히려 절반 가까운 병사는 용차를 빗나가 그대로 지면에 격돌해서 되살아난 육체가 먼지로 변하고 있었다.

그러나 살아 있는 병사에게는 자살 행위에 불과한 그 투하도 죽은 병사라면 소모를 우려하지 않고 시행할 수 있는 효율적인 전력 투입으로 바뀐다. 그리고 투입된 것은——.

"라미아 각하의 『전정부대』라니!"

연환용차의 선두 차량, 가장 중요한 위치에 있는 지룡들을 지키고자 달려온 고즈는 죽어서도 주군에게 헌신하는 최악의 충성심을 목도하게 되었다.

――『전정부대』란, 볼라키아 제국에 구전되는 대숙청을 벌인 흉악한 집단이다.

전원이 얼굴 생김새를 알 수 없는 갑주를 두르고 거대한 대형 가위를 무기로 주군의 패도에 불필요한 인간을 가지치듯 잘라낸다. 그 때문에 붙은 이름이 『전정(가지치기)부대』.

그들이 제국사에 이름을 남긴 것은 당시 아직 아홉 살이던 라미아 고드윈이 반란을 일으킨 산하 중급백의 세력을 학살했기 때문이었다.

숙청의 희생자들은 이 세상의 지옥을 남김없이 맛본 처참한 꼴을 당했다고 한다.

당연히 손을 더럽히는 자의 마음에도 부하가 큰 소행이다. 그러나 아직 어린 공주는 부하들 전원에게 수행하도록 지시하고 저주 같은 충성심을 가진 흉악한 부대를 완성시켰다.

그 무시무시한 수완을 발휘한 그녀는 어느덧 『독희(毒姬)』라고도 불리며――.

"어머나아. 그 뒤로 몇 년이나 지났는데, 아직 나도, 내 귀여운 짐승들도 기억해 주고 있다니 기뻐라아."

느닷없는 전율이 허공을 가르고 달착지근한 목소리가 머리 위에서 내려왔다.

그 순간, 고즈는 무작정 망치창을 위로 쳐들고 불긋불긋한 궤적을 정면으로 받아치고서 뒤로 뛰었다. 직후, 고즈의 손안에서 망치창이 발화했다.

당연하다. ──『양검(陽劍)』의 빛이란 세상 만물을 눈이 부시도록 밝히므로.

"설마, 몸소 전장에 납실 줄이야……! 라미아 고드윈 각하!!"

"그렇게 놀랄 일일까아? 이 몸이라면 그게 최선이잖아?"

어금니를 깨물고 정면을 노려본 고즈의 시야에 고귀한 송장 인간이 요염하게 미소 지었다.

피처럼 붉은 화려한 드레스, 눈을 찌르는 보석과 장식들. 아름다움을 꾸미는 그러한 물품의 가치를 폭락시키는, 볼라키아 황족 특유의 천성적인 미모. ──단, 그것도 창백하며 금이 간 피부와 섬뜩한 금빛 눈동자와 어우러지면 남는 것이 없다.

변할 대로 변한 라미아는 그 사실을 증명하듯 자신의 반신──방금 고즈와 주고받은 한 합으로 깨진 팔이나 다리를 내려다보고 태연히 비웃었다.

"그 몸은……."

"뭉개져도 망가져도 없어지지 않는 불사의 몸…… 혈색이 나쁜 것이 불만이란 말이지이."

그렇게 대꾸한 라미아의 몸이 경악하는 고즈의 눈앞에서 천천히 수복되어 간다. 깨진 팔다리가 원상복구되고 라미아는 갓 나은 손으로 『양검』의 감촉을 확인했다.

볼라키아의 보검과 황족, 그 양쪽 모두 더럽혀진 굴욕에 고즈의 얼굴이 와락 일그러졌다.

"그렇게 무서운 얼굴 하지 말아 줄래? 랄폰 이장…… 아아, 지금은 일장이랬지이? 빈센트 오라버니가 『구신장』 제도를 다시 살렸다고 들었어.”

“ㅡㅡㅡㅡ.”

“『구신장』이라니, 오직 강함이라는 잣대만으로 위로 올라갈 수 있는 구조이지이. 머리가 비어서 다루기 편한 말을 모으는 데에 안성맞춤인 수단이야.”

“확실히, 각하께서 『구신장』을 부활시킨 배경에는 이번 『대재앙』이란 사태에 대항 수단을 마련하고 싶은 뜻이 있었을 테지요. 그것은 저도 인정하는 바.”

“그 말투라면, 이견이 있는 것 같은데에?”

“외람되지만!”

라미아의 발언에는 빈센트의 행동을 칭찬하는 감이 있었다.

『선제의 의식』에서 대립하기 이전, 라미아는 빈센트를 많이 따랐다고 들었다. 삶과 죽음이 두 사람의 앞날을 갈랐지만, 그 신뢰는 사후에도 훼손되지 않았을지도 모른다.

단ㅡㅡ.

“라미아 각하께선 각하의 생명이 없는 동안에 있던 일을 얼마나 아시는지요?”

“이상한 질문이네에. 아쉽게도 죽어 있을 동안의 일에 관해선 아무것도. 지금 여러 가지로 무슨 일이 있었는지 다시 배우고 있는 중이야. 당신이 나에게 가르쳐 줄 수 있을까아.”

“그러면 한 가지! 무례를 감안하고 정정하고 싶습니다!”

도발적으로 미소 짓는 라미아의 말을 고즈가 큰 목소리로 덧칠하며 가슴을 폈다.

"라미아 각하의 안목대로, 당대 『구신장』은 모두 실력자뿐! 저 따위는 어림도 없을 강자뿐입니다만…… 결코 누구 하나 다루기 편한 말 따위는 없습니다!"

고즈의 진심 어린 호언을 들은 라미아의 황금빛 눈이 살짝 크게 뜨였다.

만약 빈센트가 『대재앙』과의 싸움에 대비해 자기 말대로 따를 말을 원해서 『구신장』을 부활시켰다면, 그 의도는 실패했다고 말할 수 있으리라.

어느 일장이든 철두철미하게 방심하지 못할 인물이라 결코 쉽게 다룰 수는 없으니까.

"제국의 훌륭한 점은 라미아 각하께서 생각하시는 만큼 각하한 분께 집약된 것이 아닙니다!"

"그건, 빈센트 오라버니를 모욕하는 말일까아?"

"아니요! 아니올시다! 아닙니다, 라미아 각하!"

눈을 가늘게 뜬 라미아의 다소 매서워진 말에 고즈는 고개를 가로저었다.

빈센트에게 품은 감정에 성난 라미아지만 고즈 또한 황제 각하에 대한 폭언이나 무례에는 까다로운 성미다. 그러나 제도를 포기하는 결단 이후로 그 입장은 다소 바뀌었다.

이것도 다 고즈 쪽이 아니라 빈센트 쪽의 변화가 영향을 준 것이다.

"네 활약을 믿겠다고 말씀하셨지."

"뭐라고오?"

"라미아 각하, 각하께서 아시는 빈센트 볼라키아 각하도 뛰어나셨습니다! 하나! 지금! 이 순간! 황제 각하께선 더욱 뛰어난 경지를 추구하며 변하고 계십니다!!"

"————."

"볼라키아 제국은 앞으로 더더욱 발전한다! 그러기 위해서도 한 번 죽은 자들이 발목을 잡도록 이 이상 내버려 둘 수는 없습니다!!"

황제에게 완벽하기를 바란다는 의미에서 고즈와 라미아는 닮은꼴. 하지만 결정적인 양자의 차이는 이 9년의 세월을 아느냐 모르느냐.

시간의 걸음걸이가 멈춘 자는, 걸음을 멈추지 않은 자에게 뒤처진다는, 사실.

"걸음을 멈추지 않는 현인은! 걸음을 멈춘 자의 기대와 예상조차도 초극하여 그보다 더 나아간 곳으로 진격한다! 그것이 우리 볼라키아 제국의 정점이신 황제 각하!"

끝부분이 불타는 망치창을 쳐든 고즈가 망설임을 뿌리치고 앞으로 진격했다.

직전까지는 그 외견이 격변했다 해도 볼라키아 황족이던 라미아에 대한 경애가 고즈의 육체를 속박하고 있었다. ——그 사슬이, 더욱 강하고 격렬한 충성심으로 끊어졌다.

"오오오오——!!"

노호를 외치는 고즈의 일격이 반원을 그리며 라미아에게 내리꽂혔다.

강력무쌍인 고즈가 휘두른 혼신의 일격은, 설령 상대가 『구신장』의 일각일지라도 쉽게 막을 수 없다. 하물며 『양검』을 들었다 한들 여자의 가녀린 팔로는.

　실제로 라미아는 고즈의 일격을 손에 든 『양검』으로 막으려 들지도 않았다.

　"영리하지 못한 머리로 잘 떠들잖아, 랄폰 일장. 비교적 진지하게 감탄했으니까 가르쳐 줄게에."

　고혹적으로 미소 짓는 라미아의 모습이 내리찍는 망치창에 직격당해 산산이 날아갔다.

　뭔가를 교시하겠다는 말을 남긴 것을 마지막으로 수복 불가능할 만큼 산산이.

　물론 아까 총회 때 나온 정보도 있다. 송장 인간은 설사 쓰러지더라도 왕국의 마법사들이 찾아낸 핵충이란 것을 매개로 다시 되살아날 가능성이 있으리라.

　그런데도 여기서 라미아를 토벌함으로써 상황이 호전될 것이라 믿고 싶다.

　『전정부대』에 정식으로 지시할 존재가 없어지면 지휘관의 능력 차이로 자신들 쪽이 유리해진다. 라미아를 해친 고즈에게는 그것이 최소한의 소원.

　그런, 고즈의 기도하는 듯한 기대는——.

　"듣고 있어? 랄폰 일장."

　"윽?!"

　또다시 달착지근한 목소리가 귓불에 스친 순간, 고즈가 망치창을 뒤쪽에 휘둘렀다. 충격이 도중에 있던 적의 동체를 가격하고 도기가 깨지는 소리와 함께 인체의 상하가 분단된다.

박살 나며 날아가는 그것을 시야 끝자락에 담던 고즈는 숨을 집어삼켰다.

반사적인 공격으로 해치운 상대, 먼지가 되어 사라지는 그것이 있을 수 없는 얼굴이었기에.

왜냐하면 그것은 방금 고즈 본인의 손으로 해치웠던.

"웬일로 깜찍한 소리를 한 당신의 말이 맞아."

"말도 안 돼⋯⋯."

그, 있어서는 안 될 비정상적인 광경을 앞두고 망치창을 쥔 손이 와들와들 떨렸다.

그것이 분노에 기인했는지 아니면 다른 감정에 기인했는지, 고즈 본인조차 판별이 되지 않는다. 그저 확실한 것은, 그것이 모독이라는 점.

『사자기사』 고즈 랄폰이 충성을 맹세하는, 볼라키아 제국에 대한 모독──.

"""이건 과거에 남겨진 우리와 당신들의 절멸 전쟁이야."""

박살이 나서 날아갔던 라미아 고드윈이 그렇게 말하고 고즈를 향해 웃었다.

──무수한 『양검』을 든, 무수한 『독희』 라미아 고드윈들이.

"벨스테츠, 이 자리는 맡길게. 죽어도 버텨 내."

"예. 각하도 부디 무사하시길."

——그것이, 주고받은 마지막 대화였다.

 사무적인 주종관계로, 소위 강한 유대가 있었느냐 물으면 아니라고 대답할 수 있다.

 그 재기와 자세에 대기(大器)의 단편을 느끼고 늙어감에 따라 체득한 견식을 활용해 그녀의 길을 다지고, 황제가 앉아야 할 옥좌로 이끌려고 했다.

 그녀 자신을 향한 충성심이나 정열이 없어도 성립되는 주종이었다.

 하나부터 열까지 지시받지 않아도 하나를 알면 백을 알고, 백일을 만들어 내는 인물이었다.

 능력에 걸맞은 역할, 입장에 걸맞은 의무, 그것을 자타에게 통제할 수가 있는 인물이었다.

 무위에 축복받지 못하여 제국의 검랑을 애타게 그림에도 닿지 않는 입장.

 타인에게 존경받거나 추앙받지 못하고, 멸시만 받으며 살던 자신을 그녀가 유용하다고 평한 사실은 감사할 만한 것이었으리라.

 그렇기에 마지막에 주고받은 말에도 거짓은 추호도 없었다.

『선제의 의식』도중, 목숨을 걸어서라도 버텨 내라고 엄명 받았고, 그럴 각오가 있었다.

자신을 검랑이라며 허풍 치지도 못하고 오직 늙어 추레해지던 남자의 마지막 봉사.

정열이 없는 주종이었어도 그 역할에 기꺼이 목숨을 바칠 결의가 있었던 것이다.

그럼에도 불구하고 벨스테츠는 살아남았다.

그리고 무사하길 빌던 주군은 목숨을 잃었다.

지금도 벨스테츠 폰달폰은 살아서 수모를 당하고 있다.

책무를 다하지 않은 채 제국을 쇠퇴로 이끌려는 황제를 내쫓고, 그 본인의 획책 뒤에서 진행한 『대재앙』의 암약을 깨닫지 못해 검랑을 자처하기도 부끄러운 자로서.

주어진 명령을 이행하지도, 아무것도 이루지 못한 채로 그저 살아서 수모를 당하고 있다.

8

"랄폰 일장, 왜 그래애?"

"볼라키아 황족 좋아하는 당신답지 않네에?"

"아니면 『선제의 의식』에서 패퇴한 나 따위는 취향이 아닐까아?"

같은 목소리가 다른 입에서 튀어나오고 헤아리지도 못할 정도의 금빛 두 눈에 응시받는다.

그 눈과 같은 색의 황금 갑옷을 두른 고즈 랄폰은 자신의 눈에 비친 현실의 끔찍함에 얼굴의 흉터를 일그러뜨리고 어금니를 악물었다.

혼신의 힘을 담아 망치창의 일격을 후려쳤다.

고즈 안에 흐르는 제국 검랑의 피. 그것이 비명을 지르는 것을 참고 고즈는 공경해야 할 황족의 한 명인 라미아를 쓰러뜨려야 할 적으로서 토벌한 것이다.

영혼이 찢기는 듯한 고통을 맛본 결과, 고즈는 진정한 의미로 이해했다.

──『대재앙』이 틀림없이, 볼라키아 제국을 멸망시키려는 위협임을.

"무엇 때문에……!"

이를 가는 고즈의 눈앞에서 라미아── 아니, 라미아들이 갸웃했다.

가녀린 어깨 위에 주황색 머리카락이 사라락 흘러 떨어진다. 그 모습을 본 고즈의 속이 불탔다.

"무엇 때문에 그런 짓을 허용하십니까!! 이 같은! 이 같은 모독은 없다! 라미아 각하의 생명을 우롱하고 있어!!"

치솟는 분노를 목소리에 싣고, 동시에 치솟는 눈물을 뜨거운 피로 불태운다. 고즈는 그 몸이 무수히 복제된 라미아에게 호소했다. 그러나 그런 고즈의 뱃속부터 외친 호소에 라미아들은 일제히 손등을 입술에 붙이고 들뜬 목소리로 말했다.

"착각하지 말아 줘, 랄폰 일장. 이건 누가 시킨 것이 아니라 내가 스스로 한 일이니까아."

"무슨, 말씀을."

"그 마녀는 머리가 굳었어. 깨지자마자 되살아날 수 있으면, 딱히 깨지기 전에도 되살릴 수는 있지. 용기는 얼마든지 만들 수 있으니까 나머지는 근원을 희석해서 채우면 그만이야아. 그걸 감각적으로 알면—— 이렇게, 꿈같은 일도 가능하잖아?"

창백한 얼굴에 고혹적인 핏빛 웃음을 띠고 있는 라미아 고드윈의 총명함은 생전과 다를 바 없었다. 두 팔을 크게 펼치며 늘어난 자신의 존재를 과시하고 있다.

"————."

꿈같다는 라미아의 말에 고즈도 속으로 동의할 수밖에 없다.

한없이 수를 늘리고 자기 의지로 자신의 존재를 모독하는 라미아. 그런 라미아 전원이 제국의 상징인 『양검』을 들고 있다.

이것이 라미아가 말하는 대로 꿈—— 악몽이 아니고 무엇이란 말인가.

"저기, 랄폰 일장, 현실로는 꿈을 깨부수지 못해애. 그 사실을 인정하고…… 당신도 우리 쪽에 오면 어떨까아?"

"대체, 무슨 뜻이신지요."

"어려운 얘기가 아니야아. 당신도 죽어 버리면 나랑 다른 아이들과 입장은 똑같으니까아. 기왕이면 빠를 때 이기는 편에 붙지 그래애?"

검을 쥔 손을 가슴 앞에 맞대고 갸웃하는 라미아가 고즈를 유혹했다.

전투 중에 목숨을 잃으면, 그자는 송장 인간으로서 라미아 측 군세에 편입된다. 전장에서는 이미 일어난 사태지만 실제로 상상하니 정신의 부하는 헤아릴 수 없다.

제국병의 충성심을 강하디강하게 품고 있는 고즈도, 같은 마음이었을 장병들도, 쓰러지면 제국을 멸하는 쪽에 가담하여 의문 또한 느끼지 않게 된다.

제국 여제의 자리에 손이 닿을 뻔했던 이 라미아 고드윈이 그렇듯이.

거기서 완성되는 것은 송장 인간의 제국이다. ——검랑의 나라는, 흔적도 없이 사라진다.

"과분한 말씀입니다만, 라미아 각하!"

눈을 질끈 감았던 고즈는 고개를 들고 라미아를 다시 마주했다.

고즈의 기백을 앞둔 라미아는 고운 눈썹을 찌푸렸다.

"거절당할 것 같은 분위기네에."

"라미아 각하의 관대하신 자비입니다만! 이 고즈 랄폰! 감히 거절하고자 하는 바입니다!!"

"아니나 다를까, 거절당했어."

고즈는 황금빛 눈을 가늘게 뜬 라미아에게 조금 전 눈을 감았을 때 본 환영을 생각했다.

목숨이 다한 고즈가 라미아 측과 같은 송장 인간이 되어 창백한 얼굴에 황금빛 눈을 드리우고 이 제국을 멸하기 위해서 망치창을 휘두르는 모습——그 환영을 산산이 깨부쉈다.

깨부수고, 들러붙는 환영을 뿌리치며 부르짖었다.

"조금 전의 발언을 정정하겠습니다! 『구신장』은 누구나 황제 각하의 생각대로 되지 않는 자라고 말했습니다만! 저는 각하의 충실한 말! 다른 자가 어떻든 간에! 저만은! 그러고 싶기를 바랍니다!!"

죽어서 멸망의 첨병으로 전락하기를 거부하고 황제 각하의 살아 있는 말이기를 바란다.

그것이 고즈 랄폰이 제국의 검랑으로서 갖춘 자세이며, 바라는 길.

다시 말해——.

"나는 빈센트 볼라키아 황제 각하께서 택한 『구신장』 제5위! 고즈 랄폰이다!!"

황금의 망치창을 쳐들고 무수한 라미아 상대로 한 걸음도 물러서지 않기를 선언한다.

다음 순간, 입을 크게 벌리고 호언장담한 고즈에게 라미아들이 『양검』을 들고서 뛰어들었다. 한칼만 맞아도 그 영혼까지 불탄다는 볼라키아의 붉은 화염.

그것이 몸에 닿기 전에 고즈의 근육이 약동하며 망치창을 옆으로 휘둘렀다.

"흡."

미혹이 사라진 고즈의 일격이 달려든 라미아를 옆으로 치자, 공중에서 다섯 명이나 한꺼번에 맞아서 도기처럼 여린 몸이 산산이 먼지로 변한다.

그 한 방을 목도한 나머지 라미아들은 눈을 살짝 크게 뜨고 표정을 바꾸었다.

어이가 없을 만큼 우직한 검랑을 응시하며 잔혹하게 미소 지은 것이다.

"아무리 용감하게 부르짖어도 죽어 버리면 우리의 노예일걸?"

"그것이 저항하기 어려운 일이라면! 이 생명이 다하기 전에 돌이라도 되리다! 죽지 않는 것을 황제 각하께 바치는 최후의 충용으로 삼을 뿐!!"

망치창을 머리 위에서 크게 휘돌리고 선두 차량에 모인 라미아들을 놓치지 않겠다는 자세.

『양검』을 든 라미아가 연환용차 곳곳에 흩어지면 그 양광(陽光)이 빈센트의 눈을 태우게 될지도 모른다. 그것을 저지한다.

그 때문에 『사자기사』의 커다란 몸뚱이가 있는 것이라고, 고즈 랄폰은 사납게 성냈다.

9

"꽤나 용감한 각오를 했던 모양인데 안됐어."

연환용차의 선두 차량, 목적지로 가는 용차의 발을 빼앗기게 둘 수 없다고 자신의 존재 의의를 걸고 사납게 포효하던 고즈 랄폰.

그 기개는 대단했지만 중요한 바람은 이루지 못했다.

송장 인간으로 변한 라미아를 다른 곳으로 보내지 않겠다고 결사적인 고즈에게는 유감스럽게도, 이미 라미아의 모습은 연환용차의 다른 차량에 도달해 있었다.

당연한 노릇이다. 늘어난다 해도 같은 곳에서 늘어날 필요란 없으니까. 그런 제한도 설정되지 않았다. 고즈의 분전은 무의미하다고는 말하지 않겠지만 공헌도가 낮다.

　그리고 제국의 산 자 중에서 중요한 역할을 책임지는 자만이 탄 용차에서 고즈 랄폰이라는 강자의 손을 막는 중요성은 설명할 필요도 없었다.

　"안됐지만 당신이 나를 잡아 두고 있는 게 아니야아, 랄폰 일장. 내가 당신을 잡아 두고 있는 거지이."

　『양검』을 상대로 고군분투하는 고즈의 기개에 찬물을 끼얹으며 중앙 차량을 목표로 걷던 라미아는 먼 곳을 쳐다보았다.

　저 먼 하늘, 그곳에 먹구름처럼 강대한 사룡과 격돌하는 낭인족의 모습이 있다.

　"발그렌이 쓸모없는 것은 계산 밖이지만 저자의 손을 막은 것은 아주 좋아."

　황금빛 두 눈을 가늘게 뜬 라미아의 눈에도 발그렌과 상대하는 낭인족은 격이 달랐다.

　제국의 아홉 일장 중 하나인 고즈도 틀림없이 세계 유수의 강자. 그런 고즈조차도 초월한 그자는 세계 최강의 생명체와 정면으로 겨루고 있다.

　──아니, 오히려 사룡 쪽이 밀리고 있었다.

　완전히 밀리지 않은 것은 공격을 받은 사룡의 회복력이 그것을 웃돌기 때문. 시노비는 부서져도 부서져도 복원하는 사룡을 완전히 죽이지 못한다.

사룡에게 죽지 않는 것만으로도 충분하고 남을 만큼 이상한 광경이었지만.

"하지만 저 낭인족은 죽어도 써먹을 수가 없단 말이지이. 아쉬워라아."

"그건 그냥 못 들어 넘기겠구만."

작은 발소리와 함께 들린 거친 목소리에 라미아가 천천히 뒤돌아섰다.

멀리서 사룡과 낭인족의 전투가 보이는 지붕 위, 금발 남자──아니, 소년이 서 있었다. 맹렬한 전의를 두른 소년의 모습에 라미아는 작게 코웃음 치고 미소를 보냈다.

"짐승 냄새가 난다 싶었더니…… 당신, 반짐승이지이?"

"흙냄새 나는 여자한테 듣고 싶지는 않은데. 아니지, 그게 다가 아니야."

"──?"

"같은 낯짝을 줄줄이 늘어놓는 여자란 말이야, 할머니만으로도 충분하다고!"

깡, 하고 세게 가슴 앞에서 주먹을 맞댄 반짐승 소년의 외침에 라미아와, 그리고 다른 라미아들은 눈을 가늘게 떴다.

소년이 한 말의 의미는 알 수 없다. 다만 지금의 라미아와 비슷하게 같은 형상의 존재가 무리 지은 모습을 소년은 이전에도 체험했다는 점뿐.

그리고──.

"이 어르신은 그 금빛 번쩍이는 아저씨와 돈독한 사이는 아닌데, 그 아저씨의 목소리가 워낙 커서 말이지……. 온 녀석들 중에서 네가 제일 만만찮다는 건 알고 있어!"

소년이 이를 드러내며 포효한 직후, 라미아는 공기의 변화를 감지했다.

그것은 연환용차의 각 차량── 차열 전체를 5분할하면 라미아와 소년이 대치한 곳은 3량째이고 고즈가 저항하고 있는 곳이 1량째지만, 변화는 2량째와 4량째에서 일어났다.

2량째 지붕이 화염에 휩싸이고 4량째는 반대로 얼어붙는 바람으로 빙결된 것이다.

그것은 모두 다 이 라미아와는 다른 라미아와 『전정부대』가 탑승한 차량. 저항의 사실을 피부로 실감한 라미아가 손등을 입가에 붙이고 비웃었다.

"그으래. 왕국인이란 제때 포기할 줄 모르는구나아."

"어떻게 우리가 루그니카에서 온 걸 알고 있냐."

"방금 알았어. 제국인답지 않으니까 물어봤을 뿐이야아. 귀여워라아."

"아니지, 그게 아니군. 단순히 이 어르신을 놀리기 위해서가 아니야."

조롱하는 라미아의 웃음을 보던 소년이 고개를 가로저었다.

오기하고는 다르다. 그렇다고 해서 통찰력도 아니다. 굳이 말하자면 소년의 직감. 본능적인, 진위의 냄새를 맡는 후각의 산물.

소년은 후각과 방금 라미아가 한 말을 머릿속에서 연결했다.

"『예찬자』는 쓸모없단 말과, 이 어르신이 어디 녀석이냐로 실망한 걸 감안하면……."

"수다는 충분해애."

겉보기로는 머리를 굴리는 재주가 없어 보이면서 머리를 쓰려고 드는 소년. 안 맞는 짓에 애쓰는 인간을 보면 아주 아주 불쾌하다.

황금빛 눈을 가늘게 뜬 라미아에 호응한 다른 라미아가 소년을 베어들었다.

"멋대로 얘기 끝내지 마시지!"

닥쳐드는 참격에 부르짖은 소년이 몸을 낮추고 붉은 칼끝을 피했다.

허공을 가른 라미아의 봄통에 답례의 손등치기가 직격. 날아간 라미아의 몸을 다른 라미아가 베고 둘로 갈라진 라미아의 몸이 발화한다.

그, 타오르는 화염 장막 너머에서 치명적인 찌르기가 소년을 노리고 날아왔다.

"치잇."

짧게 외친 소년이 지붕을 박차 공중으로 날아올랐다. ――그곳에 활공하는 송장 비룡이 다가오고, 공중으로 피신한 소년이 그 용의 이빨에 물어 뜯겼다.

"커, 어어어어어!!"

옆구리에 이빨이 박혀서 절규하는 소년을 문 송장 비룡이 상승한다. 거기에 다른 송장 비룡이 몰려들어 볼라키아의 명물이기도 한 비룡의 사나운 식사가 실현되었다.

　휘두르지 않은 『양검』을 고쳐 쥔 라미아는 그 참상에 어깨를 으쓱였다.

　"랄폰 일장도 그렇지만 접근해야만 하는 아이는 『양검』과 궁합이 좋지 않네에."

　한 칼을 맞으면 영혼을 불사를 때까지 타오르는 『양검』의 화염. 손에 들면 신체 기능이 향상되는 마검의 효과는 환경의 혜택에 기댄 볼라키아 황족조차 일류로 변신시킨다.

　하물며 검술 습득에 시간을 소비한 자라면 그 은혜는 말할 필요도 없다.

　"자아, 짐승 냄새 나는 아이는 치웠고오, 남은 것은 오라버니가 있는 곳을……."

　천천히 산책하듯이 걸음을 내디디려던 라미아의 머리 위에서 느닷없는 굉음이 울렸다.

　쳐다보니 지나치게 몰려들어 둥근 구체처럼 되었던 송장 비룡 무리가 공중에서 십여 마리 한꺼번에 산산조각 나며 폭산했다. 그 폭산 중앙에서 모습을 보인 것은 조금 전의 호리호리하고 탄력 있는 소년과 닮은 구석이 없는 강대한 대호(大虎).

　"크어어어엉!!"

　통나무를 여럿 뭉친 것처럼 거대한 팔을 휘둘러 송장 비룡 무리를 날려 버린 대호가 단숨에 급강하. 그 중량에 연환용차 지붕이 삐걱거리고, 찰나, 라미아에게 육박했다.

　한순간 놀라기는 했다. 그러나 수화한 까닭에 과녁은 커졌다.

스치기만 해도 승리를 얻을 수 있는 『양검』의 사용자를 상대로 이는 악수였다.

몸을 기울인 채 달려드는 대호에 맞추어 『양검』을 하단에서 위로 베었다.

"카아——!!"

"어머어."

『양검』의 칼끝이 강철을 스치는 소리가 나고, 라미아는 금빛 눈을 크게 떴다.

돌진하는 대호는 굵은 팔을 라미아에게 후려친 것이 아니라 라미아의 반걸음 앞 지붕에 발톱을 박고서 억지로 뜯어내어 방패로 삼았다.

라미아의 검격은 그 위를 미끄러졌고 선회하는 대호의 반대쪽 팔이 그녀를 가격했다.

충격이 라미아의 상반신을 뜯어내 부스러진 몸이 차 밖으로 내동댕이쳐졌다.

대호는 라미아의 예상을 웃돌았다. 하지만 고즈와 마찬가지로 소용없는 짓이다.

"여기 내가 죽어도오."

지면에 격돌하기 전에 산산조각 나서 먼지가 되어가는 라미아의 입술이 그 말을 읊었다.

설령 이 몸이 죽는다 해도 다른 자신과 비슷하게 복원될 뿐. 심지어 이 복원의 이점은 죽어도 끝이 되지 않는다는 것뿐이 아니다.

다음에 소생하는 라미아는, 이 라미아의 체험을 전부 가져올 수 있는 것이다.

다시 말해——.

"_____."

떨어지는 라미아는, 다른 라미아와 『전정부대』가 대호에게 달려드는 기척을 느끼며 부스러지는 시야에 자신을 놓고 가는 연환용차의 차내를 보았다.

그 차내에서, 창밖을 응시하는 상대와 눈이 마주쳤다.

찾는 사람이 어느 차량에 있었는지 확인한 다음에, 다음 라미아에게로 전달할 수 있다.

그것은——.

"빈센트 오라버니, 찾았다아."

10

"각하."

창문으로 보인 광경에 평소의 실눈을 살짝 뜬 벨스테츠가 말을 흘렸다.

지금 막, 지붕 위에서 떨어져서 대지에 부서진 것은 틀림없이 송장 인간으로서 되살아난 라미아 고드윈이었다.

이미 벨스테츠는 그 사실을 자기 눈으로 확인한 뒤였다.

이 연환용차의 치열한 습격에 참가한 것이 자신도 잘 아는 『전정부대』였던 시점에서 이를 이끄는 것이 라미아라는 것도 충분히 아는 바였다.

그런데도 라미아의 모습이 부서지고 먼지로 화하는 광경은 벨스테츠를 흔들었다.

"한번 뵙고 싶다고 생각하긴 했지만 이런 식일 줄이야."

"드라쿨로이 상급백⋯⋯."

"그런 표정 짓지 마시게, 재상님. 나와 같은 것을 보았겠지? 라미아 각하가 저렇게 부서졌으면 저분의 사병인『전정부대』도 멈출지 모르는데? 기대는 희박하지만."

차창 밖에서 라미아가 최후를 맞이하는 모습을 지켜본 세리나가 빈정대듯 어깨를 으쓱였다.

기대가 희박하다는 그 말대로, 충성을 바친 라미아가 쓰러지더라도『전정부대』의 맹공에는 그늘 한 점 없었다.

앞선 총회의에서 나눈 정보를 감안하면, 송장 인간에게 죽음이란 끝이 아니다.

『대재앙』의 주범격일 스핑크스는 죽음조차 이용해서 제국의 멸망을 노렸다. 마녀에게 가능한 일이라면『독희』에게 불가능할 리 있겠는가.

전의가 쇠하지 않는『전정부대』를 보지 않아도 라미아의 끝이 나중임은 확실하다.

"아나스타시아 님, 물러나 주십시오!"

카라라기 전통복을 입은 청년이 늠름하게 소리치며 유려하게 검을 놀렸다.

무지갯빛 궤적을 그린 참격은『전정부대』가 두른 강고한 검은 갑주를, 마치 달군 쇠로 얼음을 베는 것처럼 쉽게 잘라냈다. 무위에 축복받지 못한 벨스테츠의 눈으로도 청년——율리우스의 역량이 제국의 용사에 뒤지지 않음을 이해할 수 있었다.

"하지만 내 율리우스라도 영원히 싸우진 몬한다. 상황을 움직여야겠는디."

율리우스의 분전에 보호받는 와중에 목도리를 어루만진 아나스타시아의 중얼거림.

차량 내에 밀어닥치는 적은 율리우스가, 지붕 위는 가필이 각각 응전 중이지만 아까 추락하는 라미아와 합쳐서 안팎은 어느 곳도 격전이었다.

그야말로 싸울 수 있는 인원은 경호병도 포함해 전원이 싸우고 있는 상황이다.

"그—렇다 쳐도, 조금 과하게 노리는 느낌이 들지 않나요?"

"아마 짐작이지만도 댁이 있어서 아이가? 그 아파하던 가슴팍, 대놓고 표식이 찍힌 걸로 보이는디."

"표식……? 얼—라라, 진짜다!"

감금실에서 끌고 나온 우비르크가 곡선적인 자기 가슴을 들여다보고 소리쳤다.

아나스타시아의 말대로, 힐끔 보인 우비르크의 하얀 살결에는 선형으로 붉게 부은 상처 자국이 있고, 습격과 동시에 생긴 것이라면——.

"표적의 위치를 파악하는 마안…… 설마 팔라디오 마네스크 각하가?"

"이건 또 참, 『선제의 의식』 참가자가 싹 모였나? 그렇다면 내가 아버지로부터 가주 자리를 빼앗았을 때 꽃을 보내주신 바르톨로이 각하와 추억담을 나누고 싶군."

마안족의 피를 이어받은 볼라키아 황자, 팔라디오 마네스크의 마안이 표적을 포착한 것이 끊임없이 『전정부대』가 여기로 공격을 모은 이유인가.

그렇게 추측한 벨스테츠 옆에서 자신도 검으로 검을 견제하는 세리나가 입술을 핥았다.

"이 자리에서 움직인다 쳐도 앞과 뒤 두 선택지를 잘못 골라서 죽는 일은 피하고 싶군. 우리라는 머리를 잃고 제국이 어떻게 붕괴할지 흥미가 없진 않지만……."

"조심성 없는 말씀을 하시면 곤란합니다. 이 사람 같은 노구라면 몰라도 각하나 당신은 대신할 사람이 없으니까요."

"누구든 간에 대신할 수 없는 사람이란 없어, 재상님. 무엄하게도 당신이 황제 각하의 대리를 준비했듯이. 어쨌든……."

어떤 상황이라도 신랄한 여유를 잃지 않는 세리나가 제도에서 벨스테츠가 벌인 소행을 쿡 찔렀을 때, 사태가 움직였다.

앞과 뒤, 어느 쪽으로 움직여야 하느냐는 선택지 중, 선택지 쪽에서 나타난 것이다.

"좋아, 있다! 여기서 버티고 있었나!"

"나츠키!"

후위 차량과 연결된 문, 이미 『전정부대』의 공세로 파손된 그곳을 밟고 넘어 벨스테츠 일행이 있는 객차로 작은 그림자가 밀어닥쳤다.

선두에 있는 흑발 소년의 모습에 아나스타시아의 목소리가 커지며 합류를 환영했다.

　우당탕탕 황급하게 들어온 것은 나츠키 스바루라는 소년과 그 손을 잡은 드레스 차림의 소녀. 뒤따르는 것은 녹인족 소녀와 금발 소녀, 분홍 머리와 파랑 머리의 똑 닮은 소녀들———.

　"스바루! 에밀리아 님은 어떻게 되셨지?"

　"에밀리아땅은 최후미에서 분투 중! 적이 들어오지 못하게 차량을 얼려서 강화했지만 남아 있다간 우리까지 얼음덩이가 된다며 먼저 보냈어! 괴로워!"

　"막무가내구마. 하지만 최선의 수데이."

　차창을 깨트린 송장 인간을 상대하던 율리우스의 질문에 대답한 스바루는 씁쓸한 표정이었다.

　그런 스바루의 대답을 듣고서 아나스타시아는 소년의 등 뒤, 금발 소녀를 쳐다보았다.

　"아아우……."

　"꼴을 보니, 대화는 중단이가?"

　"아니, 내 결론은 나왔어. 그걸 모두에게 전할 찬스가 중단이지. 아벨 자식은?! 그 녀석에게도 나랑 같은 표식이 나타나지 않았어?"

　금발 소녀 옆에 서서 그렇게 말한 스바루가 가슴팍을 보여 주었다. 그러자 그곳에는 『별점쟁이』 우비르크와 같이 부은 자국이 도드라져 있었다.

　그러자마자 그것을 본 우비르크가 "앗—!" 하고 큰 소리를 냈다.

"거―봐요, 당신에게도 표식! 우리는 『별점쟁이』 동료가 맞―
잖아요!"

"아니라고 했잖아! 나만이 아니라 귀여운 베아코에게도 같은
게 나와서 불쌍하다고! 공통점은?!"

"그건 필시, 『대재앙』이 제거해야 할 장해물일 테죠."

그 목소리는 이번에는 스바루 일행이 들어온 곳과는 반대쪽
문, 전방 차량으로 이어지는 통로 쪽에서 객차로 뛰어 들어왔다.

나란히 모습을 보인 것은 총회의에서도 존재감이 높았던 왕국
의 군사인 오토와 장병의 치유에 적극적으로 참가하던 소녀였
다.

두 사람의 등장에 뒤돌아본 스바루가 눈을 크게 뜨고 외쳤다.

"오토! 페트라! 무사했었나! 아까는 미안해!"

"그건 나중에 얘기하죠. 지금은 중요한 정보부터 공유해요."

"스바루와 베아트리스에게 나타났다고 말한 표식, 주인어른
에게도 나타났었어! 지금, 주인어른은 앞의 용차에서 좀비를 유
인하고 있는데……."

"로즈월 님께도 표식이……."

페트라라고 불린 소녀의 보고에 렘의 혈연자일 분홍 머리 소녀
가 눈을 내리깔았다.

그러나 우비르크와 스바루, 베아트리스라는 소녀에 더해 왕국
의 궁정마도사에게도 표식이 도드라졌다면, 각인의 조건도 어
렴풋하게나마 보이기 시작한다.

그것은――.

"평야에서 직접 스핑크스와 얼굴을 맞댄 메이더스 변경백과 베아트리스. 그리고 용차의 기습을 막은 나츠키, 『별점쟁이』 양반이던가."

"여기서는 확인할 방도가 없습니다만 밖에서 검은 용과 싸우고 있는 하리벨 씨에게도 비슷하게 표식이 새겨졌을 가능성이 있겠네요."

"그리고, 우리의 황제 각하일까. 충분히 가능성은 있군. 이름이 열거된 자는 모두 그 활약으로는 대체할 바가 없는 자들이야."

세리나가 아까 벨스테츠의 발언을 야유하며 식자들의 대화에 동의했다.

아나스타시아를 비롯한 이들이 시작한 이야기에 벨스테츠도 같은 의견이었다. 그리고 팔라디오의 마안이 가진 효과가 지속되는 한, 표적이 된 자에게는 끝없이 자객이 파견된다.

그러나——.

"기다려 주세요. 만약 그 상상이 옳다면, 이 아이에게…… 스피카에게 같은 표식이 생기지 않은 이유를 알 수 없어요."

작은 소녀의 어깨를 뒤에서 안고 있던 렘이 발언했다.

렘이 스피카라고 부른 소녀, 어디가 중요한지 자세한 설명을 듣지 못했지만 이 소녀가 우비르크의 예언에 이름이 나온 한 사람이라는 말은 들었다.

그 점에서 볼라키아 제국을 위해서 중요한 인재인 것은 확실하지만——.

"스피카, 라고요."

그런 렘의 호소에 오토가 벨스테츠 측과는 다른 감개가 있는 듯이 중얼거렸다.

그 중얼거림을 들은 스바루가 오토를 응시하며 진지한 표정을 짓고 선언했다.

"내 입장은 결정했어. 증명은, 앞으로 보일 삶으로 하겠어."

"기막힌 우연이네요. 마침 저도 똑같이 입장을 정했거든요."

조용한 대화에 얼마나 복잡한 감정이 오가는지 외부인은 짐작할 길이 없다. 나아가 이 습격 중에는 나중으로 미룰 사정이다.

"지금은 머리 위에서 울부짖고 있는 가프가 호랑이구이가 되기 전에 움직여야지."

"무슨 꼬치구이처럼 말하지 마라……. 하지만 방금 렘이 한 말에도 일리가 있어."

분홍 머리 소녀의 말에 끄덕인 스바루가 돌아보자 모두의 시선이 스피카라는 소녀에게 모였다. 시선 집중에 소녀가 목을 꿀꺽이며 곤혹스러운 표정으로 주위를 보았다.

"거기 『별점쟁이』라는 치의 얘기를 믿는다면, 그 계집애…… 스피카는 『대재앙』의 천적이야. 그런데 어째서 그냥 넘어간 것이야?"

"——? 그거, 그렇게 이상한 일이야? 우리도 저 남자분이 가르쳐 주지 않으면 모르던 일이잖아? 그렇다면 상대도 그런 게 아닐까?"

"그건 즉, 송장 인간 쪽엔 『별점쟁이』가 없다는 뜻인가?"

소녀들이 교환하는 의문을 듣고, 스바루가 퍼뜩 알아차린 표정으로 중얼거렸다.

그 발언에 고개가 돌아간 우비르크는 미덥지 못한 표정으로 느릿느릿 고개를 가로저었다.

"아—이고, 죄송하네요. 천명과 관계없는 부분은 저도 몰라서."

"그렇다면 최소한 스피카의 무엇이 당신이 말하는 광명인지, 그 정도는 가르쳐 줄 수 없을까요? 지명만 하다니, 아무리 그래도 무책임하잖아요."

"무책임해서 죄—송합니다."

얼굴에 철판을 깐 듯한 우비르크의 대답에 렘의 표정이 험악하게 물들었다. 하지만 우비르크의 대답은 바람직하지 않아도 렘이 꺼낸 화제는 검토할 가치가 있을지 모른다.

"현시점의 재료로는, 표식이 찍힌 자를 지키면서 공중분해를 일으킬지 모르는 연환용차를 타고 성새도시로 몰려갈 수밖에 없다. 그 도시 또한 수복 중일 텐데 말이지."

"글케 느긋한 시간이 남아 있을 것 같진 않구마이."

이렇게 대화하는 중에도 『전정부대』의 공격을 받는 용차는 서서히 그 원형을 잃어가고 있다. 이동 수단이 멈추면 괴멸이 필연적인 것은 이미 검토한 바.

이 전투를 막으려면 적군을 이끄는 지휘관—— 라미아에 대처할 수밖에 없다.

"————."

현재, 대중요법 이상의 수단이 요구받는 가운데 벨스테츠는 그 실눈이 보는 시야에 몹시 갈등하는 표정의 스바루가 있음을 깨달았다. 그 표정을 점유한 고뇌는 무언가를 깨달았으며 그 무언가를 입에 올리기를 망설이기 때문에 생긴 것이다.

이 상황에서 소년이 입 밖에 꺼내기를 주저하는 발언. 발언에 숙고가 부족한 세리나와는 다른 소년의 갈등, 그 내용은──.

"바루스."

"나츠키 씨."

동시에 두 인물이 스바루를 불렀다.

벨스테츠와 똑같이, 소년의 표정 변화를 깨달았으리라 짐작되는 두 사람이다. 그리고 벨스테츠보다 소년에 대해 잘 아는 두 사람은 그 고민의 내용까지 알아낸 모양이다.

둘의 시선에 담긴 의도에 눈을 감은 스바루가 크게 심호흡하고 표정을 다잡더니 말했다.

"스피카의 권능이, 상황을 타파할 가능성이 있어."

11

"우랴아아아~!!"

미디엄은 두 손으로 잡은 만도를 휘둘러 정면에 육박한 송장인간을 억지로 베어냈다.

큼직한 일격 때문에 등 쪽이 훤히 비어서, 그쪽으로 다른 송장인간의 대형 가위가 꽂힐 상황이었다. 그러나 그 궤도에 홀쭉한 장검이 끼어들었다.

"어딜 함부로 손대고 있어, 덩치 놈들아!!"

거칠게 부르짖는, 자말이라고 이름 밝힌 외눈의 제국병이 목소리도 검격도 사납게 날뛰었다.

미디엄은 자말과 협력하여 끊임없이 나타나는 송장 인간들로부터 오빠 플롭과 자말의 동생 카츄아, 그리고 멋대로 구는 아벨을 지키고자 분투하고 있었다.

"황비님! 여기는 나한테 맡기고 물러나 있어 줘!"

"그~러~니~까~! 난 아직 응이라고 안 했다고!"

"황비 후보님! 물러나 있어 줘!"

"진짜~!!"

공손한 대우에 익숙지 않은 미디엄은 곤혹감으로 가득했다.

그 이전의, 플롭과 아벨의 대화 때부터 그렇다. 아벨에게 주의받았지만 미디엄은 플롭의 생각을 아무것도 듣지 않고 오빠에게 협력했다.

지금 생각하면 아벨의 말마따나 조금은 미리 이야기를 들어 둘 것을 그랬다.

"그랬으면 그렇게 놀라지 않아도 됐는데……."

"동생아! 끙끙 않는 건 너하고 어울리지 않는다!"

"누구 탓인데 그래, 오빠!"

분노를 만도에 담아 내지르는 대형 가위를 쳐내고 적의 목을 횡으로 벤다.

그럼에도 죽지 않는 적에게 미디엄의 옆구리에서 튀어나온 자말의 추가타가 작렬. 먼지가 되는 적의 잔해를 검으로 떨친 자말은 바퀴 의자에 있는 동생을 돌아보더니 말했다.

"카츄아! 목 길게 빼지 마! 너에겐 누구도 못 오게 할 거야!"

"하, 하지 마……. 딱히, 이젠, 아무래도 좋으니까……. 어차피, 어차피 살아 봤자 좋을 일은, 딱히 없으니까……."

"말도 안 되는 소리 하지 마! 네가 죽으면 토드가 억울하지!"

"윽, 오, 오빠는 바보……! 그런 소릴 해? 아, 안 하잖아, 보통. 죽어! 오빠 따위, 주, 죽어……! 넘어져!"

수위 높은 말을 고치면서 뚝뚝 굵은 눈물을 흘리는 카츄아.

그 모습이 지금의 미디엄에게는 진심으로 가엾어 보였다. 이런 상황이 아니라면 오빠에게 휘둘리는 동생끼리 친절하게 이야기를 들어주고 싶었다.

그러나──.

"황비라니, 듣고 그냥 넘어갈 수 없겠네에."

"윽."

"당신에게, 검랑 중의 검랑과 함께 거닐 자격이 있을까아?"

밀려드는 검은 갑주의 송장 인간들, 그 너머에 선 아름다운 송장 인간이 그렇게 놔두질 않는다.

유유히 서 있는 공주님 같은 그 여인은 다른 송장 인간들과 존재감이 달라도 한참 다르다. 애초에 말을 걸었다는 사실 자체에도 놀란 미디엄은 입을 뻐끔거리고 말았다.

"그 소녀가 무슨 답을 돌려주든, 이미 죽은 너에게는 의미 없는 일이지."

그렇기에 받아친 사람은 미디엄이 아니라 아벨이었다.

객차 앞쪽과 가장 안쪽, 중간에 미디엄과 송장 인간 병사들을 끼고 아벨과 그 공주님이 노려본다. ──아니, 바라보았다.

"네에, 빈센트 오라버니. 여전히 늠름한 모습이셔라아. ……
그런데 조금 야위었나아?"

"형제자매 때문에 번거로워질 일이 없어진 줄 알았더니 너와
팔라디오가 길을 잃고 나온 형편이다. 내 볼이 다소 여위어도 필
연이지 않나."

"후훗, 길을 잃고 나오고 싶어질 만도 하지이. 프리스카는 살
렸겠다아, 오라버니."

"————."

"『선제의 의식』의 전제를 무너뜨린 오라버니에게, 나와 팔라
디오 오라버니를 벌할 자격이 있을까아? 진실을 알면 누구든 황
제라고 인정해 주지 않는 것 아니야아?"

송장 공주가 입가에 손을 짚고 키득키득 비웃었다.

그 한마디에 아벨은 희미하게 눈동자를 일렁이며 뭔가 받아치
려 했지만──.

"누구나 다는 아니야! 나는 아벨찡이 황제라고 생각하고 있으
니까!"

"저도 그렇습니다, 황제 각하! 죽은 자가 하는 말에 귀를 기울
일 필요는 없어!"

더 참지 못한 미디엄과 그에 편승한 자말의 목소리가 울려 퍼
졌다.

두 사람의 발언에 아벨의 눈이 아까보다 더 동그래지자, 공주
님이 언짢은 기색으로 말했다.

"못 하는 말이 없네에. 그쪽 병사는, 내가 누구인지 알고나 있을까아?"

"아앙? 딱 보니 볼라키아 황족이겠지만 죽은 시점에서 관계 있겠냐! 죽은 녀석은 패배자고 살아 있는 녀석이 겁랑이다! 그것이! 제국식 아니냐!"

세계에서 제일 알기 쉬운 논리로 외친 자말이 적병과의 난전을 재개했다.

그 기세등등한 모습에 미디엄은 눈을 끔뻑였다가 웃었다. 웃고 나서 자말과 똑같이 싸움을 재개했다.

"아벨찡보다 멋있어, 자말찡!"

"황공하기 짝이 없구만, 황비 후보님!"

미디엄의 칭찬에 야성미 서린 웃음을 지은 자말의 쌍검이 미쳐 날뛰었다.

두 사람의 분전을 중간에 낀 채로 아벨과 공주님의 대치는 이어진다. 다만 그 공주님과 마주하는 아벨의 눈에서 조금 전의 일렁임은 사라진 듯했다.

"『양검』의 기척이 많이 느껴진다. 하나가 아니군, 라미아."

"그렇다면? 귀여운 동생이 늘어서 기뻐어? 아니면 프리스카가 아니니까 빈센트 오라버니는 흥미가 없어?"

"송장 인간의 구조를 이용해서 섭리 밖의 사상을 일으켰다면, 내 앞에 머릿수를 집중했을 테지."

도발적인 공주님—— 라미아의 태도에 아벨은 아랑곳하지 않았다. 그저 자신을 오빠라고 부르는 송장 인간 소녀의 답변에 알아서 단서를 찾아낼 뿐.

"머릿수에 한도가 있군. 더해서 그 태반의 발목이 잡혀 있어. 고즈인가."

"태연히 말씀하시네에, 오라버니. 그게 사실이라면 랄폰 일장의 활약은 훈장감이지이? 그런데 가엾어라. 그 남자, 자신은 말이면 충분하다고 그러던……."

"그래서, 선택했다."

아벨이 조용한 음성으로 라미아의 말을 가로막았다.

아벨은 자연히 그 자리에서 팔짱을 끼고 정면으로 라미아의 시선과 말을 받아냈다.

"그자는, 내가 선택한 『장』 중 하나다. 그 정도의 활약은 당연하지 않나."

그렇게 당당히 읊고서 아벨은 "라미아." 하고 그녀의 이름을 불렀다.

그리고 살짝 눈을 크게 뜬 라미아에게 말했다.

"나는 너를, 하찮은 존재라고 생각한 적은 없다."

"―――."

던져진 한마디에 라미아의 표정이 크게 변화했다.

그때까지는 고혹적으로, 무척 가학적으로, 그렇지 않으면 불만스럽게, 그런 표정만을 짓던 그녀가 아벨의 그 한마디에 다른 표정을 지었다.

황금빛 눈을 부릅뜨고 입술을 깨문 것이다.

"빈센트 볼라키아아아아앗!!"

다음 순간, 미디엄이 본 표정은 거짓말처럼 지워지고 다른 얼굴이 표출되었다.

피가 흐르지 않는 얼굴에 격정을 드리운 라미아의 손이 공중에서 벌겋게 빛나는 보검을 뽑았다. 그리고 직접 몸을 날려 바닥을, 벽을, 송장 인간을 박차며 아벨에게 달려들었다.

그것을 정면으로 응시하는 아벨. 그 코끝에 보검이 내리꽂힌다——.

"아벨찡!"

"황제 각하!"

그 순간, 각자 눈앞의 송장 인간을 격파하고 뒤로 뛴 미디엄과 자말의 검이 보검의 궤도에 끼어들고—— 한순간의 정체만을 남긴 다음, 두 검이 모두 녹았다.

미디엄과 자말의 방해를 돌파한 라미아의 검격이 아벨에게 육박한다.

아벨의 모든 것이 붉은 빛에 휩싸이겠다고 미디엄이 비명을 지르려 했다.

그때였다.

"————."

무슨 일이 일어났는지 누구도 알지 못한다.

당당히 선 아벨 뒤에 있던 플롭과 카츄아가 동시에 아벨의 웃옷을 잡아당겨 그 자리에 엉덩방아를 찧게 한 것도, 아벨이 죽는다 생각하자 무지무지 가슴이 아파진 미디엄도, 모든 게 다 끝났다고 절망한 표정의 자말도, 아니다.

──그저 그 자리에서 마치 바람에 얻어맞은 것처럼 라미아의 자세가 무너지고 있었다.

12

"──전정, 중지!!"

메마른 목이 터져라 호령을 터트렸다.

『바람막이의 가호』의 은혜를 받아 쌩쌩 불어야 할 센바람도, 본래 처절할 터인 용차의 진동도 없이 그 목소리는 멀리멀리 드높이 울려 퍼졌다.

그리고 그 호령이 들리자마자 대형 가위를 들고 있던 송장 인간들의 움직임이 멈추었다.

반사적으로 움직임을 멈춘 『전정부대』, 그 사실을 어떻게 여겨야 좋을지 알 수 없다. 슬퍼해야 할지, 자랑스럽게 여겨야 할지.

마음을 『독희』에게 맡기고 차가운 피가 흐르는 공포의 상징으로 그들을 다시 만든 것은 자신이다. 그들은 그 목적에 따라 기대에 부응했다.

그리고 사후에도 벨스테츠 폰달폰의 호령에 몸이 반응하고 말았다.

"송장 인간의 시간은 멈추었다. 그렇다면 그들에게 그 『선제의 의식』의 싸움은, 불과 어제 일…… 몸에 찌든 것은 흐려질 수 없다."

그것은, 죽어도 주군을 모시고 따르는 자세를 그들이 몸으로써 증명했다는 사실이었다.

그렇게 생각하기에 그것은 역시 자랑스러운 일일지도 모른다고도 여겨졌다.

"그래서어? 내 짐승들을 멈추는 건 한순간이잖아?"

"네. 하지만 이걸로 당신은 여기 오셨지요."

배후에서 들린 목소리에 뒤돌아선 벨스테츠는 홀로 그녀를 맞이했다.

지붕이, 벽이 부서져서 본래의 장엄한 모습이 흔적도 없어진 용차. 그런데도 여전히 제국의 희망을 싣고 달리는 연환용차 중 한 량에서 벨스테츠와 라미아가 대치했다.

"기다리고 있었습니다, 라미아 각하."

"응, 그런가 보네에. 하지만 왜 혼자서 남아 있는 것이야아?"

갸웃한 라미아가 두 팔을 벌리고 누구도 없는 용차에 시선을 내돌렸다.

벨스테츠 이외의, 세리나나 왕국인들은 여기에 없다. 벨스테츠가 라미아와 『전정부대』의 발목을 잡을 비책이 있다고 주장하고 혼자 이 자리에 남은 것이다.

실제로 『전정부대』를 한순간 정지시키는 것은 성공했다.

두 번 다시 벨스테츠의 호령이 효과를 발휘할 일은 없겠지만, 이 용차에 탑승한 자들이라면 지금 만들어 낸 몇 초의 틈을 효과적으로 이용했으리라.

그걸로 벨스테츠는 먼저 떠난 자들과의 약속을 지켰다.

"이젠 지키지 못할 선언을 할 나이가 아니라서요."

"그렇게 비하할 것도 아니야아. 그 뒤로 9년이나 지났는데 당신은 조금도 변하지 않았어. 내가 죽었을 때랑 똑같아."

"각하의, 말씀이 옳겠지요."

놀리는 듯한 라미아의 말에 벨스테츠는 나직이, 쉰 목소리로 대답했다.

그 말에 미간을 좁힌 라미아. 그녀 앞에서 벨스테츠는 뼈가 도드라진 주먹을 쥐고 기적적으로 전부 모여 있는 이를 세게 깨물었다.

라미아는 아름답고 총명하며, 사물의 본질을 간파하는 눈을 가진 인물임을 9년 만에 실감했다.

"그때 이후로 이 사람의 시간도 멈춰 있었답니다, 라미아 각하."

그렇게 중얼거린 벨스테츠가 한 걸음 앞으로 내디뎠다.

크게 결의를 담고서 한 걸음. 그 걸음을 내디디면 다음 한 걸음. 늙은 몸을 움직여서 벨스테츠는 앞으로, 앞으로 내디뎠다.

"―――――."

어이없다는 듯이 라미아의 황금빛 눈이 가늘어졌다.

천천히 시간 흐름이 완만하게 느껴진다. 실제로 느리다. 가엾을 정도로 허약하다.

늑대 무리에서 자기 몸을 검게 칠한 양이었다. 노회한 염소가 되었다. 뿔을 크게 보여 줌으로써 늑대 무리 속에서도 역할은 있다고 필사적으로 과시하며.

"『양검』."

허공에 손을 뻗은 라미아의 손아귀에 그 붉은 보검의 칼자루가 생겨났다.

 가는 손가락이 칼자루를 단단히 잡고 뽑아내는 볼라키아의 상징인 보검. 그 벌겋고 이글대는 화염을 가둔 검이 벨스테츠의 눈을 태웠다.

 실눈을 뜨고 있어서 다행이었다. 덕분에 눈꺼풀이 타도 안구를 지킬 수 있다.

 벨스테츠는 그런 시답잖은, 별것 아닌 생각을 품으며 주먹을 치켜들었다. 그 주먹은 반지를 끼고 있다. 볼라키아 제국의, 재상의 증거.

 불의 마나가 띤 힘이 담긴, 『미티어』다.

 "그거, 이미 봤었어."

 이미 제도, 이미 수정궁, 이미 옥좌의 방에서 한 번 본 것이라고 라미아의 싸늘한 눈빛이 변하지 않는다.

 지나치게 속도가 더딘 벨스테츠의 걸음, 이미 한 번 깨진 비장의 수, 상대가 소유한 것은 세계 최고봉의 힘을 지닌 십대마검 중 한 자루——.

 "각하."

 불과 1초도 안 걸리고 베여서 재가 될 것임을 알고 있었다.

 그럼에도 벨스테츠는 70년 가까운 인생에서 가장 긴 1초를 최대한 사용했다.

 그리고 한 번 주군에게 했던 진언을, 다시 한번, 고했다.

 "저희는, 패했습니다……!"

말하면서 벨스테츠는 치켜든 주먹을 내리치고 반지를 바닥에 겨누었다.

거기서 『미티어』를 출력, 부풀어 오른 불꽃이 벨스테츠의 발밑에서 작렬하고 너무나 느린 노인의 전진에 불의 기세를 더했다.

벨스테츠가 라미아에게로 맹렬히 몸을 던졌다.

뛰어든 노구를 눈앞에 둔 라미아는 황금빛 눈을 부릅뜨고 있었다. 부릅뜬 황금빛 눈에 벨스테츠 폰달폰이 비치고 있었다.

라미아는 벨스테츠의 얼굴을 바라보며 『양검』을 쳐든 채로 읊조렸다.

"당신, 그렇게 분한 표정을 지을 수 있었구나아."

오래 섬겼으나 깊게는 어울리지 않고, 서로의 속마음을 말로 나눈 적도 없는 주종.

주름투성이 얼굴. 눈동자를 보여 주지 않는 실눈. 무엇을 생각하는지 모를 시종의 처음 보여 주는 표정에, 울 것 같은 노인의 모습에 라미아의 손이 멈추었다.

──벨스테츠와 라미아의 몸이 정면으로 부딪쳤다.

폭발의 충격을 죽이지 못한 채 뒤엉키는 몸이 객차 벽으로. 『전정부대』의 돌입 때 파괴된 벽으로 가서 그대로 밖으로 내동댕이쳐진다.

시든 나뭇가지 같은 노인의 손가락이 아름다운 소녀의 드레스를 꽉 잡고 놓지 않는다.

떨어지지 않는 채 두 사람은 연환용차 밖으로 날아가고──.

　──그 순간, 연환용차에 나타난 무수한 라미아 고드윈 모두에게 충격이 닥쳐들었다.

　"＿＿＿＿＿."

　고즈 랄폰과 싸우는 라미아들이, 가필 틴젤과 싸우는 라미아들이, 로즈월 L. 메이더스와 싸우는 라미아들이, 에밀리아와 싸우는 라미아들이, 용차 어느 곳에 있던 라미아들이라도 일제히 충격에 휩쓸렸다.

　『가호』란, 이 세계에 태어난 생명이 수여받곤 하는 축복이며, 그 전모는 아직도 해명되지 않고 많은 부분이 수수께끼에 싸여 있다.

　단 하나, 많은 사람이 가호에 대해서 감각적으로 확신하는 것이 있다.

　그것은 가호란 부여받는 것, 대상으로 한 것, 영혼에 영향을 준다는 것이다.

　그것이 사실인지 아닌지 증명된 적은 없다. 그래도 이 말만은 할 수 있다.

　──그 상황은 벨스테츠 폰달폰이 라미아 고드윈 중 한 명과 용차 밖으로 던져져서 둘이 『바람막이의 가호』 대상 범위 밖으로 나갔을 때와 동시에 일어났다고.

　그리고 그것은 라미아 고드윈 중 한 명이 빈센트 볼라키아에게 검을 휘두르고, 미디엄 오코넬과 자말 오렐리가 이를 막아내지 못해 플롭 오코넬과 카츄아 오렐리 앞에서 비극이 일어나는 순간이기도 했다.

"―――."

『양검』을 들고 있던 라미아의 몸이 바람에 얻어맞은 것처럼 뒤로 끌려갔다.

이때, 무슨 일이 일어났는지 라미아도, 미디엄과 자말도 알지 못했다. 그저 당기는 손길에 쓰러진 빈센트가 발을 뻗어 라미아를 뒤로 차 버린 것이 사실.

발에 차인 라미아의 등 뒤에서 옆 차량과 통하는 문이 부서지고――.

"―――――."

무지갯빛 광채가 약동하며 문 앞에 서 있던 『전정부대』가 베여 쓰러진다.

무지개의 빛을 헤치며 작은 그림자가 셋, 차내에 굴러들어왔다.

그중 하나가 손을 내밀자 옅은 빛이 세 그림자를 둘러싸고, 굴러드는 속도가 빨라졌다. 그 행위를 한 그림자와 손을 잡은 세 그림자 중 한중간이 외쳤다.

"라미아 고드윈!"

터져 나온 목소리, 두 손을 좌우의 소녀와 각각 붙잡은 흑발 소년의 외침.

드레스를 입은 소녀가 빛을 생성하고 흑발 소년이 이름을 부르며, 그리고 뛰어든 마지막 한 명이 소년과 이어진 것과 반대쪽 손을 뻗어서――.

"――아 어어으이아."

　――날아오는 등에 닿은 손을 뿌리쳐서 『독희』의 이름을 벗겨
냈다.

제7장 『제국의 자매』

1

——툭툭 떠오르는 예감은 있었다.

『별점쟁이』 우비르크가 제국을 구하기 위한 빛이 될 거라고 지명한 순간, 없는 머리를 열심히 비틀어 생각하고 생각했다.

도대체 무엇으로 되살아난 망자들의 천적이 될 수 있느냐고.

대체 무엇이 다른 사람과 다른가.

착한 아이라는 점. 열심이라는 점. 누군가를 위해서 버틸 수 있다는 점. 그 전부가 훌륭하지만 그 조건이라면 합치되는 사람은 그 밖에도 존재한다.

그런 게 아닌, 그 소녀만이 지니고 다른 사람에게는 없는 스페셜리티——.

"『폭식』의 권능."

대죄주교였던 과거와 이별하고 싶어도 그 십자가는 결코 놓아주지 않는다.

그 십자가로부터 놓아주지 않는다고, 스바루는 그녀에게 맹세했다.

그 십자가로부터 도망치지 않겠다고, 그녀는 스바루에게 맹세했다.

──따라서 희망은 거기에 있다.

"나에게는 『나태』와 『탐욕』의 권능이 있어."

증오스러운 마녀교, 혐오스러운 대죄주교.

페텔기우스 로마네콩티와 레굴루스 코르니아스. 그들이 지니던 권능은 지금 돌고 돌아 스바루의 깊은 곳에 있다.

어째서 그렇게 되었는가. 스바루는 마치 놈들로부터 배턴을 넘겨받은 것 같아 소름 끼쳐서 그 부분을 깊게 생각하지 않았다. 그러나 더는 그럴 수 없다.

그녀를 위해서도, 그녀를 선택한 스바루를 위해서도 마주해야만 한다.

그리고──.

"네가 루이 아르네브가 아니라, 스피카라는 삶을 선택할 거면 내가 하던 것처럼 권능의 사용법도 바뀔 거야."

만물은 뭐든지 표리일체. 어떤 도구도 쓰기 나름. ──아니, 도구만이 아니다.

그 인간이 선이 될지, 악에 물들지. 마지막 일선은 스스로 긋는 법이다. 그럴 수 없는 환경이 있다. 하지만 그럴 수 있는 기회가 주어졌으므로.

──『미식』의 라이 바텐카이토스.

──『악식』의 로이 알파르드.

──『포식』의 루이 아르네브.

주어진 힘을 휘둘러 세계에 용서받지 못할 대죄인이 된 이들.

그들과 같은 힘을 가졌음에도 세계에 속죄를 거듭하는 길을 걷는 속죄자.

"『성식(星食)』."

악한 전례를 만든, 떼어낼 수 없는 형제자매.

그 전례들을, 별의 이름을 지닌 대죄인들의 행위를, 속죄자로서 잡아먹어 고친다.

갓 태어난, 별을 먹는 소녀, 『성식』의 스피카.

"아 어어으이아."

그 '기억'이 벌레에 봉인되어 흙으로 만들어진 그릇으로 소생한 이의 '이름'을 부른다. 진주성의 이름을 받은 소녀의 『성식』이, 뻗은 손, 닿은 손끝에서 발동한다.

하얀, 모든 것이 의미를 갖지 못하는 텅 빈 장소를 알고 있다.

모든 영혼의, 아름다운 것도 더러운 것도 모조리 쳐내고 새롭게 다시 태어나는 장소를.

그 장소에서 끌려 내려온 이들의, 역할을 먹는다.

다시는 그 영혼이 누군가의 먹잇감이 되지 않도록 그 인과를 먹는다.

──별의 이름을 앞세운 대죄주교의 행위를 먹는, 『성식』이 실현된다.

"아이어 어어으이아."

2

한순간, 라미아들이 한꺼번에 바람을 받고 움직임을 멈췄다.

온몸에 불탄 상처를 드러낸 고즈 랄폰은 그 한순간을 놓치지 않았다.

"잡았다."

어떠한 이유인지는 모르겠지만, 라미아들 전원이 한꺼번에 자세를 무너뜨렸다.

필시 빈센트다. 고즈가 충성을 맹세한 볼라키아의 황제는 이 정도의 사태임에도 타개할 수를 준비한 것이다. 감격의 눈물을 흘리고 싶어진다.

고즈는 그것을 참으며 손에 든 망치창을 쳐들더니 긴 자루의 중간을 비틀어 이를 분해, 가격 부분과 자루 두 개로 나누어 자루 쪽으로 가격 부분을 세게 때렸다.

찰나, 퍼져 나간 소리의 충격파가 자세가 무너진 라미아들에게만 부딪쳤다.

"_____."

고즈가 휘두르는 황금 망치창은, 창같이 긴 자루 끝부분에 둥그런 타격 부분을 조합한 무기로, 고즈 전용으로 벼려낸 명품이다.

한 자루만으로도 인간 열 명분의 무게를 가진 이 무기는 고즈의 완력과 특별한 귀가 합쳐져 남들은 불가능한 기술—— 생명이 저마다 가진 고유의 진동에 같은 진동을 소리로 부딪치는 『긴 울음소리』를 실현하기에 이르렀다.

고즈 랄폰은 그 호쾌하고 호담한 외견과 정반대로 바람의 음색조차 분간할 수 있는 귀와 온갖 악기를 섬세하게 연주하는 천재적인 기량을 가진 몸.

그 필살의 『긴 울음소리』야말로 고즈가 『사자기사』라고 불리는 이유였다.

아무리 머릿수가 늘더라도 동일한 진동을 가진 라미아들과 고즈의 궁합은 최악이었다.

고즈의 『긴 울음소리』가, 전투 중에 고유 진동을 파악한 라미아에게—— 아니, 라미아들에게 엄습하여 늘어났던 전원의 금이 확대, 송장 인간 공주들이 바스러진다.

——같은 상황은 고즈의 전장과는 다른 차량에서도 저마다 일어났다.

『양검』상대로 불로는 불리하다고 판단해 바람 칼날과 흙사태로 라미아와 『전정부대』를 상대하던 로즈월도.

수화로 얻은 완력으로 라미아도 『전정부대』도, 그리고 용차도 구별 없이 짐승 발톱으로 사납게 찢어발기던 가필도.

잇따라 부서지는 용차를 얼려서 보강하고 만들어 낸 『전정부대』의 얼음상 무리를 헤치며 라미아들과 싸우던 에밀리아도.

연환용차에 탄 전원이 예기치 못한 형태로 만들어진 한순간을, 놓치지 않았다.

누가 만들지는 몰라도 누군가가 만들 것으로 믿은 한순간을, 놓치지 않았다.

찬란하게 빛나는 『양검』을 든 라미아 고드윈들이 잇따라 부서지고──.

3

"아우웃!"

어금니를 깨물고 몸을 휘돌린 라미아의 긴 다리가 자신의 등을 만진 소녀── 스피카에게 꽂혔다. 라미아의 발차기를 맞은 스피카의 몸이 거세게 날아갔다. 스피카와 손을 잡은 스바루와 베아트리스도 함께 과도할 정도로 날아간다.

이유는 라미아의 각력 말고도 존재한다. 베아트리스의 『무라크』로, 셋에게 가해지는 중력이 극한까지 감소되어 탁구공처럼 가벼워졌기 때문이다.

"가라!"

"간다!"

날아가는 셋 아래를 파고든 율리우스가 라미아에게로 육박했다.

율리우스는 베어 쓰러뜨린 『전정부대』의 먼지를 뚫고 무지개가 깃든 기사검의 찌르기를 라미아에게 날렸다. 극광이 깃든 율리우스의 검격은 강병의 대형 가위조차도 푸딩처럼 가른다.

그러나 라미아가 든 『양검』 또한 무지갯빛이 깃든 율리우스의 검 이상의 빛과 열을 띠고서 그 찌르기를 정면으로 받아냈다.

맞부딪친 검과 검 사이에서 빛의 폭발이 일어나고, 율리우스와 라미아가 동시에 튕겨 났다. 쌍방 모두 즉시 되받아치며 다음 검극이—— 시작되지 않았다.

"『선제의 의식』에서도, 직접 해친 적은 한 번도 없잖아?"

"그래, 맞다."

미소를 머금은 라미아의 말에 그녀 바로 뒤에 서 있는 아벨이 응수했다.

아벨의 손은 도신이 중간까지 녹은 만도를 쥐고 있었다. 짧아지고 날이 무뎌진 칼날임에도 라미아의 몸을 등 뒤에서 관통하고 있었다.

"비로소 피를 나눈 남매의 피를 묻힐 마음이 들었구나아."

송장 인간의 급소는 심장도, 머리도 아니다. 베아트리스와 로즈월이 찾아낸, 흙의 그릇 안에서 활동하는 핵충. 그것이 파괴되지 않는 한, 송장 인간의 활동은 정지하지 않는다.

그러나 붉은 칼날을 바닥에 겨눈 『양검』이 스르륵 떨어졌다. 떨어진 『양검』은 칼끝이 바닥에 꽂히기 전에 공간에 삼켜지듯 사라졌다.

라미아의 손끝이 무너지고 검을 쥐고 있을 수 없어졌기 때문이었다.

"_____."

라미아가 몸을 틀어 꽂힌 만도를 뽑고서 아벨로부터 떨어졌다.

그 상태로 비틀비틀 걷는 그녀는 다 죽어 가고 있어서 누군가가 한 번 쿡 찌르기만 해도 산산조각이 날 것 같았다. 실제로 자말이 녹은 쌍검으로 베려는 몸짓을 보였지만, 그것은 팔을 뻗은 아벨에게 제지되었다.

그리고 헐떡거리는 라미아가 아벨을 돌아보고는 말했다.

"아바마마나, 바르톨로이 오라버니는 안 계셔어. 두 사람은, 만족했으니까."

"라미아."

라미아가 남긴 한마디에 아벨의 검은 눈이 흔들렸다.

그, 단 하나의 반응을 본 라미아는 창백하게 금이 간 얼굴로 생기 없는 황금빛 눈을 좁히고 웃었다. ——장난스럽게 웃었다.

"테메글리프 일장!"

그 직후, 라미아의 표정이 바뀌고 날카로운 목소리로 누군가의 이름을 불렀다.

그것은 스바루로서는 알지 못하는 이름이었지만, 이 자리에 있던 사람들 중 여럿에게는 큰 의미를 가지는 이름이었다.

물론 그것은 이름이 불린 본인에게도 마찬가지다.

"알 크라우젤리아!"

반사적인 반응, 율리우스가 민첩하게 무지개의 극광을 그렸다.

검 끝을 춤추듯 놀리며 정령들의 힘을 빌린 극광의 벽을 만들어 낸다. 그 판단이 차량 내 전원의 목숨을 구했다.

하지만 동시에, 지키기 위해서 둘러친 극광이 행동을 방해함으로써 다음 한 수가 늦어진다.

라미아의 목소리에 호응해 연환용차 옆에서 차량을 뚫은 것은 빛의 탄환이었다.

산탄 같은 그 공격이 용차의 벽을 날려 버리고 안의 인간을 관통하는 사태를 극광이 막았다. 그러나 완전히 막지 못한 광탄은 지붕을 뜯어내어 차량 안이 훤히 드러났다.

훤히 드러난 차량으로 활공하며 다가오는 것은, 『전정부대』를 잇따라 투입한 송장 비룡 무리── 아니, 그것들과 비교가 되지 않는 곡예비행을 펼치는 한 마리였다.

예각적인 형태의 송장 비룡이 용차로 날아들어 사납게 바람을 휘감고 라미아를 낚아챘다.

이미 『양검』을 떨어뜨린 팔이 어깨까지 없어진 라미아가 하늘로 끌려간다. 그 결과를 만든 것은 송장 비룡에 탄 송장 인간──.

"발로이 님?!" "발로이……." "발로이?!"

생각지도 못한 모습에 경악한 목소리가 여럿 터졌다.

하지만 그중에서 가장 심하게 놀라고, 나아가 가장 비통했던 목소리는.

"발 오빠?"

파란 눈을 동그랗게 부릅뜬 미디엄의 중얼거린 말에, 이름을 불린 송장 인간은 대답하지 않는다.

그저 타고 있던 송장 비룡의 고삐를 당겨서 낚아챈 라미아를 안은 채로 단숨에 상승. 송장 인간을 태운 송장 비룡은 용차 후방으로 고개를 돌리고선 그대로 반대쪽으로 날아갔다.

연환용차가 달린 거리만큼, 송장 비룡이 비행한 거리만큼, 양측이 멀어진다.

"발 오빠! 발 오빠━━!!"

미디엄이 무아몽중으로 손을 뻗으며 금세 시야에서 사라진 그림자를 쫓으려 했다.

여동생의 폭주를 플롭이 뒤에서 달려들어 막았다. 아직 연환용차 안에는 『전정부대』가 남아 있다.

"오오, 오오오오오오━━!!"

검은 갑주로 얼굴을 가린 이들이 낮은 신음성을 지르며 사납게 대형 가위를 쳐들었다.

그것은 마치 주군의 도주를 성사시키고자 하는 의지.

과거 『선제의 의식』에서 주군이 쓰러졌을 때는 이미 『푸른 뇌광』에게 패했기 때문에 이루지 못한 그 행동을, 송장 인간으로 변한 지금 성사시키려는 유지였다.

"다들, 끝까지 긴장 풀지 말그라!"

아나스타시아의 호령이 터지고 그 기백을 맨 처음 받아든 율리우스가 달렸다.

싸울 수 있는 자들이 무기를 들고 기세를 높이는 『전정부대』와 정면으로 격돌했다. 그리고 이번 격돌은, 그 마지막 병사 하나까지 격멸한다.

━━하지만 그것은 올바르게 그들의 주군이 도주할 때까지 시간을 벌어서 『전정부대』의 이번 습격 마지막 업적을 세웠다.

──발로이 테메글리프가 라미아 고드윈을 낚아채 날아갔을 때와 같은 시간.

"————."

노인은 멀리 저 멀리 달려가는 연환용차의 바큇자국 위에 쓰러져서 얼굴을 손으로 가리고 있었다.

온몸이 삐걱대듯이 아프고 화상으로 문드러진 다리는 뻔뻔하게도 아우성치고 있다. 하지만 그 아픔도 문드러진 화상도, 전부 노인이 바란 것이 아니었다.

아픔이나 상처 따위 아무래도 좋았다. ──어째서 자신은 또 죽지 못했는가.

"기회를, 얻었었어요."

위를 보며 땅바닥에 누워서 볼썽사나운 자신을 저주하는 노인에게 그녀가 말했다.

그녀는 사람의 모습을 하고 있지 않았다. 다만 그 탄력 있고 강인한 짐승의 모습은 볼라키아 제국의 인간이 뛰어나다고, 아름답다고 평하는 모습으로 완성되어 있었다.

용차 후방에 남긴 부대와 행동하여 전령 역할을 하느라 연환용차를 쫓아 달린 그녀는, 바야흐로 『미티어』의 불꽃과 함께 밖으로 튀어나온 노인의 모습을 목격했다.

그리고 노인이 땅바닥에 나가떨어지기 직전에 그를 죽음에서 건져낸 것이다.

"기회라, 함은……."

"당신이 용차에서 던져졌을 때, 제 발로는 때를 맞출 수 없었어요. 하지만 같이 튀어나온 망자가 당신을 떠밀었지요."

"_____."

"그게 없었으면 늦었습니다. 제가 할 수 있는 말은, 그게 전부예요."

아름다운 황금빛 털의 표범이 느릿느릿 고개를 가로젓고 노인에게 전했다.

그것이 의미하는 바도, 그녀가 하고 싶은 말도 이해한다. 그러나 진실은 알 수 없다.

그분은 그저, 따라붙은 노인을 거추장스럽다고 떠밀었을 뿐일지도 모른다. 그 속내를 터놓고 주고받은 적은 한 번도 없던 관계니까.

하지만 무슨 생각을 하는지 모르겠는 것은 볼라키아 황족 전원이 그렇다.

'──당신, 그렇게 분한 표정을 지을 수 있었구나아.'

"윽."

그런 말을 입에 담은 그녀의 뜻밖이라는 표정이 떠오르자 노인의 목이 무언가로 턱 막혔다.

그것이 무엇인지 노인도 모른다. 그저, 그저, 생각한다.

"동생을…… 라미아 각하를 죽여서까지 손에 넣은 제국이라면, 책임을 져라……! 황제의 책무를 다해라……!"

검랑인 척하며 자신의 털색조차 위장한 양일까 염소일까. 그

중 어느 것이며, 그 어느 것도 아닌 노인은 쥐어짜듯이 목소리를 흘렸다.

그것이 자기 자신의, 실처럼 가는 눈에 있던 본심이었노라고.

노인—— 제국 재상, 벨스테츠 폰달폰은 살아 있다는 수모를 곱씹으며 쥐어짜 냈다.

5

——세계에서 손꼽히게 아름다운 성으로 평가받는 수정궁은 완전 딴판이 되었다.

성내에는 송장 인간이 활보하고, 제도를 중심으로 벌어진 앞선 쟁란의 상처는 털끝만치도 아물지 않은 채 죽음과 파괴만이 남아서 한 쌍이 되는 삶과 재생이 존재하지 않았다.

그 때문에 수정궁은 본래의 아름다움을 상실하고 끔찍한 기운이 만연하는 고통스러운 세계로 변했다.

그러나——.

"————."

조용히 붉은 눈동자를 담은 눈꺼풀을 뜬 것은, 그 세계에서도 아름다움을 잃지 않은 존재.

주황색 긴 머리카락은 풀려서 산발이 되고 핏빛의 화려한 드레스 이곳저곳이 찢어졌으며, 눈처럼 하얀 살결에는 흙먼지가 묻었으나 그것들은 그녀를 일절 더럽힐 수 없었다.

진실로 아름다운 것이란, 외견을 꾸미는 것 따위 필요하지 않기 마련이다.

"하긴, 흐트러진 머리카락도 흐트러진 옷도 지금의 너와 비교하면 황금처럼 훌륭하게 보이겠지."

"입이 잘 돌아가네에, 프리스카."

달착지근한 음성으로 낡은 이름이 불린 프리실라 바리에르는 눈을 가늘게 떴다.

위로 젖힌 두 팔은 특별한 사슬로 구속되었고 억지로 세워진 모습은 죄수 꼴이다. 그럼에도 불구하고 프리실라의 눈에도 태도에도, 약한 기색은 먼지만큼도 없었다.

어디에 세우고 묶이든, 자신을 굽힐 이유라곤 하나도 없기 때문이다.

제도 루프가나의 수정궁, 그 지하 감옥에 수감된 프리실라는 굳이 이곳까지 만나러 온 상대── 송장 인간이 된 라미아 고드윈의 모습에 의아해했다.

9년 전, 죽었을 때와 변함없는 나이의 라미아는 송장 인간 특유의 피부와 눈동자를 지녔음에도 『독희』로 불리던 고혹적인 존재감이 건재했다.

그것이, 너덜너덜한 드레스와 무너진 반신 때문에 지금은 흔적도 없다.

송장 인간이라면 부서진 부위를 수복할 수 있다. 그게 아니어도 새로운 흙의 그릇으로 교체하면 그만이다. 송장 인간을 관찰하고 그리 추측했던 프리실라는 그 순간 이해했다.

꼴사납고 보기 흉한 모습을 극단적으로 싫어하는 라미아가 그런 모습으로 자기 앞에 선 의미를.

"뭐냐, 또 죽는 거냐, 라미아."

"어머, 언니에게 무슨 말버릇이람. 하지만, 그러네에. 공허의 상자와 연결이 끊겼어……. 아니, 연결을 먹힌 모양이라서어."

"_____."

"그래그래, 들어 봐, 프리스카. 빈센트 오라버니가 직접 손을 쓰셨지 뭐니이. 이건, 소중히 대하던 너에겐 해 주지 않는 일이지이?"

라미아가 무너지지 않은 쪽의, 당장에라도 무너질 듯한 손을 입가에 대고서 비웃었다.

그것이 자랑할 가치가 있는지는 개개의 가치관 나름이지만, 적어도 프리실라는 코웃음 쳤다.

"진짜, 재미없더라아. 당신과 빈센트 오라버니 정도밖에 나랑 제대로 대화할 수 있는 상대가 없는걸."

"소녀와 네가 멀쩡히 대화한 적이라곤 셀 수 있을 정도였지 않았더냐."

"횟수의 문제가 아니야아. 멍청한 우리 동생."

중얼거린 라미아가 입에 대고 있던 손이 무너져서 사라졌다.

라미아가 천천히, 그 형태를 조금씩 상실해 간다. 눈앞에 서 있기 때문에 부득이하게 그 종말은 프리실라의 눈에 들어왔다.

그러나 프리실라는 눈을 감지 않았다. 붉은 두 눈으로 라미아를 응시했다.

응시하면서——.

"역할을 마쳤으면 속히 퇴장해라, 라미아. 이번에도 소녀가 최후를 지켜봐 주마."

프리실라의 말에, 라미아가 눈썹을 살며시 세웠다.

그리고 그녀는 더없이 달콤한 독처럼 비웃고.

"귀여운 맛이 없는 동생이야아."

프리실라의 기억에 있는 한, 그것은 생전 그녀의 최후와 완전히 똑같은 말과 웃음이었다.

6

"자매 사이의 마지막 대화가 그걸로 좋았답니까?"

라미아의 최후를 지켜본 프리실라에게 어딘가 가벼운 남자의 말이 닿았다.

계단을 내려오는 발소리가 지하 감옥에 울리다가 모습을 보인 것은 다부진 생김새의 송장 인간이었다. 그 분위기는 라미아와 마찬가지로 수준 낮은 송장 인간과는 일선을 긋고 있었다.

"당찬 분이시더만요. 그 몸으로, 지하까지 혼자 내려오셨습니다. 과연 고상한 볼라키아의 공주……. 제국민 중 하나로서 자랑스럽디다."

"황제에게 반역한 모반자가 뻔뻔스럽게 잘도 말하는구나."

"그렇게 말씀하시면 핑계 댈 말이 없지만…… 제국에서 괘씸한 자란 의미로 치면 저나 마님이나 피장파장 아니겠습니까요."

그 대답을 듣자 프리실라는 세우고 있던 추측을 확정했다.

이 송장 인간의 이름은 발로이 테메글리프. ——제국의 전 『구신장』이자 모반자.

그리고 프리실라는 과거 제국에 있던 시절에 그와 면식이 있었다. 프리실라가 제국의 중급백이던 남자, 첫 남편의 아내였을 때에.

그렇다고는 해도 산 자와 죽은 자끼리 당시의 옛 친분을 나눌 수도 없으리라.

"무슨 볼일이더냐? 설마 방금 시답잖은 질문을 하려고 온 것은 아닐 테지."

"물론, 라미아 각하의 최후를 지켜보는 것도 할 일에 속하지만…… 마님을 위해서 식사를 가져왔습지요."

말하면서 발로이가 뒤에 숨기고 있던 은쟁반을 프리실라에게 내밀었다.

요리점처럼 은뚜껑을 씌운 쟁반을 본 프리실라는 붉은 눈을 가늘게 떴다.

"필요 없다."

"자자, 그리 말씀하지 마시고요. 여하튼 저희는 다 죽었잖습니까? 식사할 필요가 없다 보니 마님처럼 살아 있는 인간에게 식사가 필요하단 발상이 없다 이겁니다. 제가 가져오지 않으면 모처럼 미인인데 엉망이 될걸요."

생기가 없는 피부색으로 웃은 발로이가 뚜껑을 열었다.

따뜻한 김과 향이 퍼지는 요리는 송장 인간이 만든 것치고는 정상적으로 보였다.

"안타깝게도 맛을 느끼지 못해서 맛보기는 안 했는데, 자주 만들던 거라 맛없지는 않을 겁니다. 어이쿠, 서민 요리를 내놓는 건 넘어가 주십쇼."

그렇게 말한 발로이는 말없는 프리실라의 입가에 포크로 요리를 가져갔다.

프리실라의 팔은 천장에 묶여 있기 때문에 그럴 수밖에 없는 것은 이해하지만.

"네놈의 목은 손수 치겠다."

그렇게 조용히 고한 프리실라가 내민 요리를 입에 넣었다.

맛없지는 않다. 하지만, 싸구려다. 성 안에 있던 재료를 써도 요리사의 실력과 발상이 싸구려려면 만들어진 것도 고급이라고는 할 수 없다.

그런 프리실라의 말없는 압력에 발로이는 송장 인간의 낯으로 쓴웃음 지었다. 그 쓴웃음 속에 프리실라에게 보내는 감정 말고 다른 것이 엿보였다.

"아니 그게요, 그러고 보니 옛날에도 이런 식으로 나쁜 짓하다 벌로 갇힌 계집애에게 밥을 가져다준 적이 있었단 기억이 나서 말입니다."

분위기 변화를 알아차린 발로이가 쓴웃음의 진의를 밝혔다.

프리실라는 그 답변에 불쾌함을 느끼며 "닦아라." 하고 그에게 입가를 닦으라 지시한 후 물었다.

"네놈들은 무엇 때문에 제국을 멸하나. 되살아난 몸으로 무엇을 바라지?"

"앞선 물음은 제가 답할 문제가 아닙니다. 다만 다음 물음은 쉽잖습니까."

질문을 받은 발로이는 직전까지 띠던 쓴웃음도, 가벼운 분위기도 지우고서 대꾸했다.

그런 발로이가 두른 분위기의 변화를 프리실라 또한 민감하게 알아차렸다. 이 남자 안에――아니, 라미아에게도 있던 확고한 분노를.

프리실라의 인상을 배신하지 않은 채로――.

"송장 인간의 바람이야 어느 시대든 원한을 푸는 것 말고 또 있답니까."

송장 인간의 숙원을 밝힌 발로이 테메글리프는 생기 없는 웃음소리를 흘렸다.

7

"못…… 해먹겠네, 젠장!"

철퍽철퍽 젖은 노면을 걸어차고 눈앞의 모퉁이를 힘차게 돌았다. 그 즉시 바로 눈앞에 있던 나무상자에 허리가 부딪히고 "우옷." 하는 비명과 함께 요란하게 넘어졌다.

젖은 포석에 찧은 투구 속, 이마에 통증이 번지고 시야에 불똥이 튄다. 하지만 머리 위에 빙글빙글 도는 병아리와 함께 뻗어도 될 상황이 아니다.

바로 일어서지 않으면 녀석이 온다. ――검은 옷을 입은 관찰자,『해부자』비바가.

"안 그러면 또 내장을 쏟아내고……."

"이미 와 있다."

"흡."

폐가 쌕 쪼그라드는 감각을 맛보며 순간적으로 허리 뒤의 청룡도를 뽑았다. 그대로 품새도 기술도 없이 무작정 옆으로 휘둘러 상대가 어디에 있든 맞도록 베었다.

그러나 어디에 있든 맞아야 할 청룡도는 허공을 가르고 대신에 타오르는 듯한 고통이 옆구리 아래를 관통하여 손에서 청룡도가 쑥 빠져나갔다.

"커억……."

"저항은 무의미하다. 안 그래도 너는 다른 자와 조건이 다르다. 무의미하게 피를 흘리고 황제의 희망에 적합하지 않게 되면 가치는 없다."

피를 뿜는 옆구리를 조여 조금이라도 출혈을 수습하려고 발악한다. 가능하면 반대쪽 손으로 상처를 누르고 싶지만 그 희망에 부응하기에는 팔과 작별한 지 워낙 오래되었다.

신음을 흘린 자신의 배후, 날이 휜 나이프를 두 손으로 잡고 입가를 검은 천으로 가린 파란 머리의 송장 인간이 뒤돌아섰다.

노려보는 금빛 두 눈은 피를 흘리는 상대의 모습을 차분히 관찰하고 있다.

서서히 괴롭히며 죽이는 취미가 있다……는 것은 아니다. 녀석이 지금까지 몇십 번이나 하던 주장을 믿기로, 상대의 목적은 실험이다.

살아 있는 인간의 몸을 이용해 확인하고 싶은 사항이 있다고 한다. 아마도 살아 있던 시절부터 그것을 반복했었을 테니까 붙은 이명이 『해부자』인 것이다.

"싸워도 도망쳐도 안 된다……. 다음 기회에 걸고 싶으니 한 방에 끝내주지 않겠냐."

"한 방이라면 사리에 맞지 않는다. 나는 너를 괴롭히고 싶은 것이 아니라 확인하고 싶은 점이 있을 뿐이다."

"그러시겠지……. 그렇다면."

말해 봤자 소용없는 상대라고 단념하고 시선을 흘긋 떨어뜨린 청룡도로. 다행히 그리 먼 곳에 구르고 있지 않아서 뛰어드는 정도는 가능할 성싶다.

문제는 자기 목에 잘 댈 수 있느냐 없느냐. 실수하다가 고통을 오래 끌면 귀찮아진다. ──여기서 애먹고 있을 때가 아닌 것이다.

"윽!"

판단에 1초, 결의에 1초, 행동에 옮기는 데는 1초도 필요 없다. 『해부자』가 흉행을 시작하기 전에, 예고 없이 단숨에 청룡도로 쓰러지듯이 달려든다.

그 행동에 비바의 움직임이 한 수 늦고, 그 틈에 청룡도의 칼날을 자기 목에──.

"아니 뭔가요, 내세에 희망을 거는 건 현생을 단념하는 게 좀 너무 빠른 것 아닌가요?"

"아?!"

자기 목을 베려던 청룡도, 땅에 구르던 그 칼날이 위에서 눌렸다. 쳐다보니 누른 것은 자그마한 발, 이어진 것은 가는 허리와 제정신이 아닌 웃음.

청룡도에 외발로 선, 카라라기식 복장을 한 어린아이의 폭거였다.

"어린아이라니, 이것 또한 내가 바라는 조건이 아니다."

그 어린아이의 등장에 비바는 일절 주저 없이 두 손의 나이프를 회전시켜 상대의 옆구리를 쑤신 것과 같은 공격을 어린아이의 급소에 박으려 들었다.

사지 불구로 만들고 내장 체크를 시작하는 최악의 루틴이다.

어린아이는 다가오는 칼날을 보며 눈썹을 세웠다.

"호오호오! 갑작스럽게 눈에 띄는 난입자를 아랑곳하지 않는 자세는 훌륭합니다! 하지만."

"윽?!"

다음 순간, 눈을 부릅뜬 비바의 목이 몸통과 떨어져 날아갔다.

비바가 휘두르려던 나이프를 잡은 손을 어린아이가 발로 차서 팔을 부러뜨리고, 반대로 비바의 목을 본인의 나이프로 절단한 것이다.

심지어 어린아이는 날렵하게 청룡도 위에서 발을 교체해 다음 발차기로 남은 비바의 몸통을 관통하여 '해부' 할 필요 없는 송장 인간의 몸을 산산조각 냈다.

"안타깝지만 당신처럼 취미 고약한 악한과 함께 출연하는 건 NG거든요!"